MW01129203

EL SUEÑO DE CRETA

JOSÉ VICENTE ALFARO

Créditos

Primera edición: Abril 2018

© DSt Producciones
© José Vicente Alfaro

Cubierta y diseño de portada:
© Juan Luis Torres Pereira

Para mi querido tío Vicente, por su constante presencia a lo largo de tantos años

PREFACIO

A finales del siglo XIX los historiadores afirmaban que la historia de Grecia había dado comienzo en el siglo VIII a. C. (coincidiendo con la Primera Olimpiada de que se tenía conocimiento), sin que existiesen indicios de que ninguna otra civilización occidental la hubiese precedido, como si el esplendor de la Grecia clásica, cuna del pensamiento moderno, la democracia, la filosofía y la razón, hubiese surgido de repente de la oscuridad de los tiempos como una explosión de luz.

Todo lo anterior a dicha fecha pertenecía al universo de los mitos y las leyendas que pregonaban los poetas, los cuales se referían a una época de dioses, héroes, monstruos y guerras épicas, en la que prácticamente nadie creía. Pese a todo, algunos arqueólogos pensaron que detrás de la mitología se escondía una realidad desconocida, y decidieron tomarse los poemas de Homero —*La Ilíada* y *La Odisea*— al pie de la letra, en busca de las ciudades y los acontecimientos que allí se recogían como si de verdad hubiesen existido.

Heinrich Schliemann fue el primero en demostrar que los textos homéricos eran mucho más que simples fábulas, pues basándose en sus indicaciones logró hallar la mítica ciudad de Troya, tras iniciar una suerte de excavaciones en la colina de Hisarlik (Turquía). A aquel sensacional hallazgo le siguieron otros igualmente destacados —Micenas, Tirinto y Orcómeno—, que dieron origen a la Grecia micénica, como se denomina al período comprendido entre 1600 y 1150 a. C., confirmando de forma definitiva que la lírica de Homero describía escenarios auténticamente históricos.

Aquellos descubrimientos en la Grecia continental animaron a Arthur Evans —otro audaz arqueólogo de la época— a seguir los pasos de Schliemann, decidido a buscar en la isla de Creta el rastro de aquellas ciudades que también formaban parte de la leyenda y de cuya existencia daba cuenta Homero en sus dos poemas épicos.

Y entonces ocurrió. A comienzos del siglo XX, Evans desenterró de las entrañas de la tierra el grandioso palacio de Cnosos, descubriendo así para la historia la existencia de una antigua cultura muy anterior a la griega —en mil años nada menos—, a la que hoy en día se la considera como germen de esta.

Evans le asignó a la civilización cretense recién descubierta el nombre de «minoica», en honor al legendario rey Minos del que hablaban los poemas, dejando en evidencia al prestigioso historiador inglés George Grote, en cuya magna obra de doce volúmenes sobre la historia de Grecia había dejado escrito lo siguiente: *"Los mitos que los antiguos griegos tomaban por ciertos, entre otros los fabulosos acontecimientos que se asocian al nombre de Minos, a los ojos de las investigaciones modernas no son más que leyendas".*

Pero no lo eran.

La civilización minoica se desarrolló en la isla de Creta entre los años 2700 y 1450 a. C., llegando a alcanzar un alto grado de desarrollo que causó entre los arqueólogos admiración y sorpresa a partes iguales.

La arquitectura destacaba por la originalidad y la magnificencia de sus palacios, y en el ámbito urbanístico las calles de sus ciudades estaban pavimentadas y contaban con un sistema de alcantarillado increíblemente avanzado para la época. La minoica era una civilización refinada y suntuosa —la vestimenta femenina se ha llegado a comparar con la moda parisina de la *Belle Époque*—, amante de las artes —destacando especialmente por la glíptica y por sus pinturas al fresco—, y que contaba asimismo con un sistema de escritura propio. Además, su gran festejo por excelencia era la famosa competición atlética del salto del toro.

Creta, situada en el extremo oriental del Mediterráneo, constituyó el primer puente entre tres continentes —Europa, Asia y África—, con cuyas culturas más destacadas mantuvo un contacto permanente, principalmente debido a la importancia del comercio. Su costa meridional mira a Libia y Egipto; la septentrional, al archipiélago de las Cícladas y la Grecia continental, y al este, hacia Asia Menor. La isla, que adopta la forma de una estrecha y larga franja de tierra de gran extensión, posee un clima templado y cuenta con numerosos ríos, valles y macizos montañosos.

Homero y otros poetas clásicos mencionan a Creta con frecuencia en sus asombrosas leyendas, de manera que haré una breve referencia a las más conocidas de todas ellas:

- La más antigua narra el nacimiento de Zeus en una gruta de Creta, lugar donde su madre tuvo que ocultarle para impedir que Cronos lo devorase como hacía con todos sus hijos. La diosa Gea se ocupó de darle cobijo, así como de entregarle a Cronos una piedra envuelta en pañales que este se tragó sin sospechar que estaba siendo engañado. Después, Zeus sería criado por la propia Gea y un grupo de ninfas.

- Otra leyenda hace referencia al laberinto del Minotauro. El rey Minos mantenía encerrada a aquella bestia monstruosa, a la que ofrendaba varios jóvenes cada año, que el soberano de Atenas estaba obligado a pagar a modo de tributo. Finalmente, Teseo derrotaría al Minotauro y lograría salir del laberinto gracias a la ayuda de Ariadna.

- También es universalmente conocida la historia de Dédalo, que fabricó unas alas para sí mismo y para su hijo Ícaro, al que advirtió que no debía acercarse demasiado al sol para evitar que la cera que mantenía unidas las plumas se derritiera. Con todo, Ícaro desobedeció a su padre y murió ahogado tras caer al mar.

La influencia técnica y cultural de la civilización minoica, considerada hoy en día como la primera cultura europea de la Edad de Bronce, no solo se dejó sentir entre los pueblos de su tiempo, sino también sobre civilizaciones posteriores, convirtiéndose en el primer antecedente de la futura civilización griega.

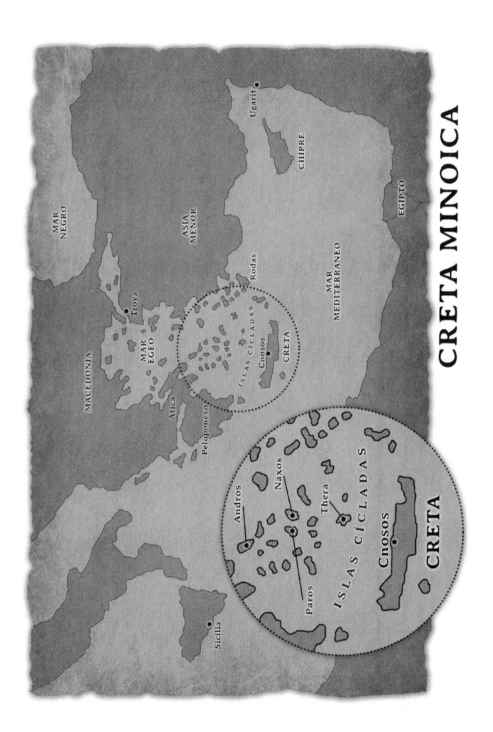

CRETA MINOICA

INTRODUCCIÓN

Creta, siglo XV a. C.

La joven Melantea se levantó con la aurora, antes incluso de que el gallo cantara para señalar el comienzo de un nuevo día. Se cruzó tan solo con un par de labriegos que habían madrugado más de la cuenta y que se dirigían a los campos de cultivo. La muchacha, por el contrario, se encaminó en la dirección opuesta, rumbo a una pequeña cala en la que solía refugiarse cuando la invadía la tristeza y que no se hallaba excesivamente lejos de allí.

Melantea no había pegado ojo durante toda la noche, después de la noticia que su padre le había comunicado la jornada anterior.

—Tras varios meses de conversaciones —le había explicado—, por fin he llegado a un acuerdo con Demofonte que sirva para poner fin a la eterna rivalidad entre nuestras aldeas.

La enemistad entre las poblaciones de Eltynia y Phaistos se remontaba a los viejos tiempos, cuando la isla de Creta no se encontraba aún bajo el estricto control del rey y los gobernadores, sino que se hallaba dividida en clanes que solían atacarse constantemente por uno u otro motivo. La caída del sistema de clanes, sin embargo, no trajo consigo la paz entre ambas aldeas, cuyos habitantes habían continuado porfiando durante generaciones para vengar las afrentas de una y otra parte, en un círculo vicioso que se había tornado infinito.

—Me alegro de que así sea —había replicado Melantea, sin sospechar siquiera lo que estaba por venir.

—Para hermanar ambas aldeas, he apalabrado tu matrimonio con el hijo de Demofonte. Puede que no te guste la idea, pero tendrás que hacer un sacrificio por el bien de todos —había concluido su padre—. La causa bien lo merece.

La muchacha prosiguió su recorrido atravesando un sendero pedregoso que serpenteaba cerro abajo, y al cabo de un rato llegó hasta su destino. Unas olas suaves morían en la playa y producían un sonido hipnótico y relajante que se extendía por todo el litoral. En ese instante, de la línea del horizonte surgió un sol rugiente, que parecía emerger del mismo mar, y su halo refulgente rasgó el cielo violáceo e inundó las serenas aguas con los reflejos del alba.

Melantea puso sus pies sobre la arena y se dejó acariciar por la brisa marina, que enseguida impregnó su piel de cierta humedad.

A sus diecisiete años siempre había creído que se casaría por amor, pese a que no fuese lo más habitual en aquella época. Y, aunque todavía no había conocido al hombre adecuado, tampoco tenía prisa por que apareciera. Por desgracia, sus sueños se habían torcido de la noche a la mañana, después de que su padre la hubiese prometido al hijo de Demofonte, un muchacho llamado Criso, que además de bruto era especialmente arrogante y pendenciero. Justo el tipo de candidato que ella jamás hubiera elegido. Con todo, y pese a su oposición inicial, al fin cedió a los deseos de su padre, que como jefe de la aldea estaba obligado a velar por el bien de toda la comunidad, y se convenció de que era un precio que estaba dispuesta a pagar si con ello se ponía fin al interminable conflicto entre las poblaciones vecinas.

Melantea se sentó en la arena y contempló serenamente el amanecer. Prefirió no pensar en nada mientras el sol trepaba en el cielo y un velo de claridad bañaba la playa. Fue entonces cuando se dio cuenta de que, en un extremo de la cala, yacía un cuerpo en la orilla a merced de las olas.

La muchacha dio un salto y se puso rápidamente en pie. Alguien había naufragado y la corriente debía de haber arrastrado su cuerpo hasta allí. Cuando llegó a su altura distinguió a un joven de edad similar a la suya, junto a un tablón de madera al que debió de haberse aferrado para salvarse. Aunque al principio le dio por muerto, un examen más completo le reveló que el corazón le palpitaba aún con relativa normalidad.

Melantea no tardó en reaccionar y lo primero que hizo fue tirar de sus brazos para alejarlo de la orilla y de las olas, que todavía le golpeaban sin tregua. A continuación, colocó al joven de un costado y le introdujo los dedos en la boca para ayudarle a respirar. El náufrago comenzó a toser, al tiempo que regurgitaba el agua que tenía en los pulmones.

—¿Estás bien?

El desconocido abrió los ojos y parpadeó varias veces seguidas, dando muestras de encontrarse claramente desorientado. Cuando al fin pudo fijar la vista, por un instante pensó que le había rescatado una ninfa, no solo por la belleza de la muchacha, sino también por la calidez de su voz. Una larga melena castaña caía a ambos lados de la tez de Melantea, de ojos grandes y mirada radiante, labios carnosos y piel bronceada por el sol.

—Eso creo —contestó el joven sin poder contener un acceso de tos.

—¿Cómo te llamas?

—Tisandro.

Conforme amanecía, la playa iba cobrando vida y los graznidos de las madrugadoras gaviotas se fundían con el ambiente.

—¿Qué te ha ocurrido? —inquirió Melantea—. ¿Cómo has llegado hasta aquí?

Tisandro quiso contestar, pero tras vanos intentos por rememorar, tan solo logró balbucear palabras sin sentido.

—No lo recuerdo —replicó, consternado.

—No te preocupes. Es perfectamente normal que ahora mismo te sientas aturdido. —Melantea acarició de forma protectora la mejilla del muchacho, que había comenzado a tiritar sin control—. Ven conmigo. Mi familia se ocupará de ti.

Para levantarse, Tisandro se apoyó en las manos y después en las rodillas. Sin embargo, ni siquiera tenía fuerzas suficientes para poder ponerse en pie. Melantea se ofreció a ayudarle y, tras pasarle un brazo por los hombros, logró que se incorporase y diese sus primeros pasos.

—Gracias por todo lo que estás haciendo por mí.

—No es nada —repuso—. Y dime, ¿quién eres? ¿De dónde vienes?

El rostro de Tisandro se puso lívido de repente, tan pronto como fue consciente de que su pérdida de memoria no solo se limitaba al corto plazo, sino que se extendía mucho más allá. Simple y llanamente, no podía responder porque ignoraba la respuesta. Aterrorizado, se dio cuenta de que no sabía quién era. De hecho, no recordaba absolutamente nada de sí mismo…

PRIMERA PARTE

"Minos fue el primer soberano, de los que conocemos por la tradición, en procurarse una flota y extender su dominio por la mayor parte de lo que hoy llamamos mar griego. Sometió las islas Cícladas y fundó en ellas muchas poblaciones, en las cuales instaló a sus propios hijos como gobernadores. Además, limpió la mar de corsarios y ladrones, para que le llegaran con mayor seguridad los tributos y los beneficios del comercio".

TUCÍDIDES, *Historia de la guerra del Peloponeso*

Las damas de azul. Fresco minoico hallado en el palacio de Cnosos. Datación: 1450 a. C.

1

El rey Minos aguardaba en el salón del trono la llegada de la Suma Sacerdotisa, que le había solicitado con urgencia una audiencia formal. Por lo general, Minos solía reunirse en la sala de las hachas dobles. Sin embargo, a Sibila procuraba darle un trato deferente, pues en la práctica era la persona más poderosa de Creta después de él.

Minos se paseaba en círculos por la estancia, hasta que decidió sentarse en el imponente trono de alabastro de respaldo ondulado situado en la pared septentrional, custodiado a ambos lados por sendos grifos representados en un hermoso fresco. Los grifos, criaturas mitológicas con cabeza de águila y cuerpo de león, constituían un indiscutible símbolo de poder. El salón del trono, conformado en realidad por cuatro ámbitos diferenciados —una antecámara, el salón propiamente dicho, un baño lustral y un santuario interior—, reflejaba por sí solo la enormidad y la opulencia del palacio en su conjunto.

El palacio de Cnosos se alzaba sobre un montículo situado cerca del litoral norte de la isla y estaba rodeado por una serie de colinas de cuyas entrañas se había extraído la piedra para construirse. Contaba con un entramado de estancias que superaba el millar, llegando a alcanzar en algunos puntos los cinco pisos de altura.

El formidable complejo arquitectónico, que se extendía a lo largo de dos hectáreas, se concibió alrededor de un gran patio rectangular a partir del cual se abrían las distintas partes que conformaban el mismo. Más allá de constituir la morada del rey y su familia, el palacio se componía de diversas áreas según su función: almacenes, zonas residenciales, recintos de signo religioso, estancias administrativas, e incluso talleres artesanos.

—¡La Suma Sacerdotisa ya está aquí, mi señor! —anunció un sirviente desde el vestíbulo.

—Hazla pasar —ordenó el rey.

Pese a que ya rondaba la cincuentena, Sibila conservaba el porte voluptuoso que siempre la había caracterizado, rematado por su largo cuello, el abundante cabello recogido en un moño y unos ojos almendrados, profundos y misteriosos, dotados de una gran vivacidad. La mujer, embutida en una falda plisada y una escotada blusa que dejaba sus pechos prácticamente al descubierto, como era costumbre entre las sacerdotisas, cruzó la estancia con paso firme y decidido.

—Te agradezco que me hayas recibido con tanta premura —declaró.

—Me preocupo por todo aquello que pueda afectar al reino, del mismo modo que hicieron mis antecesores en el cargo. De lo contrario, jamás disfrutaríamos de la posición de privilegio de que gozamos ahora.

Creta había forjado un imperio gracias a su dominio del mar, que le había llevado a controlar las rutas mercantiles y a obtener inmensas riquezas derivadas del comercio. El imperio minoico había extendido su influencia a lo largo del resto de islas del mar Egeo —principalmente sobre las Cícladas—, mediante la fundación de colonias y bases costeras, obligando al pago de tributos por el uso de sus puertos y las rutas marítimas que controlaba. De este modo, los cretenses habían levantado su imperio de manera absolutamente pacífica, sin necesidad de tener que llevar a cabo incursiones de tipo bélico o invasiones violentas.

En todo caso, Creta poseía una poderosa flota naval con la que había limpiado las aguas de piratas para proteger el desarrollo del comercio, y cuya sola presencia en las inmediaciones de la isla disuadía a sus posibles enemigos de intentar conquistarla, pues ninguna potencia estaba capacitada para superar semejante pantalla defensiva desplegada sobre el mar. Tal era la confianza que los soberanos habían depositado en dicha flota a lo largo de los siglos, que los palacios de la isla carecían de cualquier clase de estructura defensiva, ya fuese en forma de murallas, torres o fosos. Ni siquiera los otros dos grandes imperios de la época estaban en condiciones de desafiar a los cretenses. Los hititas dominaban en Asia Menor, pero constituían una potencia eminentemente terrestre. Y los egipcios, pese a haber extendido su imperio a Palestina y Siria, hasta llegar al Éufrates, carecían de la fuerza naval suficiente como para emprender una batalla marítima de semejantes proporciones.

—Estoy preocupada —confesó Sibila—. Barrunto una amenaza, pero por mucho que lo intento soy incapaz de determinar su naturaleza.

—¿Se trata de uno de tus sueños? —inquirió Minos.

De todos era bien sabido que la Suma Sacerdotisa poseía ciertas dotes adivinatorias, que se le manifestaban a través de los sueños.

—Así es —confirmó—. No obstante, en esta ocasión todo lo que percibo es vago e impreciso.

El rey comenzó a caminar alrededor de Sibila con las manos unidas por detrás de la espalda. De ojos hundidos y mirada perspicaz, Minos compartía edad con la Suma Sacerdotisa, si bien no se conservaba en tan buena forma como ella. Su vestimenta consistía en una túnica ricamente bordada, propia de las clases altas, pues la mayor parte de la población masculina usaba taparrabos y no se cubría de cintura para arriba. El cabello, aunque encanecido, aún le crecía vigorosamente y le llegaba a la altura de los hombros.

—¿Es posible que la amenaza esté relacionada con los aqueos?

Los únicos que podían causar problemas eran los aqueos, un pueblo indoeuropeo procedente de los Balcanes que se había asentado en la Grecia continental en torno al siglo XVIII a. C., y que poco a poco había conseguido ganar peso en el panorama político internacional, aunque siempre a la sombra de Creta. Los aqueos, amantes de la guerra y el pillaje, levantaron colosales fortalezas para protegerse de los ataques externos, hasta que se dieron cuenta de que los cretenses jamás los invadirían porque en realidad no tenían necesidad alguna de ello: el poder minoico se sustentaba en el dominio del comercio y no precisaban del uso de la fuerza para consolidar la supremacía de que gozaban sobre los mares.

Con el tiempo, los aqueos aprendieron de los cretenses el arte de la navegación y los entresijos del comercio, y se dieron cuenta de que poseían valiosos recursos propios con los que hacer negocio, como la plata, el plomo y el cobre procedentes de las minas del Laurión, o el oro y las piedras preciosas de Laconia, en la región del Peloponeso. Finalmente, cansados ya de pagar tributos, los aqueos comenzaron a prescindir de los intermediarios cretenses y empezaron a comerciar por su cuenta, produciéndose las primeras fricciones entre uno y otro pueblo.

Poco tiempo antes, a oídos del rey Minos habían llegado rumores de que los aqueos estaban preparando una flota de guerra, lo cual le obligaba a estar en permanente alerta ante posibles conflictos en sus territorios en expansión. En todo caso, no le preocupaba en absoluto una hipotética invasión de la isla porque, frente al poderío náutico cretense, semejante ocurrencia no tendría ni la menor oportunidad de prosperar.

—No lo sé. Y ese es el problema. Todo lo que puedo decir es que últimamente me invaden unos sueños extraños, que no son más que destellos de algo que no entiendo.

El rey sabía que debía tener en cuenta cualquier advertencia de Sibila, por muy imprecisa que esta fuese. Si los hombres controlaban los asuntos de estado, las mujeres se ocupaban de las creencias y las cuestiones religiosas. Y la Suma Sacerdotisa, como la máxima representante de la fe minoica, gozaba de un extraordinario prestigio entre la población.

En Creta se rendía culto a una divinidad femenina: la Gran Diosa Madre, como símbolo de la fertilidad y protectora a su vez de la naturaleza, la tierra y los animales. Los marinos y los pescadores se referían a ella por el nombre de Dictina, y la población rural prefería el de Britomartis. Además de la Gran Diosa, y situado junto a ella en un orden de inferioridad, también se veneraba al Dios-toro, conocido como Minotauro, que representaba la fuerza, la virilidad y la fecundidad masculina. Este conciso panteón se completaba con toda una suerte de dioses menores, asociados a la muerte y a los fenómenos naturales.

—Tendrás que ser más clara —señaló Minos—. ¿A qué te refieres exactamente?

—El problema es que en lugar de captar imágenes como suele ser habitual, lo que percibo en este caso son sensaciones. ¿Comprendes?

—No del todo.

—Sí. Me refiero a emociones o sentimientos.

—¿Me estás diciendo que no ves nada en el sentido estricto de la palabra?

—Nada en absoluto, más allá de una siniestra oscuridad que no solo se cierne sobre mí, sino sobre toda Creta en su conjunto.

El rey adoptó una postura pensativa.

—¿Y cuáles son esas sensaciones a las que te refieres?

—Una mezcla de horror, destrucción y muerte se apodera de mí y me desgarra por dentro. Siento como si el sufrimiento de toda la población me atravesase y las almas de las víctimas suplicasen el fin del tormento venidero. El lamento de los supervivientes resulta incluso más doloroso que el clamor de los muertos.

—No me gusta cómo suena eso.

—A mí tampoco, pero no podría ignorarlo por más que quisiera.

Minos se dejó caer pesadamente en el trono.

—¿Y qué más? Aunque no veas nada, ¿puedes al menos escuchar alguna cosa?

—Un enorme estruendo, tras el cual pierdo la estabilidad como si el suelo se moviese.

—Eso podría apuntar a un terremoto —terció el rey con su habitual aplomo.

Los cretenses no eran en absoluto ajenos a los temblores de tierra, puesto que habitaban en una de las zonas del planeta de mayor actividad sísmica.

—Parece lo más obvio. No obstante, algo me dice que la respuesta no es tan sencilla.

Minos hundió la cara entre las manos.

—Lo peor de no ponerle rostro a una amenaza, es que ni siquiera puedes prepararte para recibir el golpe anunciado.

—Todavía hay más —repuso Sibila—. Cuando el estruendo se aquieta y la oscuridad se disipa, el restallido del bronce contra el bronce se adueña de mis sentidos.

De repente, el rey se puso de nuevo en pie.

—¡Eso solo puede tener un significado! —exclamó—. ¡Guerra!

—No te precipites —advirtió—. De nuevo, insisto en que la explicación más lógica no tiene por qué ser la más acertada. El mal tiene muchas caras, y la amenaza que se cierne sobre Creta no se parece a nada que hayamos conocido hasta ahora.

Minos, sin embargo, ya no podía pensar en otra cosa. ¿Estaría Sibila presagiando el ataque de una potencia extranjera, o acaso la amenaza procedería del interior? Desde luego, hacía mucho tiempo que en la isla no se producían levantamientos ni conflictos internos, pero eso no significaba que no se pudiesen volver a repetir.

Antes de la monarquía imperante, en Creta regía el sistema de clanes, donde cada población trataba de asegurarse su propia defensa y las pugnas entre unos y otros eran constantes y muy perjudiciales para todos por igual. Con el tiempo, una serie de jefes consiguieron acumular un considerable poder sobre amplios territorios, y lucharon entre sí hasta que uno de ellos salió victorioso y fundó la dinastía de la que el vigente rey Minos constituía su representante actual.

Desde entonces, la isla se dividía en cuatro regiones: Cnosos, Festo, Malia y Zacro, al frente de cada una de las cuales se encontraba un gobernador que debía rendir cuentas al soberano, excepto en Cnosos, en que las funciones de dirigente las ejercía el propio rey.

Los gobernadores habitaban en suntuosos palacios desde donde ejercían un exhaustivo control sobre la población, que estaba obligada a pagar un tributo en especie destinado a costear los gastos administrativos del aparato de gobierno. El tesoro se guardaba en arcones subterráneos situados en los almacenes, los cuales contenían grandes tinajas de barro llenas de aceite, grano, pescado seco o alubias, con los cuales se mantenía al ejército, a la servidumbre, a la extensa nómina de funcionarios y a la clerecía formada por el conjunto de las sacerdotisas.

La mayor parte de la carga tributaria recaía sobre la población rural. Y aquellos habitantes que no cumpliesen podían ser castigados a llevar a cabo durante un tiempo determinado trabajos forzados, habitualmente en las minas o las canteras, que eran propiedad de los gobernadores o el rey.

El ejército de cada una de las regiones era en general más bien reducido, pues los conflictos bélicos internos ya formaban parte del pasado, y la paz constituía la nota dominante desde antes incluso de que Minos hubiese accedido al trono. Además, los cretenses no temían un ataque por tierra, puesto que su flota naval desplegada en los mares y puertos les bastaba para defenderse.

—Tienes razón. En todo caso, no puedo hacer nada con una información tan imprecisa.

—Soy consciente de ello. De cualquier manera, creí que debías saberlo. —Sibila dejó caer los hombros y agachó la barbilla—. Tampoco puedo ignorar que me estoy haciendo mayor y puede que esté perdiendo facultades. De hecho, estoy empezando a pensar que a lo mejor ha llegado la hora de designar a una sustituta.

—No te precipites. A lo largo de los años te has ganado el respeto de toda la población, y yo valoro especialmente tu labor, que ha probado ser extremadamente valiosa para el imperio.

—Te agradezco la confianza.

—No hay de qué. Tú y yo nos compenetramos bien, y espero que continuemos trabajando juntos durante tanto tiempo como sea posible.

La Suma Sacerdotisa esbozó una sonrisa que muy pocas veces dejaba traslucir.

—Déjame decirte que Creta es afortunada al contar con un rey tan íntegro como tú.

—Basta de elogios —repuso alegremente Minos—. Retorna a tus tareas y no dudes en volver a hablar conmigo si tienes algo nuevo que añadir.

—Así lo haré.

—Y una cosa más. No compartas con nadie lo que hemos hablado hoy aquí.

2

Tisandro durmió mal —a causa de su estado febril— a lo largo de varios días, durante los cuales se despertaba de forma intermitente para encontrarse siempre con el bello rostro de Melantea, que apenas se separaba de su lado. Al cuarto día ya era capaz de ingerir alimentos y sus extremidades respondían eficazmente a los estímulos. Durante los cuidados le habían detectado una fea contusión en la cabeza, que por suerte cicatrizaba a buen ritmo y no presentaba signos de infección. Por contra, el golpe parecía haberle trastocado la mente, a juzgar por la pérdida de memoria que decía padecer.

El joven muchacho no recordaba nada, ni siquiera su nombre, que la propia Melantea tuvo que refrescarle, porque aquello era lo único que él mismo le había dicho el día que lo había hallado en la playa al borde de la muerte. Ignorarlo todo acerca de su propia identidad, así como de su pasado, lo desquiciaba y le aterrorizaba a la vez. Y todo lo que el curandero pudo decirle fue que la Gran Diosa, si realizaba algunas ofrendas en su honor, se encargaría de devolverle poco a poco sus recuerdos.

El hombre que le había acogido se llamaba Asterión, y no solo era el padre de Melantea, sino también el jefe de la aldea, y dada su posición privilegiada poseía una casa lo suficientemente grande y víveres abundantes como para poder darle cobijo. Aunque recio y acostumbrado a las tareas del campo, Asterión era un hombre de carácter bonachón y trato amable, sin que ello le impidiese ponerse serio cuando la ocasión así lo requería.

Una vez recuperado, Asterión se sentó junto a Tisandro en el lecho donde este aún permanecía, dispuesto a mantener una seria charla con él, de hombre a hombre, sin que Melantea ni nadie más de la familia estuviese presente. El muchacho le inspiraba compasión, pero antes de acogerlo debía estar seguro de poder fiarse de él.

—Tisandro, muchacho, ayer me desplacé hasta Cnosos y estuve en el puerto para averiguar si alguien te buscaba o si había preguntado por ti. Sin embargo, por más que mencioné tu nombre, nadie supo decirme nada al respecto.

—Gracias por haberlo intentado, señor.

—Desde luego, la amnesia que sufres resulta una desdicha inimaginable para alguien tan joven como tú. Con todo, mientras convalecías he tenido la ocasión de fijarme en ciertos detalles, que quizá te ayuden a recordar de dónde eres o cómo has llegado hasta nuestra isla —Asterión carraspeó antes de proseguir—, porque si de algo estoy seguro es de que tú no eres de aquí.

—¿Y eso cómo lo sabe? —inquirió Tisandro, arrugando la nariz.

—Para empezar, porque los cretenses no soportamos la barba y siempre vamos afeitados. —Asterión le tendió un pequeño espejo de metal bruñido para que pudiese observarse. Tisandro lucía en su rostro una barba menuda perfectamente recortada, aunque algo descuidada como consecuencia de los días que llevaba en cama—. Además, llevas el pelo corto y, como puedes ver, la cabellera larga es la nota habitual entre nosotros, pues existe la creencia en estas tierras de que la potencia viril reside en el pelo. En conjunto, no cabe duda de que tus rasgos físicos son similares a los nuestros, pero también es verdad que tu estilo es mucho más propio de un aqueo que de un cretense.

Tisandro dejó el espejo a un lado, debido a la desilusión que le producía no reconocerse en él.

—Luego está la cuestión de tu atuendo. El taparrabos propio de Creta se caracteriza porque se ata entre las piernas en forma de calzón. ¿Ves? No obstante, el tuyo cae en faldones por delante y detrás de los muslos, e incorpora un bolsillo de cuero para proteger el sexo. —Asterión se tomó su tiempo y añadió a su minucioso análisis un detalle más—. Finalmente, el asunto del idioma también me desconcierta. Desde luego, hablamos la misma lengua, pero tienes un acento especialmente marcado que no procede de esta tierra. ¿Te sirve de algo toda esta información?

Tisandro, frustrado, negó con la cabeza.

—Si quieres saber mi opinión —concluyó el padre de Melantea—, yo apostaría a que vienes de las Cícladas. No obstante, resultaría imposible saber de qué isla en concreto. Del mismo modo, cómo has llegado hasta nuestras costas me supone todo un enigma.

—Es horrible sentirse así —confesó Tisandro con un hilo de voz—. Lo he olvidado todo. Estoy seguro de que si tuviese delante a mi propia madre, ni siquiera la reconocería.

Asterión estudió con interés la reacción del muchacho, pues también cabía la posibilidad de que estuviese fingiendo y de que en realidad se tratase de un espía procedente de una nación extranjera.

Su angustiosa mirada y el temblor de sus manos, sin embargo, le llevaron a excluir cualquier posibilidad de engaño, y a concluir que su pesar era sincero.

—Muchacho, he dejado aviso en el puerto para que, si alguien pregunta por ti, sepa dónde encontrarte. Mientras tanto, puedes quedarte en mi hogar el tiempo que haga falta.

—Muchas gracias, señor. Es usted muy generoso.

—Pero tendrás que trabajar en el campo como cualquiera de nosotros —señaló—. Y me atrevería a decir que no te resultará fácil. Tienes manos delicadas, muy distintas de las que tendría un campesino, un pastor, un pescador o un trabajador de los metales. Creo que, por el lugar del que procedes, debes de pertenecer a las clases altas.

—Señor, desconozco si está o no en lo cierto. Pero en todo caso le aseguro que haré lo que haga falta.

—Bienvenido entonces, Tisandro. Y, si no tienes inconveniente —añadió Asterión con una cálida sonrisa—, me sentiría mucho más cómodo si te dirigieses a mí simplemente por mi nombre.

La aldea que había acogido a Tisandro no era ni grande ni pequeña. Se llamaba Eltynia y estaba integrada en la región de Cnosos, a cuyo gobierno debía satisfacer los tributos correspondientes como estaba establecido.

Aunque los habitantes de Eltynia poseían algo de ganado, su actividad principal era el cultivo de los campos. Por desgracia, atravesaban por una situación difícil, debido al mal estado de las tierras y a las heladas que durante los últimos años habían dado al traste con las cosechas de leguminosas —lentejas, garbanzos y guisantes—, que hasta entonces había constituido la base de su agricultura.

Dadas las circunstancias, Asterión había decidido en consenso con el resto de los campesinos sustituir las leguminosas por el cultivo de grano, pues el trigo crecía con rapidez y se adaptaba bien tanto a las superficies rocosas como a los terrenos pedregosos de caliza. El vino y el aceite resultaban mucho más lucrativos, pero ambos se hallaban fuera de su alcance. Las tierras que poseían no eran aptas para el cultivo de la vid, y el olivo fructificaba solo cada dos años, un tiempo precioso que ellos no podían permitirse. De hecho, para poder pagar el tributo que exigían las autoridades, varias familias habían sufrido las consecuencias del hambre durante dos inviernos seguidos. La situación era extremadamente preocupante y, si no mejoraba a corto plazo, el futuro de los habitantes de Eltynia se antojaba tan negro como el fondo de una cueva.

Desde el principio quedó muy claro que la vida de campesino le resultaba a Tisandro particularmente sufrida. No obstante, y pese a su evidente falta de experiencia, era innegable que el muchacho se esforzaba cuanto podía y que conforme pasaban los días lograba hacerlo mejor. Con el tiempo, se ganó el respeto del resto de los campesinos, aunque no fuese tan diestro como ellos en la tarea.

Tisandro no se separaba de Melantea, que realizaba las mismas tareas que el campesino más experimentado, y que había asumido la labor de enseñarle por propia iniciativa. La muchacha cavaba, labraba, sembraba, cosechaba y guiaba a los asnos y bueyes con la misma habilidad que cualquier hombre, y todo ello sin perder por el camino el menor ápice de su feminidad. Su madre, por el contrario, se pasaba la mayor parte del tiempo en el hogar, dedicada a cocinar, a moler el grano, a hilar y a cuidar de los niños y de los animales domésticos. La propia Melantea, cuando se casase y habitase su propia vivienda, también pasaría a desempeñar aquel mismo rol, pero mientras fuese joven y soltera, se dedicaría como el que más a la actividad principal con base en la economía que Eltynia sustentaba.

Tras pasar jornadas enteras junto a Melantea, Tisandro no pudo evitar sentirse atraído por ella al cabo de unos días. A su incontestable belleza había que sumarle su generosidad, su carácter jovial, y la paz que las palabras y su tono de voz eran capaces de transmitir. De todas maneras, el muchacho prefirió actuar con cautela, pues se daba perfecta cuenta de que ella le miraba de forma muy distinta, más como a un hermano que otra cosa.

Una mañana, ambos fueron a por agua a la fuente más cercana y, tras llenar un par de cántaros, emprendieron el camino de regreso a través de una vereda que descendía por un bosquecillo de almendros, poblado de arbustos y piedras pequeñas. Había llovido y el aire arrastraba el aroma del tomillo y algunas flores silvestres. Los pájaros cantaban y, en la lejanía, se oían los balidos de un rebaño de ovejas.

—Durante los días que llevas entre nosotros, ¿no has podido recordar todavía nada de tu pasado? —inquirió Melantea.

Tisandro bajó la mirada, a la vez que su expresión se tornaba lúgubre y abatida.

—No te desanimes —le confortó la muchacha—. Tan pronto como podamos iremos al santuario de la montaña y le haremos entrega a Britomartis de espléndidas ofrendas para que se apiade de ti.

—No sé —murmuró Tisandro—. Quizá de donde yo vengo adoremos a dioses distintos. Ya sabes que tu padre piensa que yo no soy de aquí.

Melantea decidió tomarse un descanso, momento que aprovechó para ajustarse la almohadilla que le protegía el hombro sobre el que llevaba el pesado cántaro.

—Es posible, pero para el caso es lo mismo. Tus dioses parecen haberse olvidado de ti, lo mismo que tú de ellos. Así que lo más sensato sería que a partir de ahora depositases tu fe en los nuestros. ¿No crees?

En ese instante, unas voces llegaron hasta sus oídos. Melantea pareció reconocer a alguien en una de ellas y su gesto se torció de improviso.

—¡Rápido, Tisandro! —dijo—. ¡Escóndete conmigo!

La muchacha se apartó de la vereda y se internó en la maleza hasta situarse detrás de unos arbustos. Tisandro la siguió y se agachó junto a ella, entre desconcertado y divertido.

—¿Qué ocurre?

—Silencio —pidió Melantea, llevándose un dedo a los labios.

A continuación, dos jóvenes pastores aparecieron por el sendero principal, departiendo tranquilamente acerca del ganado. Uno de ellos poseía tal corpulencia que hubiese provocado la envidia del guerrero más osado. Su complexión hercúlea y su poderosa musculatura en hombros y brazos, unida a su elevada estatura, le hacían destacar como a un elefante entre una manada de gamos.

Melantea les siguió con la mirada hasta que se perdieron pendiente abajo.

—¿Quién era esa especie de titán? —preguntó Tisandro.

—Mi prometido… —confesó la muchacha con voz afligida.

Tisandro no pudo evitar sentir una punzada de celos al conocer la noticia. Por lo demás, que una belleza como Melantea estuviese prometida no tenía nada de raro. Sí lo era, en cambio, el hecho de que jamás lo hubiese mencionado con anterioridad.

—Entonces, ¿por qué nos escondemos?

—Lo evito siempre que puedo.

Tisandro frunció el ceño en señal de incomprensión y Melantea se sintió en la obligación de explicarle lo que ocurría.

—Se llama Criso y es el hijo del jefe de Phaistos, la población vecina situada colina arriba. Su padre y el mío pactaron el matrimonio entre ambos, que busca poner fin al enconado enfrentamiento existente entre nuestras aldeas.

—Pese al poco tiempo que llevo aquí, ya he notado el odio que vuestros vecinos os despiertan. Pero… ¿cuál es el origen de semejante rivalidad?

—Ya nadie se acuerda. Se remonta a los tiempos del abuelo de mi abuelo, cuando la isla todavía se hallaba dividida en clanes que siempre andaban en guerra. El fin de aquella etapa, sin embargo, no trajo la concordia con nuestros vecinos. Desde entonces, los episodios de violencia se han venido repitiendo con frecuencia, por parte de uno y otro lado.

Melantea suspiró y se puso en pie para reincorporarse al camino. Antes, se aseguró de que la abertura de su cántaro estuviese bien cerrada para evitar que el interior se llenase de insectos e impurezas.

—Supongo que tú no tienes el menor deseo de casarte con él.

—No se me ocurre nada peor. Por muy fuerte que sea, Criso tiene la cabeza hueca y se rige por los mismos instintos que los animales del campo.

—Perdona mi indiscreción —terció Tisandro, ligeramente azorado—. Pero entonces, tú y Criso ya habéis…

Melantea, al principio, mantuvo la mirada fija en Tisandro sin saber a qué se refería. Cuando lo entendió, se ruborizó como si todavía fuese una niña.

—Desde luego que no —replicó con contundencia—. Nuestras costumbres no aprueban la consumación del acto hasta la celebración de la boda.

Tisandro se sintió de inmediato aliviado, lo cual le llevó a darse cuenta de que Melantea le gustaba mucho más de lo que creía.

—¿Y no puedes oponerte?

—Lo cierto es que mi padre dejó la decisión final en mis manos.

—¡¿Y tú aceptaste?! ¡No lo comprendo!

Melantea sacudió la cabeza y adoptó una expresión entre melancólica y sombría.

—El conflicto entre ambas aldeas es mucho más serio de lo que piensas. No creas que se limita a peleas puntuales por el robo de ganado o desavenencias por la propiedad de las tierras. Con frecuencia, una simple disputa desemboca en el crimen de un lugareño, cuya familia no tarda en vengarse en un pariente del homicida, engendrando un interminable ciclo de muerte que se extiende generación tras generación. La pasada estación, sin ir más lejos, una prima mía perdió la vida víctima de esta locura sin sentido. De manera que, si está en mi mano contribuir a terminar con tanta desgracia, ¿cómo voy a decir que no?

Transcurrida la primera semana desde que se hubiese recuperado, Tisandro se sentía exhausto por el duro trabajo que realizaba a diario, aunque satisfecho al mismo tiempo de poder dormir bajo techo y contar con un plato de comida, todo ello gracias a la hospitalidad de Asterión. Aquella tarde, toda la familia se había tomado un descanso de las habituales tareas de labranza, y cada uno empleaba su tiempo como más le apetecía.

Después de echar una cabezada, Tisandro salió de su habitación y se dio una vuelta por la casa. La vivienda del jefe de la aldea era una construcción en piedra y adobe, provista de varias estancias distribuidas en una sola planta, con suelo de tierra batida. Los aposentos contaban con camas y arcones, además de grandes ventanas que dejaban pasar la luz. La techumbre estaba recubierta a base de ramas, juncos y una gruesa capa de arcilla que le proporcionaba una notable resistencia. De ahí que, en las noches de mayor calor, no dudaran en dormir en el techo en forma de terraza.

La esposa de Asterión se hallaba en el cuarto contiguo, frente a un telar en el que confeccionaba buena parte del vestuario de la familia. La hacendosa mujer le dedicó una sonrisa e inmediatamente se centró de nuevo en la tarea.

El inconfundible sonido de unas risas infantiles guio a Tisandro al patio de entrada, donde Asterión jugaba con sus dos hijos pequeños, de seis y siete años, que no se estaban quietos a ninguna hora del día. El jefe de la aldea, agotado ya de tanto ajetreo, aprovechó la llegada de Tisandro para poner fin al esparcimiento y dejar que los hermanos continuasen jugando por su cuenta.

—Volvamos adentro, Tisandro —pidió Asterión—. Necesito tomarme un respiro.

Melantea se encontraba en la espaciosa sala principal, en mitad de la cual había una columna que servía de soporte para toda la estructura. A lo largo de las paredes se ordenaban todo tipo de enseres: jarras y cántaros, instrumental para la molienda y el fogón, así como lámparas de aceite. La cocina, sin embargo, se ubicaba en el exterior para preservar la casa del humo, el hollín y el peligro de incendio.

Tisandro observó a la muchacha, sentada en un taburete y reclinada sobre una mesa redonda de tres patas, que trabajaba con un cincel y un pedazo de madera.

—¿Qué haces? —inquirió Tisandro.

—Estoy tallando una figurita para ofrecérsela a Britomartis.

Asterión, mientras tanto, había entrado en una estancia que servía de despensa, para regresar al cabo de un minuto con un tarro lleno de jugosos higos.

—¿Tenéis hambre? —preguntó—. Pues serviros vosotros mismos.

Asterión dejó el tarro sobre la mesa y tomó asiento junto a su hija.

—Tienes buenas manos. ¿Es eso una oveja?

Melantea sabía de sobra que no estaba dotada para la escultura. La talla era tosca y carecía por completo de estilo.

—Padre, si fuese tan buena como dices, reconocerías al animal sin dudarlo un segundo. Además, ni siquiera es una oveja. Es una cabra salvaje. ¿Acaso no le ves los cuernos?

Asterión agitó la mano en el aire como restándole importancia al asunto.

—Pensé que eran las orejas —repuso—. Pero bueno, lo importante es que mañana iremos al santuario de la montaña y se la brindaremos a Britomartis junto al resto de ofrendas. Tú también vendrás con nosotros, ¿verdad? —añadió, dirigiéndose a Tisandro.

El muchacho se encogió de hombros.

—Supongo... —murmuró.

—Deberías venir. La Gran Diosa es la única que podría devolverte los recuerdos. Además, tu presencia serviría también para ganarte la confianza de los vecinos. Hay muchos que todavía recelan de ti.

Melantea terminó su obra y la mostró con orgullo, pese a su pobre acabado.

—¿Puedo intentarlo yo ahora? —pidió el muchacho—. Si voy a presentarme ante Britomartis, no puedo hacerlo con las manos vacías.

Tisandro asió el cincel y enseguida lo empleó con especial esmero sobre un trozo de madera. Mientras esculpía, Melantea le observaba con atención. De nariz recta, boca amplia y ojos de color verde claro, al misterioso muchacho le rodeaba un aura de inocencia como nunca antes había conocido. En líneas generales, su aspecto no había cambiado desde su aparición: prefería llevar el pelo corto y conservaba una cuidada barba, casi inédita en aquellas tierras.

Al cabo de un rato, Tisandro concluyó su obra y la mostró con una gran sonrisa. Asterión y su hija contemplaron la talla y después intercambiaron miradas de asombro e incredulidad. La figurilla representaba un toro tan logrado que parecía a punto de cobrar vida. Todos y cada uno de los detalles anatómicos del animal los había reproducido con extraordinaria exactitud.

—Es fantástico —elogió Melantea sin poder ocultar su admiración—. ¿Cómo lo has hecho? No nos habías dicho que esto se te daba tan bien.

En realidad, ni siquiera el propio Tisandro había sido consciente de ello hasta que se había puesto a hacerlo. Sencillamente, había cogido el cincel y a partir de ese momento había seguido su propio instinto.

—Muchacho, ¿esto no te dice nada? —terció Asterión—. Ahora ya sabes algo más de ti que antes desconocías. Y, aunque sigamos ignorando tu identidad, resulta innegable que posees el talento de un artista.

Aquel descubrimiento alegró a Tisandro, pues verdaderamente podía constituir el germen que le ayudase a recuperar parte de sus recuerdos. Con todo, aún le produjo mayor emoción darse cuenta de que Melantea comenzaba a mirarle de

33

manera distinta a como lo había hecho hasta ahora. Desde ese momento, cuando se fijaba en sus ojos, podía detectar un brillo en la mirada que antes no había estado allí.

3

Aquella mañana, antes de dirigirse hacia el área teatral situada en el exterior del palacio, el rey Minos decidió acercarse a la entrada norte, la más próxima al camino que llevaba al puerto, para supervisar la construcción de una nueva cámara que serviría para recibir e inspeccionar las mercancías. Los centinelas con los que se cruzaba, tocados con un casco rematado con un penacho, golpeaban sus lanzas contra el suelo al paso del soberano, mientras los sirvientes inclinaban la cabeza en señal de respeto y sumisión.

La sala, dividida en tres ámbitos por dos hileras de pilares de base cuadrada, ya estaba prácticamente finalizada, y tan solo faltaba embellecer sus paredes con un fresco alusivo que cubriese toda la pared. Para dicha tarea se encontraba allí el artista más afamado de Cnosos, tomando medidas y pensando el motivo más apropiado para la composición.

—Mi señor, es para mí todo un honor que se haya pasado por aquí antes de que empiece el trabajo.

De nombre Asclepio, el artista era bajo de estatura y casi calvo por completo, excepto por el pelo raleado que le brotaba en las zonas de una y otra sien. Toda la ciudad conocía su llamativa historia, pues pese a proceder de una familia humilde había logrado el reconocimiento de la nobleza, hasta el punto de convertirse en el artista favorito del rey.

—Asclepio, soy yo el que se siente honrado de que pongas tu talento a mi servicio —dijo Minos a modo de saludo.

Buena parte de las pinturas que decoraban los muros, las paredes e incluso los techos del recinto palaciego habían sido obra de Asclepio. El método empleado por el artista consistía en colocar varias capas de yeso fresco en la pared, pulirlas bien y aplicar la pintura sobre el estuco todavía húmedo para que así el pigmento se quedase fijado sobre la superficie. De ese modo, se conseguía un deslumbrante efecto, consistente en que los colores se percibían como si formasen parte de la propia pared. Dicha técnica, propia de Creta, era muy diferente de la que se llevaba a cabo en Egipto y el Próximo Oriente, donde no se conocía.

—¿Desea hacer alguna sugerencia? —preguntó Asclepio—. Sus propuestas son siempre bienvenidas.

Los frescos del palacio incluían paisajes naturales, animales salvajes y también escenas protagonizadas por seres humanos. Además de por su imaginación, el estilo cretense se caracterizaba también por el dinamismo de sus pinturas. Los hombres y las mujeres aparecían corriendo o danzando; los animales, galopando, volando o nadando, e incluso las plantas se torcían por efecto del empuje del viento.

—Lo dejo en tus manos —replicó el rey—. Confío en tu criterio. Hasta ahora nunca me has decepcionado.

—Pues, de acuerdo con la funcionalidad de la sala, había pensado en plasmar a una cuadrilla de estibadores cargando y descargando tinajas de un navío.

—¡Excelente! Y se me ocurre también que podrías añadir gaviotas en el cielo, así como un pesquero faenando en segundo plano sobre las aguas del mar.

Asclepio torció su expresión, como si las propuestas del soberano no encajasen con el boceto que tenía en mente.

—No te apures —añadió Minos tras advertir cierta sorpresa en el rostro del pintor—. No son más que un par de sugerencias. Insisto en que tienes total libertad.

—Gracias, señor —repuso, aliviado—. Con todo, haré lo que pueda para satisfacer sus deseos.

—¡Ah! ¡Muy bien! Ya estoy deseando ver el trabajo concluido.

Dicho esto, Minos se despidió del notorio artista y encaminó a continuación sus pasos hacia el noroeste del recinto.

El cielo estaba despejado y el sol bañaba los valles de un amarillo refulgente, a pesar de lo cual la mañana era fría y desapacible. Con una capacidad para unos quinientos espectadores, el anfiteatro disponía de dos gradas separadas por un palco situado en el medio, destinado a las autoridades. Dada su consideración de espacio público, se trataba de un lugar esencial para los ciudadanos, que acudían con asiduidad a los diferentes espectáculos que allí se celebraban.

Un grupo de aristócratas se reía y compartía confidencias en la tribuna, sin prestar demasiada atención a cuanto acontecía sobre la arena. Por un lado, los hombres se juntaban para hablar de arte y de las cacerías que llevaban a cabo por deporte; mientras, por otro, las señoras de la alta sociedad cretense se distraían discutiendo de moda, y comparaban sus atuendos recién salidos de las casas de costura más célebres de Cnosos. Las tendencias cambiaban constantemente, y unas veces se llevaban las blusas transparentes y otras los corpiños ajustados con mangas abombadas. Asimismo, de una temporada a otra las faldas podían ser largas y acampanadas, o cortas y divididas en volantes. Los peinados eran en todo caso caprichosos y estrafalarios, y se valían de alfileres, cintas o redecillas para recogerse el cabello. Del mismo modo, no podían faltar los adornos personales, especialmente en forma de diademas, collares y brazaletes, confeccionados con perlas y metales preciosos. Y, en cuanto al calzado, además de las sandalias, era frecuente el uso de botines altos, provistos incluso de tacones en determinados casos.

La influencia que la moda minoica ejercía entre las clases más pudientes no solo se limitaba a la isla de Creta, sino que se extendía a lo largo y ancho de las Cícladas, y alcanzaba incluso a la Grecia continental.

El rey Minos recibió el efusivo saludo de todos los presentes, pero no se entretuvo en conversaciones intrascendentes y se sentó directamente en el lugar que le correspondía, momento en el que un sirviente se apresuró a llevarle un bol repleto de lustrosas uvas. Sobre la arena del anfiteatro varios atletas competían en sus respectivas disciplinas, entre las que destacaban el tiro con arco, las carreras pedestres y el pugilato, una suerte de boxeo primitivo. Precisamente, entre ellos se encontraba su propio hijo, motivo por el cual Minos había acudido allí para contemplar personalmente su actuación.

Dada su condición de atleta, el príncipe Androgeo respondía al prototipo ideal cretense plasmado en los frescos y las esculturas: talle estrecho, piernas y brazos vigorosos y un torso bien desarrollado.

Androgeo era un excelente púgil y, tras darse cuenta de que su padre se había acomodado en el palco, aumentó aún más si cabía su grado de concentración. Las reglas del combate no admitían discusión. Estaba prohibido emplear con el rival técnicas de lucha cuerpo a cuerpo. Solo se admitían golpes con las manos, aunque no se podía arañar ni agarrar con los dedos. Tampoco había un determinado número de asaltos ni límite de tiempo, de manera que la pelea terminaba cuando uno de los dos contrincantes se rendía, o bien cuando quedaba incapacitado para proseguir. Asimismo, los púgiles estaban muy bien equipados, pues usaban guantes y un casco redondo de cuero que se extendía hasta las mejillas.

La lucha dio comienzo y desde el principio quedó muy clara la superioridad de Androgeo sobre su rival. El príncipe tenía buenos reflejos, era ágil y se movía con rapidez. En consecuencia, esquivaba casi todos los golpes, al tiempo que propinaba los suyos sin demasiada dificultad. El combate se extendió a lo largo de varios minutos, hasta que su adversario asumió la derrota y decidió darse por vencido, para evitar así una humillación mayor.

Androgeo participó en tres combates más, y en todos ellos salió igualmente victorioso. Cuando la competición deportiva tocó a su fin, los atletas recibieron el aplauso de la grada y poco a poco fueron abandonando el recinto. Acto seguido, un grupo de sirvientes de palacio irrumpieron en la plaza e iniciaron los trabajos para adaptarla al siguiente espectáculo que tendría lugar inmediatamente después.

Con la ayuda de su sirviente personal, Androgeo se despojó de los guantes y del casco protector, y se secó el sudor con un paño de lino. A sus dieciocho años, el príncipe era un joven esbelto, de perfil recto y boca amplia, al que una cabellera ondulada le caía sobre la espalda y un puñado de rizos le cubría parte de la frente. Androgeo se bebió primero una jarra de agua y, tras haber saciado su sed, ascendió hasta el palco luciendo en el rostro una sonrisa triunfal.

—¿Soy o no soy el mejor púgil de Creta? —le preguntó a su padre con suficiencia.

—Vamos, no exageres —repuso Minos.

—¿Acaso no lo has visto? He ganado claramente la competición.

—Es cierto, pero sabes tan bien como yo que hoy faltaban algunos de los púgiles más destacados de Cnosos. Además, he oído decir que en Festo y en Masilia hay luchadores de igual o superior nivel.

Entretanto, las gradas comenzaban a llenarse para el siguiente acto, que gozaba de una enorme popularidad entre la población. Los operarios habían transformado el anfiteatro en un coso, donde un selecto grupo de gimnastas realizarían una serie de acrobacias valiéndose de un toro para su ejecución.

—Hijo, ya sabes que admiro profundamente tus dotes como atleta y guerrero.

Ciertamente, además de ser un extraordinario púgil, Androgeo dominaba con solvencia el manejo de la espada.

—Gracias, padre. Entreno muy duro para que así sea.

—Por contra... me consta que vas demasiado atrasado en tus estudios. Y, ¿acaso no te he repetido hasta la saciedad que la mente ha de cultivarse con idéntica disciplina que el cuerpo? Antes o después me sucederás en el cargo y tendrás que estar preparado para enfrentarte a la difícil tarea de gobernar.

Aunque un buen chico, Androgeo tenía fama de ser un incorregible seductor de mujeres, además de impetuoso y algo vividor. Pero teniendo en cuenta su posición de privilegio, ¿quién no lo habría sido a su edad? El problema radicaba en que todo lo que tuviese que ver con su educación intelectual, lo encontraba inútil y aburrido.

—Pero... hago lo que puedo...

—¡No es cierto! —objetó Minos—. ¡Sé que aún tienes dificultades para leer y escribir!

—Para eso ya están los escribas —repuso el príncipe, restándole importancia al asunto.

El rey, disgustado, negó con la cabeza. Sin embargo, no quería mostrarse demasiado duro con el muchacho, que recientemente había perdido a su madre de forma repentina. Así era, su esposa, la reina Pasífae, había fallecido consumida por unas fiebres malignas contra las que nada se había podido hacer.

—Yo también era testarudo a tu edad, pero al menos escuchaba a mi padre.

De repente, el público que abarrotaba las gradas comenzó a rugir en cuanto soltaron el toro a la arena del coso. Las reses destinadas a los juegos vivían en grandes dehesas en completa libertad y se las capturaba haciendo uso de una red. Durante el espectáculo se fingía una especie de lucha entre el hombre y la bestia, a la cual se le atribuía un origen divino, que en todo caso resultaba inofensiva para el animal. Los gimnastas, uniformados con taparrabos cortos y unas polainas, no portaban armas y se limitaban a realizar cabriolas por encima de las reses, jugándose la vida en cada salto.

—Esta semana tampoco acudiste a la reunión del Consejo, después de haberte pedido expresamente que lo hicieras.

—La política me aburre —replicó Androgeo—. Yo lo que ansío es batallar contra nuestros enemigos.

—¿Qué enemigos? La prosperidad de nuestro imperio se la debemos a los largos periodos de paz y al desarrollo del comercio.

—¿Y los aqueos? ¿Acaso te fías de ellos?

—Ya veremos. Por ahora no constituyen ninguna amenaza.

El toro se contagió al fin del clima de excitación que se respiraba en la grada y arremetió con furia contra el gimnasta que estaba plantado frente a él. El joven lo estaba esperando y dio un gran salto por encima de su cabeza, hasta aterrizar de nuevo en el suelo tras completar una voltereta en el aire. La audiencia enloqueció y aclamó la audaz pirueta entre gritos y aplausos. Un año antes, el propio Androgeo había querido participar en aquel tipo de espectáculo, pero su padre se lo había prohibido con rotundidad. La vida del heredero al trono era demasiado valiosa como para ponerse en riesgo de aquella manera.

—Padre, ¿has visto eso? ¡Ha sido fantástico!

Minos resopló con desgana. Ni siquiera la muerte de Pasífae había servido para que Androgeo madurase, pese al impacto que le había supuesto perder a su madre a la que le unía un fuerte lazo afectivo. ¿Cuándo iba su hijo a darse cuenta de la responsabilidad que implicaba ser el príncipe heredero?

—Androgeo, te estoy hablando de algo muy serio. Si a mí me ocurriese alguna cosa, de un día para otro te pondrías al frente de un imperio sin contar con la preparación adecuada.

—Ya hablaremos de ello, padre. Ahora no es el momento.

En el coso, un gimnasta agarraba los cuernos del toro y se impulsaba hacia arriba aprovechando la inercia de la propia embestida, y tras caer de pie sobre la grupa volvió a brincar a toda prisa para acabar posándose elegantemente sobre la arena. El público se levantó de sus asientos y vitoreó la compleja pirueta en un clima de absoluto fervor.

El rey comprendió que no podía haber elegido un peor momento para hablar con su hijo acerca de un asunto tan delicado y, tras sumarse a los aplausos, decidió disfrutar sin complejos del más grandioso festejo celebrado en toda Creta.

4

Un par de semanas después del sorprendente descubrimiento que Tisandro había hecho de sí mismo, ya no quedaba nadie en la aldea que no le conociera.

Además del tallado de figuritas en madera, Tisandro había probado a esculpir también en hueso o en piedra, obteniendo resultados igualmente admirables. Aparte, enseguida se dio cuenta de que su talento artístico no solo se limitaba al campo de la escultura, sino que también se extendía al grabado y al dibujo. Respecto de su amnesia, ninguno de aquellos hallazgos acerca de su propia persona le había servido para recuperar la memoria, que no había experimentado mejoría alguna. Y, aunque el curandero había afirmado que solamente los dioses podían hacer algo por él, lo cierto era que por el momento las ofrendas tampoco habían servido.

En tales circunstancias, unos cuantos habitantes de la aldea se habían ofrecido a ayudarlo proponiendo cada uno de ellos su propia metodología. Un anciano con fama de sabio le dio a beber un brebaje que, aparte de poseer un sabor repugnante, tan solo sirvió para revolverle el vientre. También hubo un grupo de mujeres que llevaron a cabo una ancestral danza ante el fuego nocturno, que Tisandro presenció con gran concentración. Con todo, los resultados fueron igualmente baldíos. Un campesino, incluso, se ofreció a darle un buen golpe en la cabeza, arguyendo que de esa manera contrarrestaría el que le había dejado así. Tisandro le agradeció amablemente la sugerencia, pero prefirió no tentar a la suerte y evitarse así un disgusto mayor.

Por otro lado, a Asterión tampoco le constaba que nadie hubiese preguntado por él en el puerto de Cnosos o en ningún otro sitio. A todos los efectos, la identidad de Tisandro continuaba siendo un misterio, cuya resolución se adivinaba cada vez más remota.

El muchacho continuaba dedicándose a las labores agrícolas, ganándose así por méritos propios su derecho a permanecer en el poblado. Y, si bien su adaptación no le estaba resultando fácil, al menos la rutinaria vida del campo lograba proporcionarle la paz de espíritu que en aquel momento tanta falta le hacía. Tisandro aún no sabía qué hacer con su vida, cuyo futuro se columpiaba entre la incertidumbre y el abismo. Asterión había sido muy generoso acogiéndole en su hogar, pero no podía esperar que aquella invitación se extendiese para siempre.

Una tarde, después de haber cumplido con las tareas del campo, Asterión se llevó a sus dos hijos pequeños a un claro donde se dedicaba a instruirles en el manejo de un arma que gozaba de gran fama en toda Creta: la honda. Aunque entre los campesinos como ellos no era tan popular, para los pastores resultaba fundamental, pues la usaban para espantar a los depredadores que acechaban el ganado. Además, el propio ejército cretense contaba con un pelotón especializado, que contaba con una larga tradición y un notable prestigio más allá de sus fronteras. Durante las batallas, los honderos solían posicionarse en primera línea junto a los arqueros para romper el orden defensivo del adversario.

Tisandro y Melantea también los acompañaban, mientras departían acerca de cuestiones triviales y se reían por cualquier cosa.

Cuando llegaron a su destino, Asterión trepó a un árbol y colocó un níspero encima de una rama situada a media altura. A continuación, los niños empuñaron sus hondas fabricadas con tendones de animales y aguardaron a que su padre les diese las instrucciones oportunas.

—El que le dé a la rama del árbol y derribe el níspero, podrá comérselo como recompensa.

Los pequeños comenzaron a disparar, usando como proyectiles unos cantos rodados que ellos mismos habían recogido por la mañana. Asterión aprovechaba para corregirles la postura o la técnica de tiro. Aunque para aprender a utilizar la honda bastaban unas cuantas sesiones de entrenamiento, la precisión exacta solo se alcanzaba tras varios años de práctica.

Tras múltiples intentos fallidos, Asterión se giró hacia Tisandro, que observaba la escena con interés.

—¿Quieres intentarlo tú? A lo mejor descubrimos que tienes otro talento oculto del que tampoco sabíamos nada —bromeó.

Tisandro lo encontraba poco probable. Aun así, decidió probar suerte con un lanzamiento. Asió la honda del mismo modo a como lo hacían los niños, e imitó la técnica que ellos empleaban, haciendo girar la piedra en círculos por encima de la cabeza. El proyectil salió disparado con escasa fuerza y peor dirección, y quedó muy lejos del objetivo.

—Definitivamente, esto no es lo mío —reconoció.

A continuación, Asterión se volvió hacia su hija.

—¿Por qué no pruebas tú ahora?

—Sabes que odio la honda. Además, hace años que no la uso.

—Pues cuando eras niña, bien que te gustaba. ¡Y eras una tiradora excelente!

Al igual que con sus hijos, Asterión también se había preocupado en su día de que Melantea aprendiese a manejar la honda como parte de su formación. Sin embargo, cuando se hizo mayor, dejó de practicar porque ninguna de las demás muchachas lo hacía, y comenzó a darse cuenta de que el resto la señalaba como si fuese distinta, o menos femenina que ellas. Por ese motivo, llegó incluso a enfadarse con su padre, al que estuvo sin hablarle cerca de un mes. ¿Cómo se le podía haber ocurrido enseñarle a ella una habilidad que tradicionalmente solo se cultivaba entre los hombres? Desde entonces, no había vuelto a usar la honda ni una sola vez.

—Vamos, inténtalo —la animó Tisandro—. Difícilmente podrás hacerlo peor que yo.

Aunque a regañadientes, Melantea aceptó el reto y se armó con la honda de uno de sus hermanos pequeños. Plantó los pies en el suelo, con el izquierdo girado hacia la derecha para soportar mejor la carga del cuerpo, y se inclinó ligeramente hacia atrás para coger algo de impulso. Acto seguido, hizo voltear la piedra y efectuó el lanzamiento, que pasó cerca del árbol, pero sin llegar a hacer blanco en el mismo. En cualquier caso, aquel primer tiro tan solo le había servido para calibrar. Con el segundo, logró golpear la rama y el níspero cayó al suelo con un golpe sordo.

—Después de todo, veo que no has perdido ni un ápice de tu puntería —apuntó Asterión.

Melantea no pudo evitar que se le escapara una sonrisa mientras sus hermanos se peleaban por el níspero que acababa de abatir.

Cautivada por la pericia con que Tisandro tallaba la madera, Melantea le había pedido que le enseñase algunos trucos. Desde luego, el muchacho aceptó encantado, pues para él suponía una oportunidad única de poder estar a solas con ella, a ser posible en un sitio apartado, alejados de todos los demás.

Hacía un día claro y soleado. La pareja había remontado un altozano de escasa pendiente y, tras atravesar una interminable hilera de olivos silvestres, se había acomodado bajo la sombra de una acogedora encina. A espaldas de ambos se recortaba en el cielo la cima nevada del monte Ida, y a sus pies el terreno descendía suavemente en terrazas, hasta desembocar en un brazo de la bahía orientado hacia el mar.

Tan pronto como se sentaron en el suelo, se dieron cuenta de que un perro los había seguido en la distancia.

—Mira quién ha venido a hacernos compañía —señaló Tisandro.

El perro, un chucho de raza indefinida, de pelaje gris y enmarañado, no tenía dueño y era de sobra conocido en la aldea por vagabundear de un sitio para otro en busca de comida. Melantea acostumbraba a alimentarlo de vez en cuando, y como consecuencia de ello el animal solía seguirla cada vez que la veía.

—Me temo que hoy no tengo nada para ti —dijo la muchacha, acariciando la cabeza del can.

Al perro no pareció importarle y se limitó a acostarse mansamente sobre la hierba.

Además de las herramientas, al encuentro se habían llevado también la suficiente materia prima como para no tener después que echar nada en falta. Tisandro esparció por el suelo diferentes trozos de madera —más o menos grandes—, al tiempo que Melantea se hacía con un cincel.

—Antes de arrancar una sola astilla debes tener muy claro la figura que pretendes representar —le advirtió el muchacho—. ¿Ya has pensado en algo?

—Quiero hacer un delfín —desveló Melantea sin dudar.

—No me lo esperaba. Es interesante y original.

—Adoro los delfines. Para mí son las criaturas mágicas del mar. Los navegantes cuentan que a veces guían a los barcos que se han perdido hasta un puerto seguro. Y algunos pescadores afirman que, para señalarles la presencia de un banco de peces, golpean sus colas contra el agua.

—Pues bien, ahora tienes que visualizar al delfín que tienes en mente hasta su detalle más insignificante.

La joven cerró los ojos durante algunos segundos.

—Hecho —repuso tras volverlos a abrir—. Estoy preparada.

—Vale, ahora te toca tomar otra decisión importante. ¿Qué tipo de madera escogerías?

Melantea estudió las distintas opciones disponibles y se decidió por la de roble.

—No creo que sea la mejor elección —objetó Tisandro—. Aunque excelente, la madera de roble es demasiado dura y muy poco apropiada para una obra de detalle tan fino como esta.

—Vale, entonces la cambiaré por madera de pino, que es más blanda.

—Es cierto, pero también es excesivamente nudosa. ¿Ves?

—Tienes razón.

—Toma —dijo, ofreciéndole un pedazo distinto—. Mi recomendación es que utilices madera de ciprés.

Sin más preámbulos, Melantea comenzó a tallar la pieza poniendo todo su esmero en la tarea.

—Las primeras incisiones no tienen por qué ser del todo precisas —explicó el muchacho—. Ya irás redondeando las formas en pasadas sucesivas.

Mientras ella se concentraba en la tarea, una apacible quietud se deslizó entre ambos, dotando al encuentro de un ambiente más íntimo y acogedor. Las palabras entre ellos se diluyeron para dar paso a los sonidos propios de la naturaleza: el trinar de los pájaros, el zumbido de los insectos y el susurro de las hojas de los árboles cuando soplaba una racha de viento.

Finalmente, el perro vagabundo se distrajo con una mariposa y quebró el silencio con un ladrido.

—¿Por qué sigues en la aldea? —terció Melantea a continuación—. No tiene sentido que lleves la vida de un campesino. Si quisieras, podrías irte a Cnosos y buscar trabajo en el taller de un artesano. Con tu talento, no tendrías dificultad alguna para conseguirlo.

Era cierto, y Tisandro también había pensado largo tiempo en lo mismo.

—En la ciudad no conozco a nadie —contestó—. En cambio, en Eltynia ya siento a diario el afecto de la gente.

Aunque no había mentido, el muchacho tampoco había sido del todo sincero. La verdad era que se había enamorado perdidamente de Melantea, y que no quería separarse de ella pese a que ya estuviese comprometida.

El pedazo de madera en manos de la joven comenzó poco a poco a adquirir el aspecto de un delfín.

—Procura siempre tallar hacia abajo, siguiendo la dirección del granulado —le aconsejó Tisandro—. Si la madera se astilla, seguramente es que lo estás haciendo en la dirección incorrecta.

—De acuerdo.

Sobre el regazo de Melantea se amontonaban las virutas que arrancaba de la madera.

—Y... tu boda con Criso, ¿para cuándo está prevista?

—No hay una fecha decidida, pero probablemente hasta el otoño no tenga lugar —replicó ella sin levantar la mirada de la talla del delfín.

Tisandro dejó escapar un suspiro de alivio. Se encontraban en primavera, y por lo tanto aún tenía margen de actuación.

—Y Criso, ¿qué piensa de todo esto?

—Está exultante. Aunque, en realidad, para él yo no soy más que una especie de trofeo.

—Si yo estuviese en tu lugar, no sé si sería capaz de sacrificarme por toda la aldea.

—Lo harías...

Cuando Melantea afrontaba la parte más delicada del trabajo, Tisandro le asió la mano para indicarle el grado adecuado de presión que debía ejercer con el cincel. El contacto de mano sobre mano le provocó un efecto inmediato y notó cómo se le erizaba el bello y se le aceleraba el corazón. Tisandro contemplaba hechizado el hermoso rostro de la muchacha, cuyos labios ejercían sobre él un efecto embriagador.

Al sentirse observada, Melantea elevó el rostro y clavó sus enormes ojos en Tisandro, del que no apartó la mirada pese a la repentina agitación que la invadió. Por momentos, el tiempo se congeló para los dos, como si la eternidad se hubiese condensado en un solo instante.

A continuación, el muchacho alargó el brazo hasta Melantea y le acarició su melena larga y castaña que le caía sobre el pecho. Después le rozó la mejilla con los dedos, en un gesto que más bien parecía un acto de veneración. Una irresistible atracción mutua, a la que resultaba imposible sustraerse, flotaba en el ambiente como el perfume de una flor. Tisandro se inclinó ligeramente hacia adelante, anticipando un primer beso que parecía inevitable y que desataría la pasión entre los dos. Sin embargo, en ese momento Melantea sacudió la cabeza, como si despertase de un profundo sueño, y se dio cuenta del error que había estado a punto de cometer.

—Esto no puede ser —susurró—. Para bien o para mal, estoy comprometida.

Tisandro no se dio por vencido de inmediato e intentó besarla de nuevo como si no la hubiese escuchado, o creyese que insistiendo lograría derribar su resistencia.

—He dicho que no —repitió ella, poniéndole la mano en el pecho para contenerlo.

Tisandro estaba seguro de que lo que Melantea exteriorizaba no era lo que de verdad sentía en su interior. Con todo, entendió que de nada le valdría insistir.

—Pero... yo estoy enamorado de ti... —confesó abiertamente.

Una imperceptible expresión de dicha resplandeció fugazmente en el rostro de Melantea. Al cabo de un segundo, sin embargo, ya no estaba allí.

—Ya te lo he dicho. Lo nuestro no puede ser.

Tisandro bajó la mirada, más dolido que otra cosa.

—¿Acaso tú no sientes nada por mí? —preguntó.

Antes de contestar, la muchacha cogió una profunda bocanada de aire para evitar que le temblara la voz.

—No —sentenció—. Tú y yo somos amigos, nada más.

Y, dicho esto, Melantea se puso en pie y abandonó a grandes zancadas el lugar, apretando con fuerza la talla del delfín que acababa de esculpir.

Tan solo dos días después de aquel episodio, Asterión se llevó a Tisandro aparte para mantener una seria conversación con él.

—Ciertas habladurías se extienden por la aldea sin control —explicó—. A ti y a Melantea se os ha visto juntos en más de una ocasión, sin nadie más presente.

—No hay nada entre nosotros —se defendió Tisandro—. Si no me crees, pregúntale a tu hija. Estoy diciendo la verdad.

—Lo sé —admitió Asterión—. No obstante, en determinadas circunstancias guardar las apariencias también es necesario. Y, si los rumores llegasen a oídos de Demofonte y su hijo Criso, el acuerdo que habíamos alcanzado podría peligrar. Y no puedes imaginarte la importancia que para la aldea tiene dicho trato.

—Melantea me lo ha contado. Pero… es tan injusto para ella. ¿Es que no puede haber otra solución?

—Si la hay, yo la desconozco. ¿O acaso te crees que a mí me agrada la idea de tener que entregarle mi única hija a ese bravucón violento y pendenciero?

Acto seguido, Asterión señaló a Tisandro con el dedo y su expresión se tornó más severa que nunca.

—Dadas las circunstancias, a partir de hoy mismo dejarás de vivir en mi casa —anunció—. Lo he arreglado todo para que te instales con la viuda Escila, una anciana que por sí sola ya no puede llevar a cabo buena parte de las tareas cotidianas, y que apreciará tu compañía. ¿De acuerdo?

—Está bien…

—Además, tampoco podrás volver a quedarte a solas con Melantea en ningún caso.

Tisandro se mordió el labio, pero finalmente aceptó las condiciones que se le habían impuesto.

—Muchacho… —Asterión le sujetó por los hombros y suavizó la rígida expresión que había exhibido desde el comienzo de su discurso—. Sé que sientes algo por mi hija… Mi esposa, que para estas cosas es más observadora, se dio cuenta mucho antes que yo. Y si las circunstancias fuesen otras… quién sabe lo que habría pasado. Sin embargo, las cosas son como son. De modo que, si quieres seguir viviendo en Eltynia, tú también tendrás que sacrificarte por el bien común.

5

Polidoro accedió al ala administrativa del palacio de Cnosos y recorrió sus estrechos pasillos con paso rutinario, pues su presencia en aquellas dependencias resultaba de lo más habitual. Guardias y sirvientes le dispensaban un trato exquisito, aunque no ocupase un cargo político, debido al destacado papel que desempeñaba en un ámbito muy distinto, pero igualmente importante. Polidoro se dedicaba al comercio, pero a diferencia del resto de sus colegas, los cuales solían actuar por su cuenta y riesgo, él trabajaba exclusivamente para el soberano con la mercancía que el palacio controlaba. En particular, el comercio de los excedentes de vino y aceite le proporcionaba al tesoro real ingentes beneficios, de los cuales él mismo obtenía una buena tajada.

Del prestigioso mercader se decía que era casi tan rico como el propio rey Minos, y las habladurías no iban muy desencaminadas. Polidoro residía en una villa de lujo edificada en el margen occidental del río Kairatos, para cuya construcción había sido necesario crear una terraza artificial en la elevación del terreno. La mansión ocupaba un lugar privilegiado y se comunicaba con el palacio a través de un camino asfaltado, del que tan solo le separaban ciento cincuenta metros. Ya entrado en los cuarenta, Polidoro era un hombre rechoncho, de cuello recio y párpados caídos, amante de los excesos y la buena vida, que se había dedicado en cuerpo y alma al negocio del comercio siguiendo la tradición familiar.

Al llegar a la sala de los escribas, el comerciante trató de hacer el menor ruido posible para no quebrar la paz y la concentración que se respiraba entre aquellas cuatro paredes. Los funcionarios disponían de amplios pupitres en los que desarrollar su labor, para la que muy pocos hombres estaban capacitados, pues la exclusiva formación que recibían no estaba precisamente al alcance de cualquiera. Aunque algunos escribas transcribían himnos divinos o epopeyas de carácter épico, la gran mayoría se consagraba a tareas más tediosas, como mantener actualizada la lista de mercancías que entraban en palacio y salían de él, consignar los impuestos recibidos, o anotar los registros contables derivados de las transacciones comerciales.

Los soportes más habituales de los documentos solían ser las tablillas, tanto de arcilla como de madera recubierta de cera, y en algunos casos específicos papel hecho con hoja de palmera, sobre el que se aplicaba un cálamo ungido en tinta de calamar. La escritura cretense se configuraba en torno a una serie de signos numerales, silábicos e ideogramas, cuyo uso se había extendido con éxito por todo el Egeo. Los archivos de palacio estaban repletos de tablillas y legajos que reflejaban la contabilidad de los últimos años, por orden expresa del rey Minos.

Uno de los escribas se puso en pie y acudió al encuentro de Polidoro, en cuanto le vio en el umbral de la puerta. El funcionario, llamado Laódice, era un hombre de aspecto ratonil y mirada huidiza, poco sociable y extremadamente calculador.

—Tenemos que hablar —dijo Polidoro.

—De acuerdo. Sígueme.

Laódice condujo al comerciante hasta una estancia en penumbra donde se conservaban un sinfín de documentos antiguos. Con toda seguridad, a nadie se le ocurriría husmear por allí.

—Aquí tienes el listado completo…

Polidoro le tendió al escriba una hoja en forma de pergamino bastante elocuente.

—Esta es la relación de mercancías que han salido de aquí esta mañana con destino al puerto, ¿verdad?

—En efecto. Así que ya sabes lo que tienes que hacer.

—Es demasiado pronto para actuar de nuevo —objetó.

—¿Quién es el cerebro aquí? ¿O es que de repente te crees más listo que yo?

—No es eso. Solo digo que deberíamos ser prudentes.

—Tú no te preocupes, que yo sé lo que me hago —sentenció el comerciante.

Laódice ojeó el listado con atención.

—Vino, aceite, grano, cerámica, armas y utensilios de bronce, joyas… —murmuró en voz baja.

—Excluye las joyas —señaló Polidoro—. No son demasiadas y la manipulación de las cantidades finales podría llamar la atención. En cuanto al resto de mercancías, aplícales el porcentaje de la última vez.

—¿A las armas también?

—Sí, confía en mí.

Unas gotas de sudor brotaron de la frente del escriba.

—No sé si debería seguir haciendo esto —arguyó—. El riesgo es cada vez más elevado y ya no tengo claro que la recompensa sea suficiente...

Polidoro se le quedó mirando fijamente y apretó los dientes con intensidad, como si estuviese a punto de protagonizar un ataque de ira. Su reacción, sin embargo, fue justo la contraria y lo que brotó de su garganta fue una sonora carcajada que resonó por toda la habitación.

—Eres más sagaz de lo que pensaba... —admitió—. Y también más codicioso. Pero eso no es malo. Personalmente, considero la codicia una cualidad digna de admiración. Si te pago el doble de lo habitual, ¿verás satisfechas tus pretensiones?

La sórdida sonrisa que esgrimió Laódice bastó para cerrar el trato.

Una vez resuelta la cuestión, Polidoro se despidió del escriba y regresó de nuevo al gran patio central desde el cual se accedía a cada una de las diferentes alas del palacio. El rey Minos le había convocado en la sala de las hachas dobles, denominada así por las numerosas hachas grabadas en sus muros. El hacha de doble filo constituía uno de los símbolos por excelencia de la civilización minoica, por la relación directa que guardaba con los sacrificios de animales que solían llevarse a cabo en las ceremonias.

El comerciante ascendió por una escalinata y, tras doblar un par de sinuosos pasillos, desembocó en la sala de las hachas dobles donde el soberano solía recibir a sus visitantes. Un pozo de luz que partía de lo alto, de los muchos que había repartidos por todo el palacio, iluminaba la estancia y servía además como chimenea de ventilación.

—Mi estimado Polidoro, ¿cómo estás hoy?

El rey Minos le dedicó un cálido saludo y le invitó a tomar asiento.

—Siempre a su servicio —replicó en tono cordial.

La confianza que daba el llevar tantos años trabajando juntos había conducido a forjar entre ambos una estrecha amistad.

—Por lo que sé, tienes importantes novedades de las que hacerme partícipe, ¿verdad?

Antes de contestar, Polidoro hizo una pausa y miró a su alrededor.

—Pensé que el príncipe también se hallaría presente en la reunión —dijo.

Minos se encogió de hombros, como dando a entender que su hijo era un caso perdido.

—Androgeo tendría que haber venido, pero su ausencia tampoco me extraña lo más mínimo —aclaró—. Comencemos sin él.

El acaudalado mercader asintió con la cabeza.

—Las noticias no son buenas. Para empezar, ya estoy en condiciones de afirmar que definitivamente los aqueos nos han arrebatado el dominio comercial sobre la cerámica. Con el paso del tiempo han venido ganando terreno hasta lograr, hoy en día, exportar cantidades muy superiores a las nuestras. No solo cuentan con una fuerte demanda en las Cícladas, sino también en Chipre, las costas de Anatolia y el Mediterráneo central, incluida Cerdeña.

—¿Cómo es posible? —inquirió Minos.

—Tras imitar nuestro estilo, han construido multitud de alfarerías centradas en llevar a cabo una producción masiva y en serie.

—Pero la refinada cerámica de nuestros artesanos es mucho más ornamentada y rica en detalles.

—Es cierto —admitió Polidoro—. De hecho, las clases pudientes la prefieren. No obstante, la gran mayoría se conforma con la de origen aqueo, que pueden conseguir a un precio muy inferior.

—¿Y qué recomiendas que hagamos?

El rey se refería a los talleres de alfarería integrados en el propio recinto de palacio, cuya gestión recaía directamente sobre Polidoro.

—En las actuales condiciones no podemos competir con ellos. Por lo tanto, nos centraremos en fabricar cerámica pintada para uso ceremonial, cuya demanda permanece intacta.

—Está bien. ¿Y qué más? Intuyo que aún no me has dicho lo peor.

Polidoro suspiró.

—Así es… Todo indica que los aqueos han llevado aún más lejos el pulso comercial que mantienen con nosotros. Y, con la clara intención de perjudicarnos, han decidido dejar de abastecernos de cobre y estaño, sabiendo que ellos son nuestros principales suministradores.

Dichos minerales resultaban cruciales para poder llevar a cabo la aleación del bronce, a partir del cual se fabricaban las armas y las herramientas.

—Entiendo. Sin embargo, ellos no deben de ser nuestros únicos proveedores, ¿verdad?

—En efecto. Y, de hecho, los mercaderes ya hemos puesto los ojos en el Próximo Oriente para eludir el bloqueo.

—Imagino que adquirir allí la mercancía nos saldrá mucho más caro...

—Sí, pero eso no es lo peor. El verdadero problema supone haber perdido el control sobre ciertas rutas marítimas que dominábamos desde hacía siglos.

El rey se cruzó de brazos. Los aqueos estaban demostrando ser mucho más astutos de lo previsto: en vez de enfrentarse a ellos mediante el uso de la fuerza, les estaban plantando cara en el terreno comercial.

Polidoro era consciente del problema, e instintivamente acarició con su mano derecha el sello de piedra que, enhebrado con un cordón de cuero, llevaba colgado del cuello. Todo comerciante poseía su sello propio que servía para controlar el transporte de las mercancías, imprimiendo sobre las mismas su marca personal a modo de firma o seña de identidad. Los sellos, de tamaño diminuto y forma ovalada o lenticular, contenían grabados de estilo naturalista que evocaban escenas en las que solían mezclarse elementos reales con otros de tipo mitológico.

Minos entornó los ojos y se inclinó hacia delante para observar el sello de Polidoro.

—Es magnífico —elogió—. Creo que es el que más me gusta de cuantos has usado hasta ahora.

Los mercaderes solían cambiar de sello cada cierto tiempo para protegerse así de los falsificadores y sus malas artes.

—Es obra de Asclepio —comentó con orgullo.

Tallado en piedra de jaspe, la imagen del sello de Polidoro representaba a dos leones alados atravesando un mar revuelto sobre el que se perfilaba un colosal navío.

—Sin duda, el bueno de Asclepio no es solo un genio con los frescos, sino también con los grabados.

En ese momento, una tercera persona irrumpió en la estancia sin que ningún sirviente lo anunciase.

—Ariadna, hija —dijo el soberano—. ¿Qué haces aquí?

Polidoro se puso en pie de inmediato y se deshizo en reverencias ante la joven princesa.

—Lo siento, padre. No quería molestar.

Situada justamente bajo el pozo de luz, el haz de claridad que bañaba a la muchacha le confería el aspecto de una ninfa. A sus dieciséis años, Ariadna conservaba su cara aniñada, pero volvía locos a los hombres con su cintura de avispa y sus senos abundantes. De tez lozana y esplendorosa, tanto la negrura de sus ojos como la de su melena resaltaban de forma arrebatadora sobre la blancura de su piel.

—En absoluto —terció el comerciante—. En realidad, la reunión ya había concluido y yo ya me iba.

—Gracias, Polidoro. Yo mismo informaré al Consejo de las últimas noticias que me acabas de transmitir.

Antes de abandonar la sala de las hachas dobles, Polidoro se detuvo a la altura de Ariadna atraído por el deslumbrante chal que llevaba sobre los hombros.

—Espléndido —encomió—. Salta a la vista que se trata de auténtica púrpura.

La princesa sonrió con satisfacción y se desprendió de la prenda para que Polidoro pudiese apreciarla con total nitidez. La genuina tintura de púrpura era tan difícil de obtener que, desde tiempos inmemoriales, constituía un producto de lujo, apreciadísimo, al alcance tan solo de las clases más ricas y poderosas. Su prestigio había alcanzado tal punto que, en algunos reinos vecinos, como el asirio o el babilonio, su uso se restringía exclusivamente a los miembros de la realeza.

Además de la excepcional belleza de la púrpura, cuya gama de colores podía oscilar entre el rojo brillante y el azul con tonos violáceos, se decía que a la tintura no le afectaba el sol ni el paso del tiempo, ante los cuales podía incluso tomar nuevos reflejos y una mayor hermosura.

—Me ha costado una fortuna —intervino jovialmente Minos—, pero no hay capricho en el mundo que sea capaz de negarle a mi única hija.

La industria de la púrpura se hallaba ubicada en la ciudad cananea de Ugarit, en el litoral sirio. Y sus productores y comerciantes se habían hecho inmensamente ricos, gracias a que solo ellos conocían el secreto de su fabricación. Algunos tintoreros obtenían el color púrpura empleando en el proceso materias primas de origen vegetal o mineral que, por tratarse de meros sucedáneos del color original, se vendían a un precio muy inferior.

—Mientras los dichosos cananeos mantengan el monopolio sobre la púrpura, este seguirá siendo el producto más caro del mundo —protestó Polidoro.

—Vamos, no seas cínico —se burló el rey—. Si tú formaras parte de un negocio tan lucrativo, estoy seguro de que no tendrías ninguna queja.

Polidoro encajó con deportividad la broma del soberano y se rio de buena gana.

—Me conoces demasiado —admitió.

Y, dicho esto, salió de la estancia y se perdió tras el primer corredor.

Tras quedarse solos, Minos se acercó hasta su hija y le dio un cariñoso beso en la mejilla.

—¿Cómo estás, Ariadna?

—Bien —repuso.

No obstante, su lánguida mirada expresaba lo contrario.

El rey nunca había sido partidario de consentir en exceso a su hija. Sin embargo, desde la repentina muerte de Pasífae, Ariadna no había vuelto a ser la misma y se había sumido en un estado de melancolía del que todavía no había salido. Androgeo, en cambio, aunque también había sentido la pérdida de su madre, había reaccionado de forma muy distinta y no había cambiado un ápice el tipo de vida que hasta el momento había llevado.

—¿Necesitas algo? —inquirió.

—Solo quería hablar contigo.

Hasta el momento de la tragedia, Ariadna había sido una muchacha alegre y divertida, incluso frívola, que había dedicado la mayor parte de su tiempo a acudir a las fastuosas fiestas de la nobleza, a chismorrear con sus amigas y a coquetear con jóvenes del sexo opuesto. Además, la princesa había sentido siempre especial fascinación por la moda, hasta el punto de que había aprendido a hilar y tejer con su propia rueca y había confeccionado vestidos de su propia creación.

—Por supuesto, toma asiento, por favor. ¿Cómo va todo?

—Bien…

—¿Te gusta el chal? Desde luego, son muy pocos en Cnosos los que pueden permitirse el lujo de lucir una prenda tan exclusiva.

—Sí, me encanta… Muchas gracias…

—Para que no se ponga celoso, a tu hermano le he regalado una capa del mismo color. Ya conoces a Androgeo.

Aunque Ariadna esbozó una sonrisa, su gesto delataba cierta tensión.

—¿Qué ocurre? ¿Hay algo en particular que me quieras decir?

—Es acerca de… mamá.

Minos enarcó las cejas sin poder ocultar su sorpresa, puesto que su hija jamás hablaba de Pasífae, cuya inesperada muerte no había superado aún. Ariadna se había alejado de las fiestas en las que antes tanto disfrutaba, y se había refugiado bajo el ala de la Suma Sacerdotisa en busca de consuelo espiritual. Dadas las circunstancias, el giro en la personalidad de la muchacha era perfectamente comprensible, y Sibila parecía ser la persona más capacitada para ofrecerle las respuestas que perseguía.

—Te escucho…

—Verás… poco tiempo antes de fallecer, cuando ya estaba muy mal y le costaba mucho hablar, mamá alcanzó a decirme que quería desvelarme un trascendental secreto…

—¿Qué secreto?

—No lo sé. Murió antes de decírmelo. Por eso te lo cuento. ¿Sabes tú a qué se refería?

Minos se encogió de hombros y extendió los brazos con las palmas de las manos abiertas.

—¿Un secreto? No tengo ni la más remota idea — sentenció—. Me extrañaría mucho que tu madre me hubiese ocultado algo de verdadera importancia. Además, debes de tener en cuenta que durante los últimos días su mente ya no le funcionaba tan bien.

—Pues a mí, al menos en aquel momento, me pareció que hablaba con total lucidez… Además, y pese a saberse al borde de la muerte, se notaba que tenía mucho miedo a contar lo que sabía.

Al rememorar aquel trágico recuerdo, Ariadna no pudo evitar el llanto y acabó enterrando el rostro en el pecho de su padre, como si todavía fuese una niña pequeña.

—Tranquila, hija. Confía en mí. El tiempo lo cura todo y ese inmenso dolor que sientes en el fondo de tu corazón se irá disipando poco a poco, hasta hacerse de algún modo llevadero. Lo sé por experiencia.

6

Tisandro ya llevaba un par de semanas viviendo con la viuda Escila, a cuya vivienda se había trasladado siguiendo las instrucciones de Asterión.

Al principio, la convivencia con ella no fue nada fácil, pues la anciana siempre encontraba un motivo de queja, y pese a que Tisandro se desvivía por complacerla, daba igual lo que hiciera porque nunca lo conseguía. Si consideraba que había hecho algo mal, le reprendía, y si lo había hecho bien, protestaba de igual modo por haberse demorado en exceso. La viuda Escila le amenazaba constantemente con echarle de su casa, le gritaba, e incluso le aporreaba con la mano, aunque con tan escasa fuerza que sus golpes se asemejaban más bien a las caricias de un gato.

La preocupación inicial del muchacho enseguida se transformó en indiferencia, tan pronto como se dio cuenta de que la viuda actuaba así con todo el mundo, y que su carácter huraño no podía ocultar un corazón bondadoso para las cosas que de verdad importaban. En el fondo, y pese a su difícil temperamento, la anciana se esmeraba para que a Tisandro no le faltase de nada, y de vez en cuando hasta se ablandaba y le regalaba alguna que otra muestra de cariño.

La otra gran preocupación de Tisandro era Melantea, a la que continuaba viendo a diario en los campos de cultivo.

Ambos actuaban como si nada hubiese ocurrido. Intercambiaban miradas a modo de saludo, se dirigían sonrisas de compromiso y, a veces, mantenían una charla intrascendente acerca de las cosechas o el clima. A Tisandro, sin embargo, aquel escenario se le hacía cada vez más insoportable. Su intuición le decía que Melantea también sentía algo por él, aunque ella lo hubiese negado. Por consiguiente, más le valía intentar hacer algo para cambiar la situación, o de lo contrario ella acabaría finalmente en los brazos de Criso.

Después de idear un plan, Tisandro dio por fin el paso de abordarla a media mañana, mientras labraban por segunda vez la tierra para que el grano quedase bien envuelto.

—Anoche se me ocurrió algo —dijo—. He pensado que si vuelvo de nuevo a la playa donde me encontraste, tal vez el escenario me ayude a recordar lo que pasó aquel día.

Aunque Melantea reconoció de inmediato la audacia de la propuesta, también supo darse cuenta de que recuperar la memoria no era lo único que Tisandro pretendía.

—Merece la pena intentarlo —concedió, de entrada.

—Pues entonces, esta misma tarde pienso ir hasta allí. ¿Podrías decirme cómo se llega?

La joven se tomó su tiempo antes de contestar. En su mano estaba ahora decidir dónde poner el límite.

—Claro, pero se trata de una pequeña cala difícil de localizar para quien no conozca el terreno. Si quieres, podría acompañarte.

—Te lo agradecería —repuso Tisandro, reprimiendo un grito de júbilo.

—Pero tan pronto como lleguemos, yo me tendría que marchar... Ya sabes por qué, ¿verdad?

Aunque dispuesta a jugar con fuego, Melantea tenía que actuar con la suficiente prudencia como para no acabar quemándose. Tisandro lo entendía y no puso objeción. Al menos, durante el trayecto tendría la oportunidad de poder estar con ella a solas.

Partieron del extremo sur del poblado a la hora convenida, tras haber llegado al punto de encuentro por separado, tratando de llamar la atención lo menos posible. Tomaron un camino que descendía suavemente por la ladera, flanqueado por ciruelos cargados de frutos amarillos, arbustos espinosos y rocas peladas y deshechas.

Al principio, entre ambos se produjo cierta incomodidad, pues era la primera vez que se veían a solas desde que Tisandro le hubiese confesado abiertamente su amor. Además, los dos eran conscientes de que aquella escapada, por muy inocente que fuere, implicaba desobedecer las instrucciones de Asterión. Pese a todo, y para rebajar un grado la tensión, Melantea quiso hacerle saber a Tisandro que su padre no estaba enfadado con él.

—¿De verdad?

—No te miento. Lo que ocurre es que para él no hay nada más importante que la aldea, por encima incluso de su propia familia.

Después de aquel titubeante inicio, la situación comenzó a distenderse poco a poco en cuanto abordaron asuntos de trascendencia mucho menor. Tisandro tomó la palabra para hablarle de su convivencia con la viuda Escila, que era de todo menos aburrida debido a su larga lista de extravagantes manías. La anciana acostumbraba a dialogar con los gansos como si fuesen personas, y obligaba a Tisandro a revisar la cubierta de la casa a diario, porque decía que una corriente de aire se filtraba desde el tejado y no la dejaba pensar con claridad. La fama de Escila era bien conocida, y Melantea tuvo que sujetarse el vientre de tanto reír.

—¡Mira quién ha decidido acompañarnos! —señaló Tisandro, tras darse cuenta de que les seguía el mismo perro vagabundo de la otra vez.

—Me temo que la culpa es mía —admitió Melantea—. Esta misma mañana le di algo que comer.

El perro iba a lo suyo olisqueando el camino, y le dieron libertad para ir tras ellos si quería.

Cuando llegaron a su destino, los dorados rayos del atardecer lamían las aguas de un mar plácido y sereno. La marea estaba baja y una vasta franja de arena mojada se extendía hasta las dunas del extremo opuesto.

—Ahora debo irme —dijo la joven—. Sabrás regresar solo, ¿verdad?

—Espera…

Tisandro le asió la mano a Melantea y la miró fijamente con sus brillantes ojos verdes.

—No, Tisandro… Por favor…

Pese a que Melantea decía una cosa, su expresión corporal manifestaba otra muy distinta. La joven apretaba con fuerza la mano de Tisandro y le sostenía la mirada sin apartarla un segundo. Si hubiese querido, habría podido marcharse, pero no lo hizo.

—…Llévame al punto exacto de la playa donde me encontraste —le pidió.

Melantea dudaba, como si luchara contra una parte de sí misma.

—Vamos —dijo al fin.

Bajaron por un sendero apenas dibujado en el suelo, cercado por matojos y floresta de monte bajo, hasta desembocar en la diminuta playa en cuyo extremo había aparecido el cuerpo de Tisandro a merced de las olas. Se descalzaron y recorrieron el trecho que los separaba del lugar exacto, dejando un rastro de huellas tras de sí.

El muchacho se sentó en la orilla y se abandonó en la contemplación del horizonte marino, de un azul inmenso y cristalino, con la mirada puesta en el infinito y la mente en un vacío que esperaba poder llenar. Melantea guardó silencio y se dedicó a rastrillar la arena con los dedos, como si arase un campo en miniatura. Una humedad salina impregnaba el ambiente y les quemaba ligeramente la piel.

Pasado un rato, Tisandro dejó caer la cabeza en señal de derrota.

—¿Te ha servido de algo? —preguntó ella.

—Me temo que no.

Melantea deslizó una mano por el brazo de Tisandro en señal de apoyo.

—¿Piensas alguna vez en quién eres de verdad, de dónde vienes o cómo sería tu vida anterior?

—Los primeros días lo hacía a todas horas, pero enseguida me di cuenta de que lo único que conseguía con eso era sentirme peor.

—Si a mí me hubiese ocurrido algo así, creo que me habría vuelto loca.

Una tímida sonrisa asomó a los labios de Tisandro.

—En todo caso, si nada de esto me hubiese pasado, jamás te habría conocido, ¿verdad?

Melantea apartó el rostro, avergonzada por el rubor que se le extendía a toda prisa por las mejillas. Aunque lo pretendiese, ya no podía seguir por más tiempo engañándose a sí misma. Tisandro era un muchacho inteligente, sensible y atractivo, que en nada se parecía a los lugareños con los que siempre había tratado a lo largo de toda su vida. Lo que no sabía aún, era si debía de seguir los dictados de su corazón.

—Quédate aquí un momento —pidió Tisandro, que se dirigió al centro de la playa y cogió un palo del suelo.

—Pero… ¿se puede saber qué haces? —preguntó, intrigada.

—Tú espera y verás…

En su mente, la playa se había transformado en un inmenso lienzo en blanco, y el muchacho se dedicó a dibujar sobre la arena mojada proyectando prolongados trazos con el palo, dando forma a un grabado que se antojaba imposible.

Melantea se había puesto en pie para tratar de adivinar el dibujo que se escondía en la arena. Sin embargo, los surcos trazados eran tan amplios y ella se encontraba tan cerca, que no había manera de encontrarles sentido alguno.

—¿Qué dibujas? —inquirió—. Yo solo distingo una madeja de líneas tan largas como la altura del tejado de mi casa, que se extienden por toda la cala sin orden ni concierto.

—Entonces significa que lo estoy haciendo bien —replicó él de forma enigmática.

Cuando hubo terminado, Tisandro la tomó de la mano y juntos ascendieron por un repecho de la ladera hasta llegar al borde de un cerro desde el cual disponían de una privilegiada vista panorámica de la playa.

—¿Y si miras desde aquí?

La boca de Melantea se ensanchó hasta formar una circunferencia casi perfecta. El cambio de perspectiva había obrado el milagro, y desde aquella posición elevada el dibujo perfilado por Tisandro cobraba ahora todo su sentido.

—¡Son… delfines! ¡Y también hay una mujer que nada entre ellos!

—Que serías tú —aclaró.

—Es extraordinario… Aunque me da lástima que tu trabajo se eche a perder en cuanto suba la marea.

Melantea se volvió hacia Tisandro hasta quedar ambos situados frente a frente. En ese momento, el crepúsculo pintaba el cielo de tonos bermejos y arrancaba ecos de bronce a las mansas aguas del Egeo. El muchacho la rodeó por la cintura y después ascendió sus manos por los costados hasta sujetarle suavemente la tez. Su mirada oscilaba entre los ojos y los apetitosos labios de Melantea, dejando muy a las claras sus indiscutibles deseos de besarla.

La muralla que Melantea había levantado en torno suyo se derrumbaba por momentos. Su debate interno había llegado a su punto más álgido hasta que, finalmente, se dio cuenta de que no podía oponerse por más tiempo a sus propios sentimientos, ni siquiera por respeto a la promesa que le había hecho a su padre.

Cuando Tisandro se inclinó sobre ella, Melantea correspondió con fogosidad a sus besos que, por ansiados, le supieron al más delicioso manjar. Antes de llegar más lejos, se apartaron del camino en busca de mayor intimidad. A partir de ese momento, la pasión se desató entre ambos y Tisandro recorrió con sus manos el soberbio cuerpo de Melantea, deteniéndose en las curvas de sus caderas, la dureza de sus nalgas y la turgencia de sus senos. A continuación frotaron sus cuerpos como animales en celo, mientras se desprendían de sus prendas poco a poco y gozaban de la secreta desnudez del otro sin cejar en sus caricias. Lo único que les faltó fue culminar el acto porque, en el último momento, ella expresó su deseo de respetar la tradición.

La escena se prolongó durante buena parte de la tarde, hasta que se vieron sorprendidos por la puesta de sol. Para entonces sobraban las palabras porque los hechos hablaban por sí solos. Todavía no sabían cómo, pero los dos tenían muy claro que querían estar juntos al precio que fuese.

Con todo, Tisandro albergaba aún un determinado temor.

—¿Estás segura de lo nuestro? —inquirió—. Ni siquiera sabes quién soy en realidad...

—¿Acaso importa? Tú eres la persona que yo he conocido...

Melantea acarició con ternura la corta barba que adornaba el rostro de su amado.

—¿Y qué vamos a hacer a partir de ahora? —preguntó a continuación con un punto de desesperación en la voz. No cabía duda de la delicada situación en la que se hallaban.

—Tienes que hablar con tu padre para que cancele cuanto antes la boda con Criso.

Melantea sintió de súbito unas tremendas ganas de echarse a llorar.

—No sé cómo reaccionará, pero estoy segura de que le causaré una enorme decepción.

—Aunque al principio se enfade, tarde o temprano te acabará perdonando —señaló Tisandro—. Asterión es un buen hombre.

—Sí, pero por mi culpa se echará a perder el acuerdo alcanzado con la aldea de Phaistos, por el que mi padre había luchado tanto y que acabaría resolviendo tantos problemas.

—Pues tendrá que pensar en otra cosa.

La joven no pudo evitar derramar algunas lágrimas, que se enjugó con el dorso de la mano.

—Dame unos días para pensar cómo y cuándo se lo digo —rogó.

—Sí, pero no demasiados. No nos conviene prolongar esta situación.

—¿Y si se niega?

Tisandro apretó los dientes y sacudió la cabeza.

—Si no hubiese otra salida... ¿Estarías dispuesta a fugarte conmigo?

—Lo haría —contestó ella sin dudarlo.

La pareja se fundió en un largo abrazo, que sirvió para sellar su amor recién estrenado.

—Deberíamos volver —anunció Melantea.

—De acuerdo, pero hagámoslo por separado. Hasta que no hayamos revelado lo que hay entre nosotros, debemos guardar las apariencias. Ve tú primero. Yo partiré algo después.

Se dieron un último beso y Melantea enfiló el sendero que ascendía por la ladera, con paso apresurado para aprovechar la última claridad del día. Tisandro la observó perderse en la espesura, acompañada del perro vagabundo que acostumbraba a seguirla a cualquier hora del día, sin importar a donde fuera.

Tras una prudente espera de varios minutos, Tisandro emprendió también el camino de regreso a Eltynia con un brillo en la mirada y el corazón henchido de felicidad. Desde luego, sabía que no lo tendría fácil para sacar adelante su relación con Melantea, porque los dos se enfrentarían a una dura oposición. Sin embargo, estaba convencido de que si ambos mantenían la firmeza de su compromiso, nadie lograría separarlos.

Tisandro atravesaba un bosquecillo de higueras sumido en sus pensamientos, cuando de repente alguien se plantó en mitad del sendero cortándole el paso. La sorpresa inicial se transformó en miedo, tan pronto como reconoció a Criso en la figura del extraño. El gigantesco aldeano fruncía los labios en un gesto de desagrado, al tiempo que golpeaba a intervalos el suelo con el pie.

—Así que tú eres el tipo ese del que todo el mundo habla, ¿no? El misterioso extranjero que apareció varado en la playa, que ni él mismo sabe quién es...

Criso hizo crujir los nudillos de sus manos y mostró una sonrisa siniestra y retorcida. Tisandro tragó saliva e hizo un gran esfuerzo por no dejarse intimidar.

—Y tú eres Criso, de la aldea de Phaistos. El hijo de Demofonte —replicó con firmeza.

—Ya veo que me conoces, lo cual, en realidad, empeora aún más la situación. —Una expresión de culpa se hizo evidente en el rostro de Tisandro—. ¡Oh, sí! ¿Te crees que no me entero de todo lo que pasa en Eltynia? Pues lo hago. Y muy especialmente de aquellos asuntos que tienen que ver con Melantea, mi futura esposa.

—Conozco el pacto al que han llegado tu padre y Asterión. No obstante, las cosas han cambiado. Melantea ya no acepta el matrimonio convenido.

Criso dio un paso adelante y le señaló amenazadoramente con el dedo. La distancia entre ambos era casi inexistente.

—Escúchame bien, idiota. Como vuelvas a acercarte a Melantea te aplastaré como a un gusano. ¿Está claro?

Y, sin previo aviso, le asestó un fuerte puñetazo que le impactó en el costado y le hizo doblarse en dos. A Criso, sin embargo, aquello no le pareció suficiente, y acto seguido le endosó dos nuevos directos en plena cara, el segundo de los cuales le lanzó contra el suelo.

—Y esto solo ha sido una advertencia —sentenció cuando se iba.

Tisandro, mientras tanto, se quedó tirado en mitad del sendero, gimiendo y retorciéndose de dolor.

Para cuando llegó a la aldea, ya había anochecido.

La viuda Escila le recibió a gritos por su regreso tardío, hasta que se percató de su deplorable aspecto.

El curandero se presentó enseguida y se ocupó de las heridas que, en apariencia, no revestían excesiva gravedad. Aunque el ojo izquierdo presentaba un moretón, la vista no parecía afectada. Por otra parte, se le había desencajado la mandíbula, y el curandero se la ajustó de nuevo con la pericia del que ya posee una larga experiencia lidiando con traumatismos de naturaleza similar. Por fortuna, el golpe en un costado se había saldado con una simple contusión, y todo parecía indicar que no tenía ninguna costilla fracturada. Si bien, por precaución, Tisandro tendría que guardar reposo durante las siguientes veinticuatro horas.

Antes de marcharse, el curandero preparó una tisana a base de díctamo, una planta a la que se le atribuían múltiples propiedades curativas, que le sirviese para calmar el dolor. Dadas las circunstancias, incluso la viuda Escila sacó a relucir su lado más compasivo y se ocupó personalmente de proporcionarle los cuidados oportunos.

Al día siguiente, el incidente ya estaba en boca de todos. Tisandro esperaba que Melantea acudiese a visitarle de un momento a otro, tan pronto como se enterase de la noticia. Sin embargo, no fue ella la que apareció, sino su padre, que además no venía solo. La viuda Escila saludó cordialmente a Asterión, pero no al hombre que lo acompañaba, al que dedicó en su lugar una mirada despreciativa.

—¿Nos puedes dejar un momento con él? —pidió Asterión.

—No sé lo que ha pasado porque se niega a hablar de ello, pero es justo reconocer que hasta ahora Tisandro no se había metido en ningún lío.

Y, dicho esto, la anciana abandonó su casa refunfuñando entre dientes.

Asterión y el otro visitante se sentaron en torno a la modesta mesa que la viuda Escila tenía en la sala principal. Tisandro pensaba que el padre de Melantea habría acudido para verlo y averiguar qué le había pasado, pues él se había limitado a contar que alguien le había asaltado y le había dado una paliza sin motivo.

—Tisandro, estoy muy decepcionado contigo.

La expresión de Asterión reflejaba una profunda gravedad.

—Yo no he hecho nada —repuso el muchacho, a la defensiva.

—No te molestes en mentir. Conozco la verdad. El hombre que está aquí conmigo es Demofonte, el jefe de Phaistos.

Entonces Tisandro lo entendió todo. Aunque él había mantenido la boca cerrada, Criso debía de haberle contado a su padre lo que el día anterior había averiguado acerca de él y de Melantea.

—El agredido fui yo —alegó Tisandro—. Y no al contrario.

Demofonte era un hombre de mediana edad, fornido, de expresión hierática y mirada penetrante, que se dedicaba al pastoreo como casi todos en su aldea, pues Phaistos era una población esencialmente ganadera.

—Agradece que mi hijo no te matase. Normalmente no suele ser tan compasivo —replicó—. Con gusto, yo te daría en este mismo momento el verdadero escarmiento que te mereces.

—Cálmate —intervino Asterión—. Hemos acordado resolver este asunto a mi manera.

—Eres demasiado indulgente —repuso Demofonte.

Los talantes de uno y otro no podían ser más distintos. Sin embargo, ambos defendían el acuerdo al que habían llegado con idéntica determinación.

Asterión retomó de nuevo la palabra y se inclinó sobre Tisandro.

—Cuando no tenías donde ir, yo te acogí en mi casa y te abrí las puertas de Eltynia. Y lo único que te pedí fue que te alejases de mi hija, porque ya estaba prometida.

—Lo sé y lo siento, pero… estoy enamorado. Y Melantea también lo está de mí. Te aseguro que jamás se casará con Criso.

Demofonte dio un golpe encima de la mesa que retumbó en toda la estancia.

—Te la estás jugando, muchacho —espetó.

—Solo he dicho la verdad.

—Es cierto que ahora mismo mi hija está algo confusa —admitió Asterión—, pero muy pronto volverá a darse cuenta de que su deber es anteponer el interés de la aldea al suyo propio. Y para que le resulte más fácil asimilar la idea, hoy mismo te marcharás de Eltynia.

Tisandro, derrotado, hundió el rostro entre las manos. No se lo estaba pidiendo, era un mandato que no admitía discusión. Y, si se negaba, Demofonte estaría encantado de intervenir.

—Antes de irme, quiero poder despedirme de ella.

—Imposible. Jamás volverás a verla.

—Por favor… —suplicó.

—No —sentenció Asterión—. Con todo, sabes que te tengo aprecio y no pienso dejarte en la estacada. Conozco a un pintor que quizás pueda darte trabajo. Tienes talento de sobra. Hazte a la idea, tu futuro estará en Cnosos a partir de ahora…

7

Además de las ceremonias cotidianas propias de la vida cretense, a lo largo del año tenían lugar grandes celebraciones solemnes por los más diversos motivos, como la floración primaveral, la cosecha de la aceituna o la caída de las hojas en invierno. En particular, a comienzos de la época estival se conmemoraba la epifanía de la Gran Diosa, que era la más popular de todas, y en Cnosos solía llevarse a cabo una exuberante ceremonia en el patio central del palacio, a la que asistía buena parte de la ciudadanía.

La familia real, que participaba activamente en el festejo, se hallaba en la sala lustral situada en la entrada norte de palacio, pues todo rito religioso requería de un acto previo de purificación. El habitáculo, fabricado con sillares de piedra y decorado con frisos de yeso, y a cuyo interior se accedía bajando dos tramos de escaleras, poseía una pileta en la que se llevaban a cabo las correspondientes abluciones.

El rey y sus dos hijos introdujeron los pies en el agua bendita y comenzaron a enjuagarse manos y pies.

—¿Qué te ocurre? —inquirió Androgeo, tras notar que su hermana se mostraba ausente y poco receptiva.

Ariadna alzó la barbilla. Tenía los ojos vidriosos y su expresión reflejaba una profunda melancolía. Instantes después se tapó la cara y rompió a llorar como una niña desvalida.

—¿No te das cuenta? —terció Minos—. Esta es la primera epifanía a la que asistiremos sin la presencia de tu madre.

Androgeo se percató de lo insensible que había sido y abrazó a su hermana con cierta torpeza, en un vano intento por ofrecerla consuelo.

—Lo comprendo —dijo—, pero tienes que ser fuerte.

—Ya lo sé...

—Además, estoy preocupado por la excesiva duración de tu duelo.

—¿Y qué quieres que haga? —replicó Ariadna entre sollozos.

—Ya no participas de la vida cortesana y apenas te relacionas con nadie. Y no creas que exagero. Tus amigas no paran de repetirme lo mucho que te echan de menos. De ser el centro de atención de todas las fiestas, has pasado a desaparecer por completo del panorama social.

El rey asió una jarra de pico largo de las muchas que allí había y se unció con aceite perfumado de acuerdo con la ceremonia.

—Cada persona tiene su propia forma de afrontar la muerte de un ser querido y lidiar con el dolor —apuntó.

—No lo dudo —admitió Androgeo—, pero lo de Ariadna ya es demasiado.

—No me pasa nada —adujo ella.

—Sí que te pasa. Y parece que todo el mundo se da cuenta menos tú.

—No es para tanto. Y, para que lo sepas, ya estoy haciendo algo al respecto. Sibila se está ocupando de mí.

—Pues no sé si eso me tranquiliza. Desde mi punto de vista, la Suma Sacerdotisa es demasiado tétrica y solemne. Y tú lo que necesitas es recuperar la alegría de vivir.

—Pues, ¿sabes qué? No tenía pensado deciros esto ahora, pero ya que ha salido el tema aprovecharé la ocasión.

Ariadna se secó las lágrimas y, antes de realizar el improvisado anuncio, miró a su padre y a su hermano con determinación.

—He decidido hacerme sacerdotisa.

Androgeo abrió los ojos de forma desmesurada.

—¡¿Te has vuelto loca?!

—¿Qué tiene de malo?

En vista del cariz que tomaba el asunto, Minos extendió los brazos e intervino para apaciguar los ánimos.

—Ahora no es el momento de iniciar una discusión. Salid de la pileta y secaos. La ceremonia no empezará hasta que hayamos llegado, y no quiero hacer esperar a todo el mundo.

A continuación subieron la escalinata y salieron a la calzada. El sol del mediodía se asomaba de forma intermitente entre espesas nubes blancas, cuya presencia de poco servía para aminorar la sensación de calor.

El rey decidió no preocuparse por el anuncio de su hija hasta después del ritual. Ya tendría tiempo para pensar, cosa que últimamente no dejaba de hacer en todo el día, por uno u otro motivo. En particular, no podía quitarse de la cabeza lo que la propia

Ariadna le había contado, en relación con el supuesto secreto que Pasífae había querido desvelarle poco antes de su muerte. Para no preocuparla inútilmente, Minos había preferido minimizar el asunto atribuyéndole la consideración de un simple delirio. Sin embargo, él conocía bien a su esposa y sabía que si había dicho tal cosa debía de haber tenido una buena razón. Con todo, si de verdad Pasífae guardaba un secreto, se lo había llevado con ella a la tumba y ya no había manera alguna de poder saberlo.

Escoltados por soldados y sirvientes, los tres miembros de la familia real se desplazaron hasta el patio central del palacio, cuyo perímetro se hallaba ocupado por miles de ciudadanos que abarrotaban el lugar. En el centro de la explanada enlosada había dispuesto un altar, sobre el que yacía un toro atado por las patas, que muy pronto sería objeto de sacrificio. El rey Minos y sus hijos se situaron donde les correspondía, justo frente a la fachada del templo tripartito que se abría en el flanco occidental, momento en el que se hizo sonar un cuerno para anunciar el inicio de la ceremonia.

Desde un pasillo lateral partió una larga procesión encabezada por Sibila, seguida por el resto de las sacerdotisas que marchaban en fila de a dos, luciendo amplios corpiños, que dejaban sus senos al descubierto, y largas faldas terminadas en cola. Las sacerdotisas desfilaban en perfecta sincronía, sosteniendo ritones, ramos de flores y cestas de fruta con los brazos extendidos. Cerraba la comitiva —llevada en palanquín— una réplica de la Gran Diosa fabricada en arcilla.

Al tiempo que avanzaba la procesión, un coro de voces masculinas cantaba himnos a plena voz, al son de la música sagrada que emanaba de las flautas dobles y las liras. Y asimismo en grandes pebeteros se quemaban incienso y aromas de grano —como los del enebro o el cilantro— para ahuyentar a los demonios. La multitud, seducida por la pompa y el boato de la célebre fiesta religiosa, contemplaba el acto en silencio salvo por un constante murmullo semejante al rumor de un riachuelo.

Entre los allí congregados se hallaba Laódice, que asistía a la ceremonia con aire compungido y cierto sentimiento de culpa por las actividades ilícitas que llevaba a cabo en complicidad con Polidoro. Todas las ganancias que el escriba recibía del rico comerciante se las gastaba en las prostitutas más exclusivas de Cnosos, que de otra manera jamás habrían estado al alcance de un vulgar funcionario como él. Laódice esperaba que los dioses se mostrasen compasivos con sus vicios y debilidades, y le supiesen perdonar.

Cuando el conjunto de las sacerdotisas se situó frente al altar, aquellas iniciaron una suerte de danza que denotaba un fuerte componente místico, e implicaba el movimiento de todas las extremidades del cuerpo sin llegar al frenesí. Para exaltar el baile, algunas de las mujeres se valían de serpientes que ellas mismas cuidaban. Los ofidios se deslizaban sinuosamente por el cuerpo y se enroscaban alrededor de los hombros y el cuello. La compleja danza se ejecutaba para honrar al Minotauro y acrecentar la eficacia de sus poderes divinos.

Al cabo de un rato cesó el ritmo de la música y el acto entró en su fase siguiente. Sibila empuñó un hacha de doble filo para proceder al sacrificio del animal dispuesto sobre el ara de piedra. Bajo el pescuezo del toro se había colocado un cubo al que caería toda la sangre. Aunque los ojos de la muchedumbre estaban puestos en la Suma Sacerdotisa, ella estaba más que acostumbrada a protagonizar rituales de aquella naturaleza y no sentía la menor inquietud. Sin embargo, tan pronto como alzó el hacha por encima de su cabeza, ocurrió algo tan extraño como inesperado. La figura de Sibila se sacudió como si hubiese sido alcanzada por un rayo, y después comenzó a convulsionarse descontroladamente como si la hubiese poseído un demonio de la peor condición.

Ariadna reaccionó enseguida y corrió a toda prisa hacia donde se encontraba Sibila, que ya estaba siendo socorrida por dos sacerdotisas que la sujetaban por los brazos. La princesa llegó hasta su altura con la respiración entrecortada y la observó con pavor.

—¡¿Estás bien?! ¡Di algo, por favor!

La Suma Sacerdotisa temblaba y no daba muestras de ser consciente de lo que sucedía a su alrededor. Pese a que sus vivaces ojos almendrados estaban abiertos y brillaban con gran intensidad, mantenía la mirada fija en un punto indeterminado del infinito, que trascendía a las personas que estaban allí. El propio Minos acudió hasta ella y ordenó que la tumbaran en el suelo.

Mientras tanto, la magia de la ceremonia se había desvanecido y el desconcierto se había apoderado del público. Pronto se formó un bullicio y, antes de que este degenerase en caos, Androgeo dio las oportunas instrucciones a los soldados para evitar que se invadiese el área acotada en el centro del patio, accesible tan solo a los protagonistas del evento.

El rey se arrodilló junto a Sibila, a la que agarró el rostro firmemente con las manos. Las pupilas de la Suma Sacerdotisa comenzaron a moverse de forma vertiginosa, de izquierda a derecha y de arriba abajo.

—¡¿Qué le pasa, papá?! —chilló Ariadna—. ¡Haz algo, por favor!

—Cálmate, está teniendo una visión. No es la primera vez que presencio un episodio parecido.

Si los sueños premonitorios de Sibila eran de sobra conocidos y gozaban de un enorme prestigio, lo mismo podía decirse de sus poderosas visiones del futuro, que solo tenían lugar muy de vez en cuando. El rey ordenó a las sacerdotisas que formasen un círculo a su alrededor para impedir que los asistentes fuesen testigos de la escena.

—Sibila, céntrate. Soy yo, Minos. Dime qué ves.

La Suma Sacerdotisa aquietó finalmente la mirada y habló por primera vez.

—¡El estruendo es demasiado fuerte! —exclamó—. ¡Apenas puedo oírte!

—Yo te escucho bien. ¿Qué estruendo es ese?

—Indescriptible... Descomunal y aterrador. Similar a un trueno capaz de hacer retumbar el cielo, o al rugido del Minotauro enojado por el comportamiento de la población. El fragor es tan fuerte que mis oídos casi estallan de dolor.

—Aguanta —pidió el rey—. ¿Puedes continuar?

Sibila tomó aire y asintió con la cabeza.

—¡Un azote insospechado se valdrá de los cuatro elementos de la naturaleza para convertir nuestro hogar en un gris sudario de muerte y desolación! ¡Los hombres se ahogarán, se asfixiarán y se calcinarán, todo al mismo tiempo, con gran sufrimiento y sin contar siquiera con tiempo suficiente como para poder pedir perdón!

—¿Y qué más puedes ver?

—¡La tierra y el agua se abrirán, y engendrarán un pozo abismal por el que engullirán al ser humano, que pagará por sus pecados y aprenderá a temer a sus dioses, ante los que se postrará para implorarles misericordia cuando ya sea demasiado tarde!

Minos se estremeció. Ariadna lloraba a su lado, asustada por el relato de muerte y devastación que la Suma Sacerdotisa describía sin escatimar en detalles.

—¡Los mares lo asolarán todo porque las leyes de la naturaleza se invertirán, y durante el día reinará la oscuridad, del mismo modo que la tierra temblará y no habrá lugar donde esconderse, ni habrá distinciones entre el pobre y el rico ante los ojos de la muerte que aguardará pacientemente la hora de su llegada!

—No lo entiendo —murmuró el rey, incapaz de encontrarle sentido a semejante compendio de infortunios y calamidades.

Aunque estaban justo en mitad del patio, el cordón que las sacerdotisas habían formado en torno a ellos los aislaba por completo de la multitud que asistía al acto, que ignoraba por completo todo cuanto acontecía en el centro de la explanada. La catastrófica visión de Sibila no podía llegar a oídos de los ciudadanos para evitar así que cundiese el pánico entre ellos. Dadas las circunstancias, Androgeo se hizo cargo de la situación y decidió suspender la ceremonia tras percatarse de que pasaba algo grave. Los asistentes, entre confusos y desilusionados, fueron desalojando el recinto de palacio siguiendo las instrucciones de los guardias encargados de la tarea.

La Suma Sacerdotisa permanecía tendida en el pavimento, absorbida por la sucesión de imágenes que desfilaban por su mente, tan auténticas que resultaban muy difíciles de distinguir de la propia realidad.

—¡El sol se eclipsará y derramará lágrimas como chispas de fuego incandescente! ¡Oh, Gran Diosa Madre! ¡Perdónanos! ¿Qué mal hemos hecho para merecer algo así?

Desconcertados, Minos y Ariadna se miraron con los ojos muy abiertos, temiendo que Sibila prosiguiese vaticinando una fatalidad tras otra, a cada cual más trágica y horrible.

—¿Qué significa todo eso? —preguntó Ariadna—. ¡Jamás había escuchado hablar de algo así! ¿Se trata acaso de algún tipo de castigo impuesto por los dioses?

La Suma Sacerdotisa ignoró el comentario de la princesa y acto seguido comenzó a abrir y cerrar rápidamente los ojos conforme la visión se extendía.

—Una enorme serpiente reptará por el cielo y esparcirá su fétido aliento de muerte por campos y fuentes, envenenando los pulmones de hombres, animales y plantas.

Ariadna estaba aterrada, e incluso el propio Minos sudaba de forma profusa pese al talante inalterable por el que era conocido.

—¡Vuelve a nosotros, Sibila! ¡Por favor! —rogó Ariadna con lágrimas en los ojos—. ¡Ya no quiero saber nada más de lo que pueda ocurrir!

Pero Sibila no controlaba su don a voluntad y todo lo que hacía era canalizarlo cada vez que se manifestaba a través suyo.

—¡El imperio no durará mucho más y, envuelto en el restallido del bronce, asistirá impotente al final de sus días como una criatura herida que clama ser sacrificada! ¡Por la espada morirá y la sangre de una civilización correrá por sus caminos y avenidas!

—¿Quieres decir que nos atacarán? ¿Quiénes? ¿Y cuándo sucederá?

Para frustración del rey, la Suma Sacerdotisa salió en ese instante de su profundo trance, como consecuencia de una fuerte sacudida que la devolvió al momento presente. Aunque su arrebato no se había prolongado más allá de unos minutos, la mujer parecía exhausta y se desmayó de inmediato.

—Se pondrá bien —señaló el rey—. Lleváosla a sus aposentos —ordenó al resto de las sacerdotisas.

Para entonces, el patio se había quedado prácticamente vacío y Androgeo se ocupaba de dar las últimas indicaciones a los guardias. Ariadna aún tenía el miedo metido en el cuerpo y se abrazó a su padre en busca de protección.

—¿Qué es lo que ha visto Sibila? —inquirió con apenas un hilo de voz.

—Nuestro final… —repuso Minos en un ataque de franqueza—. El final de Creta, cuando no el del mundo entero… ¿Qué otra cosa podría ser?

8

Aunque el propio Asterión había expulsado a Tisandro de la aldea, no por ello estaba dispuesto a abandonarlo a su suerte. Con alejarle de su hija ya tenía suficiente. Le había cogido cariño al muchacho y no le deseaba ningún mal. Tisandro, a su vez, tampoco se sentía capaz de odiar al padre de Melantea. Después de todo, había sido mucho lo que este había hecho por él. Sin ir más lejos, el rudo campesino había cumplido su palabra y para ayudarle a encontrar trabajo le había acompañado hasta la ciudad.

Las edificaciones de Cnosos se agrupaban en manzanas, separadas por patios y jardines, aunque sin responder a ningún orden concreto. Las calles eran amplias. Estaban adoquinadas y contaban con un avanzado sistema de canalizaciones y alcantarillado. A su limpieza contribuían los perros y las aves, por cuanto daban buena cuenta de parte de los desperdicios.

Las casas solían tener dos plantas de altura y estaban construidas de piedra o ladrillo. La madera se empleaba en las puertas, los ventanajes y los pilares que sostenían los techos. La carencia de un trazado urbanístico predefinido se debía al rápido crecimiento que los núcleos urbanos habían experimentado en los últimos tiempos, gracias al desarrollo de la artesanía y el comercio. En los días de mercado, se daban cita en las plazas grandes concentraciones de ciudadanos para intercambiar los productos de la tierra y también los elaborados por la mano del hombre.

Tisandro no podía dejar de pensar en Melantea, de la que ni siquiera se había podido despedir. ¿Cómo se encontraría? ¿Qué estaría pasando por su cabeza? Si hubiese tenido la oportunidad, le habría dicho que no se rindiese, porque de un modo u otro él regresaría para buscarla antes de que tuviese lugar su temida boda con Criso. Durante el trayecto, Asterión había esquivado todas sus preguntas y había insistido en que lo mejor que podía hacer era olvidarse de su hija para siempre. Con todo, Tisandro no estaba dispuesto a darse por vencido.

En el barrio de los artesanos, de trazado irregular y calles angostas, se aglutinaban todo tipo de trabajadores dedicados a una gran variedad de oficios: cesteros, alfareros, carpinteros, ebanistas, curtidores, perfumistas, tintoreros… La lista era mucho más extensa, pues existía un elevado número de profesiones especializadas.

—Aquí es —dijo Asterión tras detenerse frente a un taller de fachada ancha y ornamentada.

—¿Y si tu amigo no me da trabajo?

—Entonces tendrás que buscarte la vida por tu cuenta. Yo debo volver a Eltynia, donde tenemos nuestros propios problemas que hemos de resolver.

Accedieron al interior, donde Asclepio departía con varios aprendices. El taller, bien iluminado gracias a un enorme tragaluz, se dedicaba casi por entero al grabado de los sellos, por cuanto los frescos se realizaban directamente en el lugar designado por el demandante de la obra.

Aunque Asclepio había nacido en Eltynia, se había marchado a la ciudad a una edad muy temprana para intentar hacer carrera como pintor. El reconocimiento le había llegado tras muchos años de esfuerzo, y en la aldea todos se sentían orgullosos de que uno de los suyos hubiese llegado tan lejos, hasta el punto de haber decorado gran parte del palacio del rey Minos. El afamado artista nunca había llegado a casarse, pues había hecho de su trabajo su verdadera y única pasión.

Tan pronto como se percató de la presencia de su viejo amigo, Asclepio acudió a su encuentro y le dio un efusivo abrazo.

—¡Asterión! No puedo decir que tengas mal aspecto —dijo—. Y, sin embargo, mírame a mí. Casi no me queda pelo en la cabeza y mi cuerpo ha perdido buena parte de su agilidad.

—No te quejes tanto. Podría ser mucho peor. Yo cambiaría ahora mismo tu calvicie por mis dolores de espalda.

Después de los saludos de rigor y cierta charla trivial, Asclepio mostró rápidamente interés por el joven que le acompañaba.

—¿Quién es? —inquirió.

—Se llama Tisandro, pero no sabemos más. Apareció en la playa medio ahogado, y creemos que sobrevivió milagrosamente a un naufragio. Lo malo es que no recuerda absolutamente nada. Ni del accidente ni de su vida anterior.

Asclepio echó un vistazo al muchacho, sin disimular su curiosidad.

—A simple vista, no parece de aquí —señaló el artista.

—Eso dicen todos —admitió Tisandro.

Los aprendices del taller prestaban más atención al diálogo de su maestro que a la faena a la que se dedicaban.

—Pues bien, si estoy aquí es precisamente por él —explicó el padre de Melantea—. Verás, aunque Tisandro es un buen chico, no está hecho para las tareas del campo. Sin embargo, hemos descubierto que posee un talento extraordinario, que me recuerda al tuyo a su misma edad.

Asterión prefirió omitir todo lo relacionado con su hija para no perjudicar las opciones del muchacho.

—¿No crees que estás exagerando?

—El experto eres tú. Solo te pido que le hagas una prueba. Si me equivoco, me olvidaré ahora mismo del asunto. Pero si estoy en lo cierto, me gustaría que trabajase para ti.

Asclepio pensó a toda prisa. Aunque no necesitaba más aprendices, la amistad que les unía bien que merecía una excepción. De todas maneras, estaba seguro de que Tisandro no superaría la prueba.

—Soy muy exigente —advirtió.

—Lo acepto —dijo Asterión—. Siempre y cuando seas justo con él.

El artista se dirigió a un arcón donde guardaba una gran variedad de piedras y minerales, a partir de los cuales se fabricaban los característicos sellos de los comerciantes. Se trabajaba con mármol, cuarzo, jaspe, ágata, sardónice o incluso con materias semipreciosas como la amatista. No obstante, Asclepio eligió finalmente un pedazo de esteatita, muy común en Creta, que se reservaba para los clientes más pobres. Sin duda alguna, emplear material de primera en una simple prueba habría resultado un desperdicio. Al menos, la esteatita contaba con la ventaja de que resultaba muy sencilla de tallar.

A continuación, Asclepio colocó la muestra en una mesa de trabajo, sobre la que había dispuesto un amplio surtido de herramientas propias del oficio.

—Aguarda un momento —intervino Asterión—. ¿Vas a pedirle que realice un grabado partiendo de una piedra en bruto?

—Además de talento, también necesito saber si posee o no los conocimientos técnicos que requiere la profesión.

Los aprendices dejaron definitivamente lo que estaban haciendo para no perderse el menor detalle de la prueba. Y, a juzgar por las ladinas sonrisas que se cruzaron entre ellos, quedaba muy claro que no le daban al candidato ni la menor oportunidad.

—No pasa nada —terció Tisandro—. Creo que puedo hacerlo.

—¿Acaso tienes experiencia en este campo? —inquirió Asterión.

—No lo sé. Sin embargo, de algún modo que no alcanzo a entender, todo lo que veo aquí me resulta familiar.

Tisandro cogió una sierra de bronce y, de la esteatita de la que partía, recortó un cuerpo sólido de dos centímetros de largo, dos y medio de ancho y otros tantos de espesor. Acto seguido, se valió de una diminuta broca de obsidiana, que humedeció en una mezcla de aceite y polvo, para perforar el pedazo resultante en dos tiempos. Esta operación era muy delicada, pues si no se hacía con sumo cuidado la piedra podía quebrarse con gran facilidad. Luego procedió a desbastarla hasta proporcionarle la forma ovalada de una lenteja.

—Estoy impresionado… —admitió Asclepio en un susurro.

En ese punto, la superficie del mineral estaba lista para recibir el correspondiente grabado. Se trataba de la fase en la que el verdadero talento artístico cobraba mayor peso. Tisandro se inclinó sobre la pieza y, combinando el uso de un buril y un raspador, comenzó a tallar la piedra para grabar sobre ella la escena que tenía en mente.

Un rato más tarde, cuando pareció darse por satisfecho, le dio los últimos retoques con una aguja y la frotó con un pulidor de pizarra hasta dar la obra por concluida.

Asclepio tomó el sello y lo examinó con atención. El grabado representaba una escena de la vida rural, en la que figuraba una vaca amamantando a su cría. Para llenar toda la superficie, Tisandro había retorcido el cuerpo del animal hasta ponerlo en perspectiva, logrando adaptar el motivo principal a la curva del fondo. El efecto ensalzaba aún más la composición, que ya de por sí era increíblemente bella.

—¿Quién te ha enseñado? —preguntó Asclepio

Tisandro se encogió de hombros.

—No lo sé —contestó.

—Es verdad, se me olvidaba lo de tu amnesia.

Durante unos segundos, se hizo el silencio en el taller.

—¿Y bien? —quiso saber Asterión.

—Si el muchacho está de acuerdo, hoy mismo puede empezar a trabajar para mí.

Dos semanas después, Tisandro se había adaptado a su nuevo trabajo en el taller con una naturalidad pasmosa. Además, desde el principio le fue asignado un estatus superior al de aprendiz, asumiendo la realización de diversos encargos que Asclepio tenía pendientes. En concreto, se ocupó de la fabricación de un puñado de sellos, cuyo resultado final dejó a los clientes enormemente satisfechos. Como aprendiz no habría cobrado nada, pero como empleado, Tisandro recibía un sueldo que, aunque modesto, le proporcionaba todo cuanto necesitaba para vivir.

La cuestión del alojamiento la había resuelto sin complicarse demasiado. Tisandro ocupaba una cochambrosa habitación situada en la zona portuaria de Cnosos, que tan solo utilizaba para dormir. La idea consistía en no gastar demasiado para ahorrar todo lo posible y un día poder huir con Melantea lejos de allí.

También aprovechó para indagar en el puerto, por si hallaba a alguien que le buscara o hubiese preguntado por él. Nadie había escuchado nada y, después de aquello, Tisandro asumió que muy probablemente su pasado quedaría para siempre envuelto en un velo de tinieblas.

Asclepio se sentía tan complacido con el trabajo del muchacho que, apenas dos semanas después de su llegada, le llevó consigo al domicilio de un cliente para cumplir con un encargo de suma importancia. Aunque había demostrado tener buena mano para los dibujos, Tisandro desconocía la técnica de la pintura al fresco, y aquella constituía una excelente oportunidad para enseñarle.

La pareja se desplazó hasta una villa de lujo situada a muy escasa distancia del palacio real, en la zona más opulenta de Cnosos. La vivienda contaba con un centenar de estancias, pues en ella convivían las familias de los hijos del patriarca, incluida un ala propia destinada al personal del servicio. Saltaba a la vista que conforme se había ido necesitando, la villa se había ampliado por partes hasta alcanzar su tamaño actual.

—¡Asclepio! ¡Bienvenido!

—Para mí es siempre un placer, Epiménides.

Durante mucho tiempo, Epiménides fue considerado como el comerciante más importante de Creta. No obstante, al hacerse mayor dejó en manos de sus hijos la continuidad del negocio para disfrutar, a partir de ese momento, de un retiro largamente merecido. Como comerciante independiente —a diferencia de Polidoro, que contaba con la ventaja de trabajar para el rey—, a él le había llevado toda una vida de trabajo y esfuerzo poder alcanzar la posición privilegiada que gozaba ahora. En particular, la operación comercial gracias a la cual logró lanzar su carrera consistió en exportar a Egipto una planta muy valorada, que actuaba como antipútrido y también poseía propiedades aromáticas, motivo por el cual los egipcios la demandaban en grandes cantidades para embalsamar momias.

—Uno de tus sirvientes me hizo saber que querías decorar tu casa con un nuevo fresco, pero no sé nada más.

—En efecto, mi querido Asclepio. Me he hecho construir un baño lustral junto a mis aposentos para así poder cumplir más cómodamente con mis obligaciones religiosas. Aunque antes no me importaba desplazarme hasta algún santuario, ahora ya no tengo edad para llevar a cabo tantas idas y venidas.

—Pues perdona que te diga, pero yo te veo increíblemente bien. Y no lo digo por decir.

Epiménides siempre había sido bastante alto y solo en fechas muy recientes había comenzado a caminar encorvando ligeramente la chepa. En todo caso, conservaba su delgada figura y se mantenía en buena forma. Además, tampoco tenía las arrugas que cualquiera esperaría ver en un hombre que ya había cumplido los setenta.

—La salud me respeta, no puedo negarlo. Sin embargo, también es verdad que los años comienzan a pesarme. —El comerciante se detuvo y reanudó su discurso con un punto de nostalgia en la voz—. Aunque, si he de serte sincero, lo que de verdad echo de menos es ocuparme del negocio. Con el tiempo me he dado cuenta de que lo que me mantenía vivo era el ejercicio de mi profesión. De todas maneras, a estas alturas ya no pienso inmiscuirme en el trabajo de mis hijos, que dicho sea de paso lo están haciendo extraordinariamente bien.

Tisandro caminaba un paso por detrás, mientras contemplaba con fascinación las suntuosas paredes encaladas y los suelos enlosados con placas de pizarra y mármoles de colores.

En cuanto llegaron a la sala lustral, enseguida quedó patente que las paredes desnudas precisaban de un mural para cobrar vida.

—Me imagino que el tema central del fresco deberá hacer alusión a los dioses, ¿verdad? —preguntó Asclepio.

—Sí, y particularmente al Minotauro —repuso Epiménides—. Me gustaría que fuese el centro de la composición.

—¿En alguna actitud en concreto?

—La que quieras, siempre que denote su fuerza y su poder.

—Entendido.

—Y una cosa más. En cuanto a los colores, quiero que el púrpura predomine sobre la mayor parte del fresco. Y, para ello, podrás emplear auténtica tintura procedente de Ugarit que he adquirido para la ocasión.

—Excelente. Como siempre, usted solo se conforma con lo mejor.

En ese momento, Tisandro frunció el ceño en señal de incomprensión, gesto que al comerciante no le pasó inadvertido.

—¿Ocurre algo, hijo?

Al principio, Tisandro no se atrevió a contestar porque se sentía ligeramente intimidado. No obstante, Epiménides le había causado la impresión de ser un hombre cercano, pese al increíble patrimonio que poseía.

—Es solo que estoy algo confuso —admitió—. En el taller disponemos de tintes de todos los colores, incluido el púrpura. ¿Por qué entonces tanto interés en utilizar el suyo?

Asclepio advirtió el gesto de extrañeza que se dibujaba en el rostro del comerciante e intervino cuanto antes para aclarar la situación.

—Tisandro lleva poco tiempo trabajando conmigo y todavía le queda mucho por aprender —le explicó—, aunque puedo asegurarte de que su talento está fuera de toda duda.

Y, una vez aclarada la cuestión, a continuación, se dirigió al propio Tisandro.

—La púrpura que yo utilizo se fabrica a partir del índigo, un tipo de planta. Pero el tono que se obtiene, aunque parecido, en ningún caso es equiparable al original.

—¿Y qué materia se emplea para fabricar la púrpura a la que os referís?

Epiménides miró a Tisandro y después no pudo evitar estallar en carcajadas.

—Muchacho, si lo supiera, yo mismo me habría dedicado a su producción y venta, y mi fortuna sería aún mayor.

Y, tras aplacar su risa, el comerciante añadió:

—Vamos, si quieres te la muestro.

Abandonaron la sala y recorrieron un largo pasillo que desembocaba en una estancia que hacía las veces de almacén. Un recipiente de pequeñas dimensiones contenía la púrpura que Epiménides había comprado.

—Muchacho, echa un vistazo. ¿Adviertes la diferencia?

Tisandro quitó la tapa y observó con detenimiento la valiosa tintura de que le habían hablado. Realmente, no habían exagerado un ápice. El brillo escarlata que desprendía resultaba incomparable.

—Está bien —concluyó Epiménides—. Ahora que ya lo has visto por ti mismo, volvamos de nuevo a la sala lustral.

Sin embargo, antes de salir, Tisandro se detuvo un instante frente a una enorme vasija, sobre la cual languidecía un viejo pergamino garabateado en escritura cretense. En un gesto automático, se inclinó sobre el mismo y lo ojeó con interés.

Al darse cuenta, el veterano comerciante no pudo evitar reírse otra vez.

—Desde luego, tu nuevo empleado no deja de sorprenderme —bromeó—. ¿Qué pretende ahora, fingir que sabe leer?

En la sociedad de la época, aparte de los escribas, la nobleza —y ni siquiera toda ella—, así como los comerciantes más acaudalados, absolutamente nadie más sabía leer.

—Se trata de un inventario de navíos, con su correspondiente capacidad de carga y los capitanes asignados a cada uno de ellos —murmuró Tisandro, más para sí mismo que otra cosa.

Epiménides cogió el documento y, sin dar crédito a lo que veía, comprobó que el muchacho no se equivocaba.

—¿Sabes leer? —inquirió—. ¿Cómo es posible?

Tisandro se encogió de hombros. Él lo acababa de descubrir en ese mismo momento.

—Asclepio, por favor, ¿podrías decirme quién es este peculiar empleado tuyo que tan desconcertado me tiene?

El artista alzó las cejas y dejó escapar un suspiro.

—Lo cierto es que no lo sé... —replicó—, pero lo más curioso de todo es que ni él mismo lo sabe.

Y, entonces, le explicó toda la historia.

Aproximadamente un mes después de entrar a trabajar para Asclepio, este le concedió a Tisandro un par de días de descanso que se tenía bien merecidos. Se encontraban a finales de verano y, desde que llegara a Cnosos obligado por las circunstancias, Tisandro llevaba esperando una oportunidad como esa para reencontrarse con Melantea.

De madrugada, el muchacho abandonó la ciudad y puso rumbo a Eltynia con una mezcla de temor y nerviosismo. Debía de andarse con cuidado para no ser descubierto. Si alguien le veía, sería expulsado de inmediato. Y eso si tenía suerte, porque si fuese Criso quien le sorprendiese, estaba seguro de que el gigantón no haría preguntas y se limitaría a darle una paliza de muerte.

Por otra parte, a Tisandro le inquietaba la reacción que Melantea pudiera tener. ¿Y si finalmente se había avenido a los deseos de su padre y había aceptado aquella boda pactada por el bien común? Pese a la distancia y el tiempo transcurrido, sus sentimientos hacia ella no habían cambiado un ápice. Sin embargo, a diferencia de él, Melantea estaba sometida a una gran presión.

Cuando estaba llegando a las inmediaciones de la aldea, Tisandro se apartó de los caminos principales y se desplazó a partir de entonces por senderos poco transitados y también campo a través. Si podía evitarlo no se cruzaba con nadie, y si tal cosa ocurría agachaba la cabeza para no ser reconocido. Lo más difícil sería contactar con Melantea sin que nadie más se diese cuenta. Y, como no podía plantarse sin más en mitad de la aldea y preguntar por ella, había pensado un plan alternativo.

Tisandro conocía bien la ruta que los campesinos tomaban a diario para ir a los campos de cultivo, del mismo modo que también sabía la hora aproximada del día a la que solían regresar. Un tramo del camino pasaba por un bosquecillo, lo suficientemente frondoso como para poder esconderse sin ser visto al borde del mismo. El problema radicaba en que, muy probablemente, Melantea no vendría sola. Y, en tal caso, tendría que hacer algo para llamar su atención sin que nadie más se percatase.

El detalle que remataba su plan consistía en grabar en el tronco de un árbol la silueta de un delfín. Tisandro talló una imagen de gran tamaño para evitar que la misma pasase inadvertida. Sin embargo, aunque todos la vieran, solo Melantea sabría descifrar el significado que encerraba el grabado: que él había regresado y que estaba de nuevo allí.

A media tarde, los aldeanos emprendieron el camino de vuelta, diseminados en pequeños grupos de tres o cuatro individuos. Oculto detrás de una maraña de arbustos, Tisandro observaba la escena a la espera de que apareciese Melantea. Tal y como había previsto, los campesinos advertían la presencia del grabado en el tronco del árbol, aunque enseguida pasaban de largo tras haberlo contemplado por espacio de varios segundos. Tisandro no se había esmerado y el resultado final tampoco era especialmente llamativo.

Por fin, Melantea apareció al fondo del camino, con la mirada clavada en el suelo y un enorme cansancio acumulado en todo el cuerpo. El corazón de Tisandro comenzó a latirle con fuerza en el pecho. ¿Y si después de todo ni siquiera advertía su señal?

A punto estuvo de suceder, si no es por la intervención de un tercero que señaló el curioso grabado, afirmando que el día anterior no había estado allí. Melantea alzó la cabeza y reparó en la inconfundible silueta de un delfín, cuya presencia estuvo a punto de dejarla sin respiración. Acto seguido, comenzó a mirar a su alrededor, hasta que se dio cuenta de su imprudente actitud. Melantea necesitaba un plan e improvisó uno a toda prisa. Para deshacerse de la compañía, fingió que tenía ganas de orinar y se apartó de la vereda. Los demás prosiguieron su camino sin sospechar lo más mínimo.

Cuando ya no quedaba nadie, Tisandro salió de su escondite y acudió al encuentro de Melantea, a la que abrazó hasta dejar sin aliento.

—¡Sabía que volverías! —exclamó ella con lágrimas de felicidad, al tiempo que le asía por las mejillas y le palpaba la barba.

—¿Cómo estás?

—Bien, aquí nada ha cambiado. ¿Y tú? Mi padre dijo que habías encontrado trabajo en Cnosos.

—Es cierto. A pesar de oponerse a lo nuestro, Asterión no ha dejado de ayudarme.

Durante unos minutos sustituyeron las palabras por besos. Sin embargo, sabían que no podían entretenerse demasiado, o de lo contrario la ausencia de Melantea acabaría por llamar la atención.

—¿La boda con Criso sigue adelante? —inquirió Tisandro.

—Yo me opongo, pero mi padre y Demofonte ya han fijado una fecha. Se celebrará coincidiendo con la fiesta del esquileo de las ovejas.

—Vale, aún tenemos tiempo. Lo que ahora necesito saber es... si todavía estás dispuesta a fugarte conmigo...

—Desde luego que sí —afirmó rotundamente Melantea—. No pienso en otra cosa.

Tisandro, aliviado, cerró los ojos durante un instante y permaneció unos segundos más con los párpados entornados.

—Creo que lo más seguro sería abandonar Creta y comenzar una nueva vida en cualquier otro sitio. Sin fondos no llegaremos lejos, pero yo estoy ahorrando todo lo que puedo y calculo que, dentro de un mes, tendré lo suficiente como para que podamos partir.

—Y yo, ¿qué debería hacer?

—Un día antes de la boda, acude a Cnosos y búscame en el taller de Asclepio. Casi todo el mundo lo conoce, así que no te será difícil dar con él. Para entonces, yo lo tendré todo organizado para huir ese mismo día.

Ambos se apretaron las manos con fuerza.

—Tengo miedo —confesó Melantea.

—Yo también, pero no quiero que te preocupes. Pase lo que pase, no te fallaré.

9

El rey Minos había tenido una semana complicada, como consecuencia del episodio protagonizado por Sibila durante la ceremonia de epifanía.

Tras una larga reunión, la Suma Sacerdotisa le había confirmado el carácter premonitorio de la poderosa visión que había tenido. Y, aunque todo apuntaba al anuncio de una gigantesca catástrofe, costaba encontrarle una cierta lógica, debido a la disparidad de imágenes que había captado y a su irritante imprecisión. A la pregunta de si podía intentar evitarse, la respuesta de Sibila había sido igual de desalentadora: tal cosa solo estaba en manos de los dioses.

Al menos, Minos había conseguido mantener en secreto la visión, cuyo contenido tan solo conocían, aparte de algunas sacerdotisas, él mismo y Sibila, así como la princesa Ariadna, que había presenciado el suceso en primera persona. El vaticinio de la Suma Sacerdotisa no podía hacerse público, pues a buen seguro provocaría un gran desasosiego entre la población.

Con todo, aquel asunto pasó enseguida a un segundo plano, tras la inesperada llegada al puerto de Cnosos de una embajada egipcia a la que el rey Minos recibió con todos los honores.

Los emisarios se encontraban allí en nombre del faraón Tutmosis III, a quien no se le escapaba la importancia de consolidar las relaciones diplomáticas y comerciales que su imperio mantenía con las potencias más relevantes allende sus fronteras. Asimismo, la visita también pretendía dejar clara la posición de supremacía que el faraón ocupaba en aquella parte del mundo.

En ese momento, Minos se hallaba en la sala de las hachas dobles, reunido con Polidoro, y también con su propio hijo, al que había hecho llamar de forma expresa. Los embajadores egipcios, mientras tanto, asistían entusiasmados al tradicional espectáculo del salto del toro, agasajados por la flor y nata de la aristocracia cretense.

—Tenemos que ser espléndidos con ellos —aseveró Polidoro.

—Lo seremos —afirmó Minos con rotundidad.

En la práctica, la entrega de presentes destinados al faraón suponía una especie de pago por el derecho a comerciar en los puertos controlados por el gobierno egipcio.

—No escatimes en gastos. Asegúrate de que Tutmosis III recibe de nuestra parte regalos abundantes y de la mejor calidad. Sírvete sin limitación de todo cuanto haya en nuestros almacenes y talleres.

El rechoncho comerciante asintió con la cabeza y celebró la audacia de Minos. Aquella era sin duda la decisión más acertada.

—Excelente. Mandaré cargar una de nuestras galeras con una amplia selección de regalos: joyas y ritones, cofres con incrustaciones de plata, ungüentos, perfumes y plantas aromáticas, carros de guerra, tinajas cargadas de nuestro mejor vino y aceite y, por último, reses y esclavos.

—¿A qué viene tanta generosidad? —terció Androgeo—. Comprendo la conveniencia de llevarnos bien con los egipcios, pero tanto agasajo me parece exagerado…

El rey miró largamente a su hijo, cuya presencia en la reunión respondía a un propósito concreto.

—Nuestra situación en este momento es especialmente delicada —explicó—. Los aqueos han dejado de abastecernos de cobre y estaño, y para obtener dichos materiales ahora dependemos de los pueblos situados en el Próximo Oriente, donde Egipto mantiene una destacada presencia. Por lo tanto, debemos hacer todo lo posible para garantizar la seguridad de los intercambios comerciales que se llevan a cabo en aquellas tierras.

—El escenario es incluso peor —añadió Polidoro—. Creta es la última parada de la embajada del faraón antes de regresar a Egipto. Sin embargo, ya lleva completado un extenso recorrido para asegurarse la lealtad de cananeos, babilonios, hititas, chipriotas, asirios y… por primera vez, también de los aqueos.

—¿Y eso qué quiere decir? —inquirió el joven príncipe.

—Pues que Egipto ya considera a nuestros principales rivales como dignos de establecer lazos con ellos. El pueblo aqueo comienza a considerarse como una potencia en alza, sobre todo desde que nos arrebatasen algunas de nuestras rutas marítimas más rentables.

—Se dice que están dispuestos a colaborar con los egipcios para expulsar a los hicsos de tierras faraónicas —apuntó Minos.

—¿Y por qué harían tal cosa? —preguntó Androgeo—. ¿Qué tienen ellos que ganar?

—Reconocimiento internacional —repuso Polidoro—. Y, por supuesto, tampoco les vendrá mal el oro que reciban como recompensa procedente de las reservas que los egipcios tienen en Nubia.

El príncipe guardó silencio y se dejó caer en el asiento, tras haberse hecho una idea aproximada de la situación.

—Lo cual nos lleva al siguiente punto... —dijo el comerciante de palacio retomando la palabra—. El de la posible unión entre Ariadna y Tutmosis III...

En aquella época, los faraones egipcios solían contraer matrimonio con las princesas extranjeras, con el único objetivo de reforzar los lazos diplomáticos entre un pueblo y otro.

—No insistas más en el asunto —replicó Minos visiblemente enfadado—. Eso no va a ocurrir.

—Sé que no es eso lo que le gustaría oír, pero es mi deber procurarle el mejor consejo. Además, le recuerdo que han sido los propios embajadores los que han insinuado dicha posibilidad.

—Polidoro tiene razón —intervino Androgeo—. Si tan importante es para nosotros complacer en estos momentos al faraón, ¿no deberíamos acceder a sus deseos?

—Si tu hermana se fuese a Egipto para desposarse con Tutmosis III, jamás la volveríamos a ver —rebatió el rey—. ¿Es eso lo que quieres?

—¡Claro que no! Pero tú mismo has recalcado la importancia de reforzar nuestros vínculos con el faraón. ¿No es verdad?

—El príncipe ha captado la idea a la perfección.

—Cállate, Polidoro. No pienso hacerle tal cosa a mi única hija. Y, aunque no me guste la idea de que pretenda hacerse sacerdotisa, entregarla de esa manera a un dirigente extranjero me parece aún peor.

—¿Crees que Ariadna lo dice en serio? —inquirió Androgeo.

—No lo sé. Ya veremos. En todo caso, la quiero aquí conmigo. —Minos hizo una pausa y alternó la mirada entre el comerciante y su hijo—. No obstante, he pensado un plan alternativo para satisfacer al faraón. Androgeo, quiero que acompañes a la embajada egipcia en su camino de vuelta y le hagas entrega personalmente a Tutmosis III de todos los presentes que hemos seleccionado para él.

—Pero, padre... Yo estoy preparado para combatir, no para llevar a cabo negociaciones políticas.

—Te recuerdo que nuestro imperio no se levantó con violencia, sino todo lo contrario. En cualquier caso, tu labor será muy sencilla. Recuérdale al faraón lo beneficiosa que nuestra relación comercial ha sido para ambos, y agasájalo todo lo que puedas. Ya va siendo hora de que te impliques activamente en las tareas de gobierno —remarcó—. Debes asumir tu responsabilidad como heredero y adquirir experiencia.

—Tu padre tiene razón —terció Polidoro—. Reconozco que se trataría de un movimiento político muy inteligente.

Androgeo sacudió la cabeza haciendo zarandear los rizos de su frente a uno y otro lado. Las dudas le atenazaban por completo.

—¿Prefieres acaso que tu hermana se case con el faraón?

—Está bien —cedió finalmente—. Iré si tanto insistes...

El rey esbozó una sonrisa de satisfacción.

—Señor, hay algo más que debo mencionarle relacionado con este asunto —señaló el comerciante.

—¿Y bien?

—Tutmosis III ha mandado construir un palacio en la ciudad de Peru-Nefer, en el delta del Nilo, con todo el lujo que se pueda imaginar. Pues bien, los embajadores egipcios se han quedado tan prendados de la belleza de nuestros frescos que, entre los obsequios que esperan recibir de nuestra parte, desean que incluyamos algunas pinturas de dicho estilo.

Minos frunció el ceño en señal de fastidio.

—¿Les has explicado que la técnica al fresco implica pintar sobre el propio muro?

—Lo saben, pero parece darles lo mismo.

—Entonces, ¿qué pretenden? ¿Llevarse en su viaje de vuelta unas cuantas paredes para montarlas después en el palacio que están construyendo?

Una carcajada resonó en la habitación. Androgeo no pudo evitar reírse ante la ocurrencia de su padre.

—En realidad, hay otra solución —propuso Polidoro—. ¿Y si envías a un artista cretense para que haga el trabajo en el propio palacio del faraón? A pesar del largo viaje, creo que para cualquiera constituiría todo un honor cumplir con un encargo así.

—Me gusta la idea —celebró Minos—. Además, no me cabe duda de que Asclepio sería la persona ideal para llevar a cabo el trabajo. A día de hoy ningún otro artista le supera en talento y experiencia.

—¿Y si se niega? —terció el príncipe Androgeo.

—Se nota que no le conoces como yo —le replicó su padre—. Se sentirá tremendamente honrado. Además, le pagaré bien.

—Hay que avisarle de inmediato —apuntó Polidoro—. Apenas tendrá tiempo parar prepararse.

—De acuerdo —dictaminó el rey—. Lo haré llamar ahora mismo para comunicárselo en persona.

Y, dicho esto, se dio por concluida la reunión.

***

Asclepio regresaba exultante de su encuentro con el rey, después de que hubiese sido requerida su presencia en palacio aquella misma tarde, con carácter urgente.

—¡Dejad lo que estáis haciendo y escuchadme! —exclamó.

La actividad del taller se detuvo de inmediato y los aprendices rodearon a su maestro ansiosos por conocer las últimas noticias. Tisandro levantó la cabeza de la mesa de trabajo y observó la escena con interés. Nunca antes había visto semejante dicha reflejada en el rostro del artista.

—El rey Minos me ha encargado realizar unos frescos en el nuevo palacio del faraón Tutmosis III. ¿No es asombroso? —Los aprendices se miraron unos a otros con expresión incrédula—. Todo ha sucedido muy deprisa, pero difícilmente se me presentará una ocasión igual. Mañana mismo los miembros de la embajada egipcia emprenderán el camino de vuelta. Y yo embarcaré con ellos.

Los aprendices estaban desconcertados. Con total seguridad, mientras Asclepio estuviese ausente, el taller mantendría sus puertas cerradas y ellos se quedarían sin trabajo.

—Tisandro, tú vendrás conmigo. Te quiero a mi lado.

El muchacho ya había demostrado su talento para la pintura, el día que le había ayudado con el fresco que el viejo comerciante Epiménides les había mandado hacer.

Abrumado, Tisandro comenzó a realizar rápidos cálculos mentales. Faltaba un mes y medio para la fiesta del esquileo, momento en el que Melantea acudiría a buscarle y él debía de tenerlo todo organizado para huir.

—¿Cuánto tiempo nos llevará el viaje? —inquirió.

—Me han asegurado que será muy breve. En cuatro o cinco días habremos alcanzado la desembocadura del Nilo. Y, con los vientos favorables del norte, el trayecto de vuelta será incluso más corto que el de ida. Nuestro trabajo allí no nos llevará más de una semana. Por lo tanto, lo normal es que estemos de regreso antes de un mes.

Si los plazos se cumplían, Tisandro estaría de nuevo en Creta para la fecha prevista. Sin embargo, cabía la posibilidad de que el menor contratiempo lo echase todo a perder. Posiblemente, renunciar al viaje fuese lo más sensato.

—Me encantaría acompañarlo, de verdad, pero creo que no puedo hacerlo…

—¿Sabes lo que dices, muchacho? Si pretendes hacer carrera como artista, no puedes dejar pasar una oportunidad así. —Asclepio le asió por los hombros y le atravesó con la mirada—. Además, el rey me recompensará con gran generosidad. Y puedes estar seguro de que compartiré contigo el pago que reciba. No digo que vayas a hacerte rico, pero te garantizo un buen pellizco.

Aquello era justo lo que Tisandro necesitaba escuchar. Con las ganancias que obtuviera, tendría lo suficiente como para comenzar la nueva vida que había planeado junto a Melantea, lejos de Creta. Hasta el momento, y pese a sus esfuerzos, no era mucho lo que había conseguido reunir.

—Está bien —accedió—. Iré a tierras faraónicas con usted.

—Excelente —se felicitó Asclepio—. Ayúdame a preparar ahora mismo los materiales que vamos a necesitar. Partiremos mañana a primera hora.

Cuando el barco mercante salió del puerto de Cnosos envuelto en una fina niebla temprana, Tisandro sintió cómo se le formaba un nudo en el estómago conforme se alejaba de la costa y daba inicio a la travesía.

Tanto él como Asclepio viajaban en un navío cretense cargado con los presentes destinados al faraón. La galera, de extremos encorvados, sin quilla ni espolón, disponía de un mástil central y una vela rectangular, que se enderezaba en caso de viento favorable. Tenía trece metros de eslora y contaba con una capacidad de carga de hasta cuarenta toneladas. En cubierta, treinta remeros sentados en varias filas de bancos impulsaban el barco.

Androgeo, en cambio, viajaba con los embajadores egipcios en su propio navío, sin echar en falta ningún tipo de comodidad. Además, el príncipe se había hecho acompañar por una especie de comitiva, integrada por algunos de los miembros más destacados de la aristocracia minoica. La misión que le había encargado su padre no le entusiasmaba lo más mínimo. Sin embargo, podía constituir una buena oportunidad para demostrarle que podía confiar en él.

Mientras Tisandro dejaba pasar las horas contemplando el mar apoyado en la borda del barco, Asclepio se dedicó a recorrer la nave de proa a popa, hablando con unos y con otros acerca del viaje y del destino que les aguardaba.

A mediodía, el artista regresó junto a Tisandro, después de haber mantenido una provechosa conversación con un sirviente egipcio encargado de custodiar la carga. Un marinero cretense que conocía ambas lenguas había hecho las veces de traductor.

—Ha habido un malentendido —anunció—. Al final vamos a tener que pasar en Egipto más tiempo del inicialmente previsto.

Pese al inesperado cambio de planes, Asclepio no parecía afectado.

Tisandro, por el contrario, palideció de inmediato.

—¿Qué?

—Así es. Al parecer, el palacio que el faraón ordenó construir, en realidad ni siquiera está empezado. En consecuencia, hasta que no levanten las paredes tendremos que esperar.

Tisandro hizo un considerable esfuerzo para controlar las náuseas que le invadieron. Cuando Melantea acudiese a buscarlo, no le encontraría. Además, tampoco había podido avisarla de que se iba, ya que literalmente no había tenido tiempo material. Dadas las circunstancias, ella creería haber sido abandonada y se le partiría el corazón.

—¿Para cuándo volveremos entonces?

Si el retraso no era excesivo, Tisandro intentaría cualquier cosa con tal de enmendar su error, aunque para entonces lo tendría casi imposible porque Melantea ya se habría convertido en la esposa de Criso.

—Lo siento, muchacho, pero no esperes regresar a corto plazo. Aunque la construcción del palacio avance a buen ritmo, los puertos permanecerán cerrados durante buena parte del otoño y el invierno al completo. En la práctica, durante dicha época del año las aguas no son aptas para la navegación. Por lo tanto, hasta la primavera del año próximo no podremos volver.

Tisandro sacó medio cuerpo por la borda y terminó vomitando lo poco que había comido. Aquello significaba que al final pasaría en Egipto entre cinco y seis meses. Y, para cuando volviese, ya no habría nada que pudiera hacer.

—No te preocupes, estaremos bien —repuso Asclepio—. Además, no perderemos el tiempo y aprovecharemos para aprender el estilo de los artistas egipcios. Será una experiencia inolvidable.

Si la situación hubiese sido distinta, Tisandro también lo habría creído. Sin embargo, en ese momento no le importaba nada de todo aquello. De repente, a la sensación de impotencia que le oprimía se le añadió un fuerte sentimiento de culpa y unas irreprimibles ganas de romper a llorar.

Con casi toda probabilidad, jamás volvería a ver a Melantea...

SEGUNDA PARTE

"Enviados pacíficos de los jefes de Keftiu (Creta) y las islas del medio del mar, se inclinan y bajan la cabeza ante el poder de Su Majestad el rey del Alto y Bajo Egipto".

Texto hallado en la tumba del visir de Tutmosis III, junto a una representación pictórica del hecho descrito.

Representantes cretenses haciendo entrega de valiosos regalos al faraón egipcio.
Tebas. Siglo XV a. C.

1

Finalmente, Tisandro se pasó un total de seis meses en Egipto.

Desde el comienzo del viaje se hizo evidente que el muchacho sufría por algo, aunque no hubiese una razón aparente que explicase la mezcla de dolor y frustración que le había invadido de forma repentina. Al principio, Asclepio respetó el desesperante silencio de su empleado, hasta que harto de ver pasar los días sin percibir en él ningún cambio, le exigió saber lo que ocurría. Tisandro no pudo negarse y, con lágrimas en los ojos, le confesó el plan de fuga que había trazado con Melantea y cómo finalmente todo se había torcido. El artista lamentó lo acontecido, pero también le hizo saber que, después de todo, quizás la cuestión se hubiese resuelto del mejor modo posible. Desde su perspectiva, Tisandro podía haber pagado muy caro haber puesto en marcha un plan tan osado de haber sido descubierto. Y, de cualquier forma, como el asunto ya no tenía remedio, Asclepio le pidió que no se torturase por más tiempo y se centrase en el motivo por el que se habían desplazado hasta allí.

Tisandro cambió de actitud para complacer a su maestro, pero por dentro siguió soportando la pesada carga de haberle fallado a Melantea.

Al menos, Asclepio había estado en lo cierto y, desde un punto de vista profesional, su estancia en Egipto había resultado tan extraordinaria como le había prometido.

Debido a la consideración especial de invitados de que ambos gozaron, siempre fueron tratados con respeto y cortesía. Y, aunque llevaron un estilo de vida austero, nada les faltó, pues todos los gastos de su estancia corrieron por cuenta del faraón. Tisandro, incluso, se puso en manos de los sanadores egipcios para que le curasen su problema de amnesia. Por desgracia, ni los remedios que le administraron ni los conjuros mágicos que emplearon sirvieron de nada. Como último recurso también probó a encomendarse a los dioses egipcios, si bien estos tampoco le quisieron ayudar.

Mientras duró la primera fase de la construcción del palacio, ellos no pudieron intervenir. Sin embargo, lejos de perder el tiempo, se dedicaron a aprender de los artistas locales nuevos estilos de pintura y escultura, que enriquecieron notablemente los conocimientos que ya poseían. Luego, cuando les llegó el momento de actuar, cumplieron con solvencia el encargo que los había llevado hasta allí. Los frescos que pintaron siguiendo el método minoico causaron una gran sensación entre los egipcios, que eligieron como favorito aquel en el que se escenificaba la tradicional fiesta cretense del salto del toro.

Cuando regresaron a Creta, parecía que hubiese pasado una eternidad. Sin embargo, los sentimientos de Tisandro no habían cambiado y, aunque ya no fuese con la intención de recuperarla, necesitaba ver a Melantea para darle la explicación que se merecía.

—Ve con cuidado —le advirtió Asclepio.

—Estaré bien.

Si nada extraño había pasado, a aquellas alturas Melantea debía de ser la esposa de Criso, y ambos debían compartir casa en la aldea del gigantón. No obstante, la idea de plantarse sin más en Phaistos era demasiado arriesgada, y Tisandro pensó que sería mucho más sensato acudir antes al encuentro de Asterión.

Al llegar a Eltynia, enseguida advirtió que se respiraba un ambiente funesto, completamente opuesto al que él había conocido. Por las calles no transitaba casi nadie y la plaza del mercado nunca había estado tan vacía. La aldea había perdido cualquier atisbo de vida, y un lugareño acertó a decirle que Asterión se encontraba en el santuario de la montaña, venerando a la Gran Diosa. Tisandro conocía el sitio y sin perder un solo segundo tomó el pronunciado camino que ascendía por la ladera.

Las poblaciones rurales solían establecer sus lugares de culto en las altas cumbres, en espacios abiertos bajo el cielo, rodeados de vegetación abundante y de fuentes de agua. En la mayoría de los casos, el único elemento distintivo del santuario era un altar de piedra, aunque en algunas ocasiones también se levantaban muros para dar forma a una estancia donde almacenar las ofrendas.

Otro lugar de culto habitual, sobre todo entre las comunidades de pastores, eran las cavernas. Además de constituir una puerta que daba acceso al mundo subterráneo, algunas grutas se creían habitadas por espíritus y sus estalagmitas tenían la consideración de pilares sagrados.

Aunque a ninguno de estos espacios se le atribuía la condición de morada divina, sí que se tenía la creencia de que en ellos las deidades podían materializarse.

Tisandro llegó al santuario, desde cuya posición los dioses parecían más tangibles dada su proximidad con las nubes. A la altura a la que se hallaban corría una brisa cortante impropia de la primavera, a la que nadie prestaba demasiada atención. El lugar estaba repleto de devotos que depositaban pequeñas ofrendas ante el altar, de cuyos extremos asomaban dos protuberancias que semejaban los cuernos del toro. Los llamados «cuernos de consagración», junto con las hachas de doble filo, constituían otro de los elementos característicos de la espléndida civilización minoica.

Tras echar un vistazo en derredor, Tisandro localizó a Asterión y enseguida le llamó la atención lo mucho que su rostro había envejecido desde la última vez que se vieron.

—¿Tisandro? ¿Qué haces aquí?

—Quería ver a Melantea… Y, aunque solo pido un momento, sé que no seré bien recibido en Phaistos salvo que tú vengas conmigo.

—¿No te has enterado?

—¿De qué? No sé nada. He pasado medio año fuera de Creta y acabo de volver.

Asterión bajó la mirada y sacudió la cabeza con lentitud.

—No sé si debería contártelo. En parte, lo que ha pasado es culpa tuya.

—Por favor —suplicó Tisandro—, tengo que saberlo.

A su alrededor, los lugareños ofrecían figurillas de arcilla o de madera, que dejaban en torno al ara de piedra con forma de cornamenta del Dios-toro. Las ofrendas a Britomartis podían suponer una petición de ayuda, una muestra de agradecimiento o el cumplimiento de un voto realizado. Algunas de las tallas representaban una determinada parte del cuerpo, por la que se pedía su curación.

Asterión tomó a Tisandro del brazo y se lo llevó a un extremo apartado del santuario natural.

—El día previo a la boda, Melantea desapareció. Debí habérmelo figurado, porque unas semanas antes dejó de oponerse al enlace sin ninguna explicación, como si al final le diese lo mismo. Al principio la buscamos en las inmediaciones, pero al no obtener resultados fue cuando pensé que tú podías tener algo que ver con el asunto. Dos días más tarde la encontré en Cnosos, sumida en un llanto desconsolado y sin saber qué hacer. Estaba destrozada porque tú no la estabas esperando como habíais acordado...

—No fue mi culpa, yo...

—¡Me da igual! —exclamó Asterión—. Nunca debiste haber planificado vuestra fuga. Si no lo hubieses hecho, nada de esto habría ocurrido. Con Melantea ausente, la gran boda, que debía marcar el inicio de una nueva etapa de concordia entre nuestras aldeas, no se celebró. Demofonte lo consideró una humillación y canceló definitivamente el compromiso. Después de aquello, el propósito del matrimonio pactado había perdido todo su sentido, y ni siquiera la celebración del mismo en una fecha posterior satisfaría ya a los habitantes de Phaistos.

—¿Y Criso? ¿Qué pensó él de todo aquello?

—El muy idiota insistía en casarse con mi hija, pero lo suyo se había convertido en una obsesión, además de en una cuestión de orgullo.

Para Tisandro, aquello constituía una buena noticia. Sin embargo, algo le decía que todavía era demasiado pronto para sonreír.

—¿Puedo verla? —pidió.

—Espera, aún no he terminado.

—Por favor, continúa...

—Melantea tenía roto el corazón y se sumergió en una profunda tristeza. Además, gran parte de los aldeanos se sintieron traicionados por ella, motivo por el cual muchos le dieron la espalda y le retiraron hasta el saludo. No les culpo. Mi hija les había fallado cuando más falta hacía. Sin embargo, lo peor para todos aún estaba por venir. —El semblante de Asterión se ensombreció aún más, si cabía—. Como sabes por el tiempo que pasaste con nosotros, la aldea atravesaba una complicada racha debido a las malas cosechas de los últimos años. La situación era preocupante y durante los inviernos se hacía cada vez más difícil sobrevivir. Por eso, tras un intenso debate, el año anterior ya decidimos sustituir las leguminosas por el trigo, pues el cultivo del grano arraiga con mayor facilidad. Trabajamos muy duro y pusimos todo nuestro empeño. Incluso, siguiendo la tradición de nuestros antepasados, muchos de nosotros pernoctamos en los surcos arados, junto a nuestras esposas, para así fecundar los campos de vigor.

Asterión interrumpió momentáneamente su relato tras sentir que se le quebraba la voz. En tiempos de bonanza, los sacrificios de ovejas o carneros en honor a la diosa resultaban cotidianos. Sin embargo, ahora todo se había reducido a la ofrenda de diminutas figuras, que sustituían a las verdaderas cabezas de ganado de las cuales ya no podían permitirse el lujo de prescindir.

—Pese a todo, la mayor parte de los cultivos ni siquiera han llegado a brotar. Definitivamente, estas tierras han perdido su fertilidad y la única solución posible consiste en dejarlas en barbecho durante varios años, a la espera de que mientras tanto se regenere el equilibrio natural del suelo.

—Lo siento… La situación ha debido de ser terrible para la aldea —repuso Tisandro—. Pero ¿qué tiene todo eso que ver con Melantea?

—Ahora lo entenderás. El problema surgió poco antes del invierno, cuando el recaudador de impuestos de la región nos reclamó el pago en especie de la cuota debida. Mi respuesta fue muy directa: sencillamente, no estábamos en condiciones de poderla satisfacer. Si entregábamos las pocas reservas de víveres de que disponíamos, a nosotros apenas nos quedaría nada para comer. ¿Y de qué les serviría a ellos sino para engrosar un poco más los almacenes de palacio, ya bastantes repletos de por sí? Pero las autoridades de Cnosos son extremadamente estrictas y no atienden a razones.

—Entonces, ¿os castigaron?

—En tales casos, aplican lo que llaman la servidumbre por deudas. Es decir, la exigencia de proporcionarles mano de obra con la que cobrarse a modo de compensación. Y, en nuestro caso, debíamos hacerles entrega de tres hombres que serían empleados en las minas del rey. Y también de una mujer, que probablemente ejercería las labores de sirvienta.

Tisandro dejó caer los hombros y emitió un suspiró de angustia, tras intuir hacia dónde conducía el final de la historia.

—Tú eres el jefe de Eltynia… Por lo tanto, jamás permitirías que se llevasen a tu hija, ¿verdad?

—Ella se ofreció voluntaria —explicó Asterión—. Fue su forma de redimirse por haberle fallado a toda la aldea. Se sentía culpable y tampoco era feliz. Además, Criso no dejaba de acosarla casi a diario.

—¿Y durante cuánto tiempo tendrá que estar al servicio del gobierno de la región?

—Tres años. Igual que los hombres que se llevaron a las minas, a los que yo mismo tuve que elegir.

A Tisandro aún le costaba aceptar aquel giro de los acontecimientos, completamente inesperado.

—¿Y dónde está ahora Melantea?

—En el palacio de Cnosos. Lleva allí tres meses y me consta que está bien, pero es todo lo que sé.

—Gracias…

El muchacho se giró, al tiempo que un millón de pensamientos se le amontonaban en la cabeza.

Asterión le siguió con la mirada mientras abandonaba la cumbre sagrada, y le lanzó una última advertencia.

—¡No cometas ningún disparate, Tisandro! Ahora mismo no hay nada que puedas hacer. ¿Entiendes?

El muchacho regresó por donde había venido, al tiempo que procesaba como podía las noticias que acababa de recibir. Al llegar a la aldea se acordó de la viuda Escila, de modo que pensó en hacerle una visita y de paso darse así un respiro. Aunque jamás lo admitiría, estaba seguro de que la anciana le había echado de menos y le acogería con agrado. Su vivienda, sin embargo, se hallaba vacía.

—Murió —le desveló un lugareño—. En la actual situación, los más vulnerables son los niños y los ancianos.

Más consternado aún si cabía, Tisandro tomó el sendero del sur y caminó sin rumbo fijo por tiempo indefinido. Atravesó una arboleda de ciruelos y matojos cuajados de espinas, con la mente puesta en Melantea. Si estaba seguro de algo, era que tenía que hablar con ella para explicarle el motivo de su ausencia y pedirle perdón. La cuestión era si sería posible acceder a ella o no, teniendo en cuenta la situación en la que se hallaba.

Por lo que sabía, el palacio de Cnosos era una estructura inmensa, plagada de estancias y pasillos y dividida en diversas alas según su función. En consecuencia, todo dependería del lugar donde sirviese.

Y, si al final conseguía verla, ¿cómo reaccionaría ella? Desde luego, tendría todo el derecho del mundo a odiarlo, o como poco a mostrar su decepción. El propio Tisandro creía que se lo tenía merecido, aunque era un escenario que prefería no imaginarse. No obstante, también cabía la posibilidad de que todavía le siguiese amando y le perdonase su error. En tal caso, ¿qué sucedería a continuación? Ambos tendrían que esperar tres años para poder estar juntos, hasta que Melantea hubiese cumplido su castigo. Aquello era mucho tiempo y demasiadas cosas podían pasar por el camino. ¿Serían capaces de soportarlo los dos?

Sin darse cuenta, y haciéndose un sinfín de preguntas para las que carecía de una respuesta cierta, Tisandro llegó hasta la playa donde había recalado en Creta, y donde posteriormente él y Melantea habían rubricado su amor. El mar relucía a lo lejos reflejando el color del cielo, barnizado de añil. Fue entonces cuando se percató de que un viejo conocido le había seguido, haciendo gala de su habitual discreción.

El perro vagabundo estaba en los huesos y no dejaba de ser una víctima más de la mala situación por la que atravesaba la aldea de Eltynia. Tisandro se agachó y acarició la cabeza y el lomo del animal.

—Hola, grandullón. Apuesto a que echas de menos a Melantea tanto como yo, ¿verdad? —El can le olisqueó y le lanzó una suplicante mirada que inspiraba verdadera compasión—. Lo siento, pero no llevo nada encima que darte para comer.

Tisandro se internó en la playa y comenzó a pasear por la orilla, sintiendo el agua del mar lamiéndole los pies. En realidad, ¿quién era él? ¿Cuál era su identidad originaria hasta que había aparecido misteriosamente en aquella cala el año anterior? Aunque ya casi nunca se hacía aquellas preguntas, encontrarse en el lugar donde todo había empezado le llevaba a volver una y otra vez sobre aquellas incógnitas de difícil o imposible resolución.

El perro ladró y Tisandro advirtió que le seguía a escasa distancia, correteando arriba y abajo por la orilla del mar. Al principio pensó que estaba jugando, pero tras una segunda ojeada le pareció que algo iba mal. Toda la zona del hocico y la boca, incluida la lengua, se hallaba ensangrentada por completo.

—¿Qué te ha pasado, amigo? —dijo, sujetándole por la cabeza para que no se moviera.

Tras un examen cercano, Tisandro se dio cuenta de que no era sangre lo que tenía, sino una sustancia de color púrpura que no entendía de dónde había salido. Tomó una pequeña muestra con el dedo y la observó con atención. Si la vista no le engañaba, aquel color poseía un tono muy parecido a la púrpura de la que todo el mundo hablaba y por la que se pagaban increíbles cifras de dinero. Desconcertado, Tisandro comenzó a mirar alrededor en busca de una explicación. Un instante después, advirtió que el perro había dejado un extraño rastro en la playa, compuesto por caracoles marinos a los que había mordisqueado y partido por la mitad. ¿Qué estaba pasando allí?

Tisandro buscó uno de aquellos diminutos moluscos que aún estuviese intacto, y lo escudriñó desde todos los ángulos posibles. Al no detectar nada raro, decidió romperle la concha para observar su interior. Allí estaba, como había sospechado, la clave del misterio. Aquellos caracoles marinos poseían una glándula situada debajo de la concha que segregaba una sustancia de color blanquecino. Al principio no lo comprendió, hasta que dicha sustancia cayó en la arena y, mediante una reacción química que tuvo lugar al mezclarse con el agua salada, adquirió el color púrpura que había visto en la lengua del perro.

Una sonrisa de oreja a oreja se dibujó en el rostro de Tisandro. Aún no podía afirmar que aquella fuese la materia prima a partir de la cual se fabricaba la auténtica púrpura, pero, si su intuición no le fallaba, creía haber descubierto el gran secreto que ocultaban los comerciantes de Ugarit.

2

Los gobernadores aguardaban en el salón del trono del palacio de Cnosos, tras haber llevado a cabo las correspondientes oraciones en el santuario interior que formaba parte del recinto.

El rey Minos había convocado una reunión de urgencia, para la que habían sido avisados con muy poca antelación. Por lo tanto, decir que los nervios estaban a flor de piel era quedarse corto.

Un criado sirvió unas copas de vino entre los asistentes y abandonó la habitación, a la que nadie más tenía el acceso permitido. Androgeo también se hallaba presente, pues desde que regresara de Egipto se había involucrado más activamente en la vida política del imperio. A diferencia de Asclepio y Tisandro, el príncipe había vuelto de inmediato tras su encuentro con el faraón, y había pasado todo el invierno en Creta.

El único pozo de luz que iluminaba la estancia se hallaba sobre el baño lustral, de manera que la claridad de la cámara era más bien escasa, y los asistentes parecían envueltos en una vaporosa tiniebla que casi se podía palpar con los dedos. Minos accedió al salón y ocupó su lugar en el trono de respaldo curvo, eternamente flanqueado por el incomparable fresco de la pareja de grifos.

—Gracias por acudir a mi llamada con tanta premura —dijo a modo de saludo.

Los gobernadores asintieron con actitud ceremoniosa, aparentando una calma que en realidad no sentían. Por dentro, estaban deseando conocer el motivo que les había llevado hasta allí. Una vez al año se juntaban para tratar los temas más destacados que afectaban al imperio, pero el carácter extraordinario de aquella reunión les había cogido por sorpresa. Tan solo Ramadantis, el gobernador de Festo, estaba al tanto de los hechos, debido a que contaba con una red de informantes que en nada le tenía que envidiar a la del propio rey.

—Ya sabes que acudiremos a tu llamada siempre que haga falta.

Ramadantis inclinó ligeramente la cabeza en señal de respeto. De complexión obesa y ojos saltones, era sobre todo conocido por la mano dura con la que administraba su región.

—No voy a andarme con rodeos —prosiguió Minos—. Por primera vez se ha visto alterada la paz reinante desde que yo

104

asumiese el poder: los aqueos nos han arrebatado la isla de Paros, tras haberla invadido por la fuerza.

Además de ser la tercera isla en tamaño del archipiélago de las Cícladas, Paros estaba situada en el centro, lo que le otorgaba una posición de privilegio para el comercio, por las rutas que se abrían hacia la Grecia continental y también hacia Asia Menor. Al mismo tiempo, la isla era famosa por sus magníficos yacimientos de mármol, material que se empleaba tanto para la construcción como la escultura, y que se exportaba a todos los rincones del mundo conocido. Por todo ello, Creta había fundado una colonia en aquellas tierras y había establecido allí un puerto comercial estratégico y una base naval.

Los gobernadores se miraron sin dar crédito a lo que acababan de escuchar.

—¿Cómo? ¿Qué ha ocurrido? ¿Cuáles son los detalles? —preguntaron casi al unísono.

—Muy sencillo, valiéndose de una flota más numerosa, primero se deshicieron de los navíos de guerra que protegían la costa y, después, desembarcaron y aniquilaron a las tropas que manteníamos allí.

—¡Pero eso es un ultraje! —profirió Sarpedón, apretando los puños. El gobernador de Malia, habitualmente tranquilo, perdió la compostura a las primeras de cambio. No era para menos. El conflicto de tipo comercial que les enfrentaba a los aqueos se había transformado de la noche a la mañana en un conflicto bélico sin que hubiese mediado el menor aviso—. Tenemos que hacer algo.

—Para eso os he hecho llamar —explicó Minos—, para determinar entre los cuatro el siguiente paso a seguir.

Éaco se puso en pie con el puño en alto.

—¡Hay que aplastarlos! —exclamó.

—Modérate, por favor —le pidió el rey—. No dejemos que la sed de venganza nos nuble el buen juicio.

El gobernador de Zacro bufó y obedeció a regañadientes. Éaco era el más joven de los cuatro y su ímpetu avasallador estaba en sintonía con su edad, que apenas superaba la treintena. Precisamente, su punto débil no era otro que su falta de experiencia.

—Pues a mí me parece que Éaco no ha dicho ninguna tontería —intervino Androgeo.

—Cálmate tú también, hijo. Y deja que primero comparta con los gobernadores toda la información. —La mirada de Minos se paseó entre todos los presentes—. Los aqueos dejaron marchar un barco cretense con un mensaje para mí. Nuestros enemigos argumentan que lo único que han hecho ha sido devolver la isla a sus primitivos habitantes antes de que estableciésemos allí nuestras colonias y les arrebatásemos el control sobre los recursos naturales.

—Eso es una soberana tontería —repuso Sarpedón.

—Lo es —corroboró Ramadantis—. Menudos hipócritas. Me apuesto lo que sea a que ellos serán los que a partir de ahora manejen Paros a su antojo.

El rey volvió a pedir serenidad con un ademán de manos.

—Además, añadieron que en modo alguno pretenden declararnos la guerra, y que su acción tan solo responde al deseo puntual de restablecer el equilibrio natural del comercio en la zona.

Éaco apuró su copa de vino y emitió una risotada cargada de ironía.

—No engañan a nadie —adujo—. Y seguramente tampoco lo pretendan. ¿Alguno de vosotros tiene la menor duda de que se trata de una provocación en toda regla?

—Desde que cuentan con el reconocimiento del faraón, se sienten un pueblo fuerte. Y es cierto que no paran de crecer —explicó Minos—. Por otra parte, ahora disponen de fondos suficientes como para iniciar una guerra, después del oro que han recibido de los egipcios por haberles ayudado a expulsar a los hicsos de sus tierras.

—En todo caso —insistió Éaco—, se han pasado de la raya y debemos mostrarnos contundentes en nuestra respuesta.

En ese punto, todos los gobernadores comenzaron a discutir al mismo tiempo, elevando el tono de voz para imponerse sobre el resto sin llegar a escucharse entre sí.

—¡Silencio! —bramó el rey—. ¡Así no hay manera de entenderse! Todos tendremos la oportunidad de hablar, pero hagámoslo de uno en uno. —La calma retornó a la sala y Minos aprovechó la oportunidad para explicar su posición—. Yo abogo por una solución pacífica. Podríamos enviar una delegación para negociar la devolución de la isla a cambio de alguna concesión menor, como cederles el control sobre alguna ruta comercial.

—Con todos mis respetos, eso sería un disparate —se opuso Sarpedón—. No solo estaríamos dando una imagen de debilidad, sino que además estaríamos legitimando la agresión de los aqueos.

—Lo entiendo, pero estoy tratando de evitar una escalada de violencia mayor. —Aunque Minos sabía que su postura no era fácil de defender, tenía argumentos de peso para hacerlo—. Desde que estoy en el trono he defendido la paz, que constituye la base fundamental para el desarrollo del comercio, al cual le debemos la posición de privilegio que Creta ocupa en esta parte del mundo. Y, si bien es cierto que poseemos una gran flota, su principal finalidad debe de ser la de provocar un efecto disuasorio entre nuestros enemigos.

—Pues en este caso no ha funcionado —rebatió Éaco.

—No ha sido Creta lo que han invadido, sino tan solo una de las muchas islas que conforman el archipiélago de las Cícladas.

—Para el caso es lo mismo —repuso Sarpedón—. La cuestión es que ya no inspiramos temor. Yo propongo lanzar un contraataque para retomar el control de Paros, antes de que se fortifiquen en ella.

—Si nos alzamos en armas, se producirá una escalada de violencia que inevitablemente desembocará en una guerra abierta.

—Puede que sí o puede que no. Yo creo que, si hacemos una demostración de fuerza, rebajaremos las aspiraciones de los aqueos y todo volverá a la normalidad.

A continuación, Éaco pidió la palabra y planteó una tercera alternativa que hasta el momento no se había puesto sobre la mesa.

—Ante una afrenta semejante, deberíamos responder de la forma más contundente posible. Yo propongo invadirlos y barrerlos de sus propias tierras.

—¡Estoy completamente de acuerdo! —exclamó el príncipe Androgeo—. De esa manera dejarían de ser para siempre un problema.

—¡Eso es una barbaridad! —protestó Minos—. Nuestro ejército se caracteriza por su poderío naval, pero en tierra perdemos dicha ventaja y las fuerzas se tienden a igualar, cuando no a volverse en nuestra contra.

De nuevo, todos se pusieron a discutir a la vez, gritando y haciendo grandes aspavientos. Cuando se cansaron, Ramadantis reclamó un poco de atención para explicar su postura.

—No creo que el diálogo o la negociación sean en este momento la solución más adecuada —dijo en referencia a la propuesta del rey—. Daríamos la impresión equivocada y abriríamos la puerta para dejar que ocurran hechos de naturaleza similar. Por otra parte, tampoco creo que la invasión del continente aqueo sea la solución. Sabemos que disponen de colosales fortalezas para protegerse, y quién sabe si ya han firmado una alianza con pueblos vecinos. ¿Os habéis parado a pensar que quizás lo que pretendían era provocarnos? —Ramadantis era un gobernador inteligente y muy preparado, capaz de llevar cualquier negociación al terreno que más le interesaba o que más se aproximaba a su criterio—. Por todo ello, coincido con Sarpedón en que la mejor solución pasa por lanzar un ataque rápido y contundente sobre Paros para recuperar el control de la isla lo antes posible. De esa manera, no solo restableceríamos la situación al punto de partida, sino que además les enviaríamos a los aqueos un mensaje bastante claro, sin necesidad de desencadenar *a priori* una guerra abierta.

Minos se dio cuenta de que ninguno de los gobernadores apoyaba su plan de una paz negociada. Mientras que Éaco y su hijo apostaban por la respuesta más radical, Sarpedón y Ramadantis se decantaban por una solución intermedia, que implicaba el uso de la fuerza, pero de forma limitada. En tales circunstancias, ni siquiera su condición de rey le permitía hacer valer su postura sobre el resto.

Androgeo le lanzó una penetrante mirada.

—Padre, todos los gobernadores se han expresado. ¿Qué tienes que decir?

—Está bien —dictaminó Minos tras meditarlo—. Llevaremos a cabo el plan propuesto por Ramadantis. No obstante, antes me permitiré el lujo de agotar la vía diplomática y enviaré una embajada que les exija la inmediata retirada de la isla, sin condiciones y sin ofrecer nada a cambio. Y, si no atienden a razones, recuperaremos la isla por la fuerza, que continuaremos utilizando como puerto estratégico y de cuyo mármol nos seguiremos valiendo para comerciar.

Los gobernadores no protestaron porque conocían bien la terquedad del rey Minos y porque sabían que de cualquier forma los aqueos jamás atenderían su petición. La batalla por Paros, por lo tanto, sería inevitable.

—Si las conversaciones fracasan —terció Ramadantis—, sugiero que cada uno de nosotros aporte tres galeras para conformar una flota conjunta de ataque.

—Me parece bien —aprobó el rey—, pero la operación la dirigirá uno de mis generales y yo tendré la última palabra. ¿Está claro?

La única señal de protesta la llevó a cabo el fogoso Éaco, quien sacudió la cabeza como una veleta descontrolada. Con todo, en general los gobernadores se mostraron bastante satisfechos con el acuerdo que habían alcanzado.

Como el vino que había en la jarra se había terminado, Minos le pidió a su hijo que fuese a buscar al sirviente. Mientras durase la reunión, no quería que nadie tuviese las copas vacías.

—Quería aprovechar este encuentro para confiaros una información extremadamente delicada que nadie más sabe, salvo mis dos hijos y yo.

Ramadantis clavó sus ojos saltones en el rey, intrigado por aquella afirmación tan llamativa. El gobernador de Festo intuyó enseguida que, pese a la telaraña de espías que tenía distribuidos a lo largo y ancho de toda Creta, aquella información no había llegado hasta sus oídos.

—Agradecemos el voto de confianza —comentó Sarpedón.

—Enseguida os daréis cuenta de que la naturaleza de este asunto tiene mucho más de místico que de real, pero no por ello su importancia es menor. Todos habréis escuchado hablar de que la epifanía celebrada en Cnosos el pasado año salió mal, debido a una indisposición que sufrió la Suma Sacerdotisa. Lo que no sabéis es lo que verdaderamente ocurrió…

Minos había captado la atención de sus invitados, y a continuación les reveló con todo lujo de detalles la catastrófica visión que Sibila había tenido. Tras finalizar el relato, la atmósfera de la sala parecía haberse enfriado varios grados, y el gélido ambiente podía palparse con tan solo estirar la mano.

—¿Se supone entonces que todos vamos a ser víctimas de semejante compendio de calamidades? —inquirió Éaco—. ¿Estás seguro de que el cataclismo que has descrito se refiere a Creta?

—Yo no estoy seguro de nada —replicó el rey—, pero no sería la primera vez que la Gran Diosa habla a través de Sibila, que rara vez yerra en sus predicciones.

—Y esa tragedia, en caso de tener lugar, ¿cuándo sucedería? —preguntó Ramadantis.

Minos se encogió de hombros.

—Nadie lo sabe.

—En ese caso, bien que podría acontecer dentro de cien años, ¿verdad? O puede que más.

—Es posible, pero eso sería querer negar la realidad. Las predicciones de Sibila suelen materializarse en el corto o el medio plazo.

Un espeso silencio se extendió por la sala, como una gruesa capa de yeso sobre la pared antes de pintar un fresco.

—¿Y si no hemos de interpretar la visión en sentido literal? —terció Sarpedón—. Quizás se trate de una especie de alegoría.

—¿De qué hablas?

—No lo sé. Tan solo es una idea que se me ha venido a la cabeza.

A la mente de Éaco también acudió otra explicación.

—Sarpedón tiene razón. Puede que la Suma Sacerdotisa haya descrito el lugar al que van las almas de aquellos que no se someten a la voluntad de los dioses.

Los gobernadores asintieron como si aquella ocurrencia resolviese el enigma de un modo lógico y satisfactorio.

—También podría tratarse de una advertencia —sugirió Androgeo—. Por lo tanto, aún estaríamos en condiciones de evitarlo, o simplemente nunca llegue a suceder.

—Es cierto —convino Ramadantis—, que el futuro adopte una forma u otra depende de un sinfín de factores distintos.

Todos los presentes estaban dispuestos a creer cualquier cosa antes que aceptar la profética visión como una amenaza real.

—Y, a todo esto —intervino Sarpedón—, ¿qué opina la Suma Sacerdotisa al respecto? Desde luego, nadie mejor que ella para interpretar cuestiones de esa naturaleza.

—Sibila es una persona muy hermética —contestó el rey—. No dice mucho, salvo que este asunto se encuentra en manos de los dioses. Aunque si me preguntas, yo diría que su pesimismo es total. —No quedaba mucho por decir, y Minos quería dar por concluida la reunión dejando dos cosas claras—. Por descontado, debéis mantener en secreto todo lo relacionado con este singular asunto. Además, estad a partir de hora atentos a cualquier señal que tenga que ver con el mismo. Si nosotros, los hombres más poderosos de Creta, no podemos hacer nada por evitar el aciago destino del imperio, entonces nadie más podrá.

3

Tisandro estaba seguro de haber descubierto la materia prima con la que se elaboraba la auténtica púrpura, cuyo secreto mantenían con tanto recelo los comerciantes de Ugarit. De tener razón, semejante descubrimiento podría hacerle inmensamente rico. Por ello, debía sopesar con sumo cuidado el siguiente paso que había de seguir.

La única persona en la que confiaba, y que a la vez estaba capacitada para ayudarle, no podía ser otra que Asclepio. Si el afamado artista no le orientaba en la puesta en marcha de aquel ambicioso proyecto, nadie más lo haría. Con todo, Tisandro no acometería el asunto de la púrpura hasta haber resuelto otro mucho más importante para él: ver a Melantea.

Tras pasar la noche en Eltynia, al día siguiente regresó a Cnosos y, sin perder un solo minuto, se dirigió directamente al palacio del rey Minos dispuesto a hallar la forma de reencontrarse con ella.

Como no podía ser de otra forma, el acceso al recinto del palacio estaba restringido. No obstante, también contaba con algunas zonas públicas, dentro de cuyo perímetro los ciudadanos podían moverse con total libertad. Una de ellas era el área teatral, siempre y cuando se celebrase durante la jornada algún tipo de espectáculo. Desafortunadamente, no había previsto nada para aquel día.

El camino del norte también resultaba muy transitado, pues una continua riada de estibadores transportaba las mercancías del palacio arriba y abajo, del puerto a la cámara de inspección, y viceversa. La presencia de Tisandro en aquella estancia, sin embargo, no habría estado lo suficientemente justificada. La mejor opción era el patio central, pues allí había dispuesto un voluminoso altar que adoptaba la forma de los cuernos de consagración, donde los devotos podían acercarse para orar y dejar sus ofrendas.

Tisandro se acercó a uno de los centinelas apostados frente al acceso del ala occidental del palacio y, ni corto ni perezoso, le preguntó por el paradero de Melantea. Por desgracia, no obtuvo la respuesta que esperaba.

—En palacio puede haber, como poco, cientos de sirvientes. Y yo solo conozco a un puñado de ellos. De cualquier manera, tampoco pueden recibir visitas. ¿Qué te creías?

Era cierto. El estatus de sirviente y el de esclavo apenas se diferenciaban en unos pocos detalles. Pese a todo, Tisandro decidió insistir.

—Podrías preguntar a alguien por ella para que al menos sepa que he venido. Aunque no lleva mucho tiempo aquí, alguien la tendrá que conocer.

—O también podría echarte a patadas si eso es lo que quieres. ¿Te parece bien?

Para evitar problemas, Tisandro se alejó del guardia. Sin perder la calma, se volvió al centro del patio y se mezcló entre los devotos que desfilaban ante el altar. El flujo de ciudadanos no se detuvo y se mantuvo constante y sostenido a lo largo de toda la mañana. De vez en cuando, algún sirviente de palacio, fácilmente reconocible por su indumentaria, atravesaba el patio y Tisandro aprovechaba para interpelarle acerca de Melantea. No obstante, la mayoría tenía miedo de entablar conversación con un extraño, y los pocos que le contestaban argüían no saber nada de ella.

Hasta que finalmente dio con la persona adecuada.

—Melantea es una de las sirvientas de la princesa Ariadna — le dijo una muchacha.

La noticia le cayó como un jarro de agua fría. Precisamente, el ala doméstica del palacio destinada a la familia real resultaba una de las más inaccesibles. En tal caso, a Tisandro tan solo le quedaba una alternativa: esperar a que la propia Melantea cruzase el patio en algún momento del día, y abordarla de la forma más cautelosa posible para no llamar la atención.

Dicho y hecho, Tisandro se armó de paciencia y aguardó en el enorme patio sin ausentarse para comer siquiera hasta que, finalmente, tuvo que marcharse cuando el sol comenzó a ponerse.

Al día siguiente regresó con la misma idea en la cabeza, pues Tisandro disponía de tiempo de sobra después de que Asclepio le hubiese concedido varios días de permiso tras su largo viaje. Aquella jornada, el flujo de ciudadanos en palacio aumentó de forma considerable, debido a la competición atlética prevista en el anfiteatro desde primera hora de la mañana. Lejos de perjudicarle, aquella circunstancia le benefició. En mitad de tanto ajetreo, su presencia en el recinto resultaba mucho menos llamativa. Además, en aquella ocasión también había ido mejor preparado, y llevaba algo que comer para evitar pasar hambre como le había ocurrido el día anterior.

Y, entonces, cuando menos se lo esperaba, vio a su amada descender por una escalinata procedente de la zona residencial, y el corazón se le paró.

Cuando Melantea se ofreció como voluntaria para cumplir con el castigo que había recaído sobre su aldea, no creyó que el destino sería tan generoso con ella como finalmente había sido. La destinaron al personal del palacio, y en particular le asignaron la función de servir a la princesa Ariadna en el ala residencial.

Durante la primera semana, una sirvienta con mayor experiencia le había enseñado a llevar a cabo su labor. Sus tareas fundamentales consistían en limpiar y ordenar los aposentos de su ama, lavarle la ropa, asistirla a la hora de acicalarse y vestirse, y estar siempre disponible para atenderla a cualquier hora del día. Por otra parte, constituía todo un honor servir a la princesa que, pese al abismo social y jerárquico que las separaba, la trataba con respeto e incluso con una pizca de afecto la mayor parte de las veces.

Con todo, nada compensaba la pérdida de libertad, ni tampoco la ausencia de noticias de su familia, de la que no había vuelto a saber nada desde su separación. Melantea no podía abandonar el recinto de palacio, ni tampoco estaba autorizada a recibir visitas. En tales circunstancias, echaba de menos su anterior vida pese a la dureza que exigía el oficio de agricultor.

En todo caso, antes o después regresaría a Eltynia y, para entonces, ya se habría redimido y podría mirar de nuevo a sus vecinos con la cabeza alta y la conciencia tranquila. Del mismo modo, Criso tampoco volvería a ser un problema, pues presumiblemente ya se habría casado con cualquier muchacha de su aldea para buscar descendencia.

Aquella mañana estaba siendo como cualquier otra mañana hasta que Melantea salió al patio solo dos pasos por detrás de la princesa, que se dirigía hacia el área teatral.

—Mi hermano ha insistido en que le vea participar —dijo Ariadna—. Y como se me ocurra faltar otra vez, seguro que no me habla durante una semana. A veces, Androgeo se comporta como un niño pequeño, aunque sea mayor que yo.

De pronto, Melantea se detuvo y la princesa prosiguió su camino sin darse cuenta de que se había quedado hablando sola. La mirada de la aldeana se había cruzado con la de Tisandro, a quien jamás habría esperado volver a ver, y mucho menos allí. De repente la invadieron las dudas y un sinfín de preguntas se le amontonaron en la cabeza. ¿Qué estaba haciendo en el palacio? ¿Se encontraba allí por casualidad o estaba allí por ella? Y si había acudido a verla, ¿significaba eso que la quería aún? Del mismo modo, Melantea examinó el fondo de su corazón para saber lo que sentía, aunque le bastó una fugaz mirada para confirmar que seguía enamorada, pese a lo mucho que había sufrido por su culpa durante los últimos meses.

Tisandro le hacía señas, aunque se mantenía a una prudente distancia, porque abordarla mientras acompañaba a la princesa habría sido una temeridad. A Melantea ya no le quedaban dudas de que aquel encuentro no era casual, pero si no hacía nada más, no alcanzaría siquiera a intercambiar una sola palabra con él. En su mano estaba actuar o dejar las cosas como estaban.

Teniendo en cuenta todo el tiempo que Ariadna y Melantea pasaban juntas, resultaba completamente natural que ambas mantuviesen largas conversaciones sobre los más variados temas. La princesa, incluso, estaba al corriente de la frustrada historia de amor de su sirvienta con un misterioso muchacho que, al parecer, había naufragado en las costas de Creta, cerca de donde ella vivía.

—Mi señora, disculpe un segundo, por favor.

Le temblaba la voz y respiraba con agitación.

Ariadna se detuvo y contempló el rostro azorado de su asistenta.

—¿Qué te ocurre?

Melantea cogió aire y le resumió con brevedad su situación.

—¿Quieres decir que el hombre del que te enamoraste está ahora mismo aquí? —inquirió.

—Es aquel de allí —repuso y señaló al muchacho que se hallaba a unos veinte pasos de distancia—. ¿Me da permiso para acercarme a verlo?

Aunque Ariadna arrugó la nariz en señal de contrariedad, su vena romántica fue más fuerte que las estrictas reglas de protocolo.

—De acuerdo, aunque sabes tan bien como yo que las normas no lo permiten. Tienes solo un momento, así que aprovéchalo. Mientras tanto, yo te esperaré a la altura del altar.

Melantea corrió hacia Tisandro y ambos se abrazaron ante la curiosa mirada de los ciudadanos que atravesaban el patio de forma ordenada.

—¡Lo siento! —exclamó Tisandro, sofocando un llanto que le nacía de las entrañas—. ¡Sé que viniste a buscarme como habíamos acordado y yo te fallé!

—Averigüé que Asclepio se había marchado a Egipto e imaginé que tú te habías ido con él. Pero... ¿por qué?

—Me dijeron que regresaría a tiempo. Y, con lo que me pagasen, habría obtenido lo necesario para que ambos hubiésemos podido huir. Sin embargo, nada salió como estaba previsto.

—¿Eso quiere decir que todavía me amas?

—¡Por supuesto! No he dejado de pensar ni un solo día en ti. Y, en cuanto he vuelto, lo primero que he hecho ha sido venir a verte. —Su apasionado tono de voz se apagó a la hora de pronunciar la pregunta que tanto temía—. ¿Y tú? ¿Aún me quieres a pesar de todo?

—Claro que sí. Lo que ocurrió no fue culpa tuya —dijo ella acompañando sus palabras con un nuevo abrazo—. Y, dime, ¿entonces has estado en Eltynia?

—Hace dos días pasé la noche allí —repuso—. Tu familia está bien y te echa de menos.

Melantea no pudo contener la emoción y lágrimas del tamaño de perlas rodaron por sus mejillas.

—¿Y qué vamos a hacer a partir de ahora? —preguntó.

—Te esperaré el tiempo que haga falta, los tres años de servidumbre y más, si fuese necesario. No me importa.

En ese momento, una voz enérgica resonó a espaldas de la pareja.

—Melantea, despídete ya.

Era Ariadna, que se había acercado hasta situarse a escasos metros de los dos, y observaba a Tisandro con interés, escudriñándole de arriba abajo.

—Tengo que irme —anunció Melantea, consciente de que la princesa ya había sido más que generosa con ella concediéndole aquellos preciosos minutos.

Tisandro le dio un beso de despedida y se marchó con el corazón rebosante de alegría.

Ariadna retomó el paso por el patio enlosado, seguida de Melantea.

—¿Cómo se llamaba el muchacho? —inquirió.

—Tisandro.

—Me contaste que había perdido la memoria y que ya no recordaba quién era, ¿verdad?

—Así es.

Aunque la princesa no dijo nada, se quedó pensativa durante un rato. No sabría decir dónde ni cuándo, pero estaba convencida de haber visto a Tisandro con anterioridad...

Después de su encuentro con Melantea, Tisandro se quitó por fin de encima la culpa que había arrastrado consigo durante toda su estancia en el extranjero. Ella todavía le amaba y esa circunstancia lo cambiaba todo por completo. Y, aunque su nueva posición como sirvienta les enfrentaba a una situación complicada, era preferible a que se hubiese casado con Criso.

Tisandro estaba decidido a esperarla el tiempo que fuere. Al menos, ya sabía cómo hacer para verla, aunque el proceso requiriese de una paciencia infinita.

Una vez encauzada aquella cuestión, Tisandro centró a continuación sus esfuerzos en el asunto de la púrpura, que ocupaba buena parte de sus pensamientos.

Para empezar, se dirigió a la playa y recolectó más ejemplares del molusco en cuestión, hasta reunir los suficientes como para llevar a cabo una serie de pruebas. Luego rompió con cuidado las conchas de los múrices y vertió su preciado contenido en un pequeño recipiente, al que añadió una porción de agua de mar. La mezcla resultante adquirió un color púrpura ciertamente prometedor. No obstante, era innegable que no reflejaba la tonalidad deseada. También lo probó en un paño, que empapó en la tintura, pero la coloración final tampoco cambió cuando se secó el tejido. En todo caso, Tisandro estaba convencido de que la materia prima era la adecuada. La cuestión radicaba ahora en averiguar el tratamiento exacto que se precisaba para obtener la auténtica púrpura, y que solo conocían los fabricantes de Ugarit.

Moderadamente optimista, acudió al taller de Asclepio, al que no veía desde hacía varios días.

—¡Tisandro! Ya empezaba a preocuparme.

—Traigo mejores noticias de las que podría haberme imaginado.

Primero le puso al corriente de su encuentro con Melantea, lo que alegró enormemente al artista. Y, después, le reveló todo lo referente a la púrpura, mostrándole los resultados de las pruebas que había llevado a cabo. Asclepio, sin embargo, no reaccionó con el entusiasmo que habría cabido esperar.

—Puede que tengas razón —admitió, no del todo convencido.

—Aún es demasiado pronto para afirmar nada, lo sé. Pero intuyo que ando tras la buena pista.

—No quiero que te hagas falsas ilusiones, eso es todo.

—Aunque la tintura de púrpura que te he mostrado está muy lejos de ser la buena, puedo captar en los matices que su origen tiene que ser el mismo.

—Incluso aceptando que has dado con la auténtica materia prima, aún te quedaría un largo camino para atinar con la fórmula exacta que buscas. Y, para serte sincero, yo no tendría mucha fe.

Tisandro se hundió de hombros y dejó escapar un suspiro. El alma de artista de Asclepio predominaba tanto sobre su carácter que no le dejaba espacio para interesarse en otras cosas, y mucho menos en la idea de emprender otros negocios que no estuviesen relacionados con el desempeño de su oficio.

—¿Conoces al menos a alguien en Cnosos a quien le pueda interesar?

—¿Te acuerdas de Epiménides? Esta tarde tengo que ir de nuevo a su villa. ¿Quieres probar y hablar con él?

Tisandro recordaba bien al anciano comerciante, que sin duda le había causado una grata impresión. Y, desde luego, tanto por la profesión que había ejercido como por su larga experiencia, su punto de vista podía resultar particularmente valioso.

—Me gusta la idea. ¿Puedo confiar en él?

—La reputación de Epiménides es intachable. Además, posee más riqueza que años de vida para gastarla. ¿Por qué te habría de engañar?

Dos horas después, Tisandro se hallaba contándole al viejo comerciante el presunto descubrimiento que había hecho.

—Fue por pura casualidad, lo confieso.

Epiménides le había escuchado con sumo interés. A su edad, todo aquello que le distrajese de su rutina habitual, lo recibía como un regalo.

—¿Entonces crees que el secreto de la púrpura reside en un caracol marino? —inquirió.

—Para informarme, he hablado con los pescadores del puerto —explicó—. Hay cientos, hasta miles de especies distintas, pero solo una en concreto posee la glándula que segrega la sustancia que yo creo que se utiliza para su elaboración. ¡Y esa especie se halla aquí mismo, en las costas de Creta!

Pese a su retiro dorado, Epiménides no había perdido el buen olfato para los negocios, y sus ojos brillaron de emoción.

—Yo no soy un experto en la materia, pero conozco al mejor tintorero de Cnosos, acaso de toda Creta, que podría ayudarnos a dilucidar si estás o no en lo cierto.

Aquella misma tarde se plantaron en el taller del tintorero, llamado Agenor. El lugar estaba repleto de tinajas de metal que desprendían un penetrante olor que inundaba las fosas nasales. Para elaborar los diferentes colores se empleaban todo tipo de ingredientes naturales: el azul se obtenía del jacinto, el amarillo del lirio y de la tinta de jibia se producía el mejor negro. Los tintoreros trabajaban muy estrechamente con los bataneros, pues las tinturas no penetraban en las fibras si antes no se sometían al proceso adecuado. Los bataneros se encargaban de lavar los tejidos con agua caliente, prensarlos, cardarlos y rociarlos de ingredientes jabonosos, como la saponaria y otras plantas alcalinas propias de la isla.

Agenor escuchó con atención la explicación de Tisandro, esgrimiendo un gesto serio que impedía traslucir lo que pensaba.

—Es una apuesta arriesgada —dictaminó—. Y, si dedico mi tiempo a esto, dejaré de llevar a cabo las tareas habituales por las que obtengo beneficios.

—Te compensaré —apuntó Epiménides—. Y no escatimes en recursos, todos los gastos corren de mi cuenta.

El tintorero se rascó la barbilla mientras tomaba una decisión.

—Está bien —accedió—. Prometo llevar a cabo una serie de ensayos, pero para ello necesitaré un suministro ilimitado del molusco en cuestión. ¿Me lo podrás conseguir?

—Lo haré —afirmó Tisandro.

—Perfecto. Pues, aproximadamente dentro de una semana, os daré mi veredicto.

Epiménides puso suavemente una mano en el hombro de Tisandro y le dijo:

—Muchacho, tengo un buen presentimiento. Y rara vez me suelo equivocar.

4

El rey Minos atravesó un estrecho corredor que desembocaba en la zona de palacio destinada al almacenaje, integrada por una veintena de estancias de dimensiones considerables y que ocupaban prácticamente toda el ala oriental. Entre sus obligaciones, el soberano debía de supervisar personalmente el contenido de los almacenes, por lo menos cuatro veces al año al inicio de cada estación.

Los muros, construidos a base de mampostería de piedra, eran extremadamente gruesos y robustos, no solo por la necesidad de mantener los productos aislados de los cambios bruscos de temperatura y los rigores del clima, sino también para poder sostener los pisos superiores, por cuanto servían de cimentación. Junto a las paredes de las diferentes cámaras se alineaban hileras de hasta treinta grandes vasijas —denominadas *pithoi*—, cada una de ellas con una capacidad cercana a los seiscientos litros. Además, algunas de las estancias disponían de silos subterráneos en los que se hacía acopio de distintas clases de granos y frutos secos, y también de pequeñas cisternas que contenían líquidos —principalmente aceite—, que disponían de un espacio en el fondo para recoger el poso mediante el proceso de decantación.

Aunque los reconocimientos de Minos solían ser muy exhaustivos, en las presentes circunstancias tampoco hacía falta esforzarse mucho para advertir que las reservas de grano habían disminuido de forma ostensible en los últimos tiempos. Algunas aldeas agrícolas habían sufrido las consecuencias de las malas cosechas, lo cual les impedía cumplir adecuadamente con el tributo establecido.

De repente, el príncipe Androgeo apareció a la carrera al tiempo que su larga cabellera le rebotaba contra la espalda, arrebatado por la emoción.

—¡Padre! —exclamó—. Acabo de enterarme del fracaso de las negociaciones.

—Cálmate, pensaba hablar contigo de ello después.

En efecto, la solución dialogada por la que Minos había apostado, finalmente se había estrellado contra la intransigencia de los aqueos. Por lo tanto, el plan que debía seguirse pasaba a continuación por enviar una flota destinada a recuperar por la fuerza la isla de Paros, que les habían arrebatado previamente sus enemigos.

—Ahora sufrirán toda la furia del imperio, ¿verdad?

—Tú estabas presente cuando lo decidimos junto al resto de los gobernadores. Y, aunque yo nunca he sido partidario de las acciones bélicas, así se hará.

Padre e hijo cruzaron bajo una sólida puerta para llegar hasta el siguiente almacén. En la construcción del dintel y las jambas se combinaba piedra con vigas y travesaños de madera para disminuir en la medida de lo posible los efectos de los temblores de tierra.

—Tengo que decirte algo.

Androgeo parecía inquieto y apretaba la mandíbula con fuerza.

—¿Qué ocurre? Nunca antes te había visto mostrar tanto interés por la política.

—No es la política lo que me interesa —replicó—. Es la guerra.

Minos detuvo de inmediato la inspección de una tinaja llena de miel, cuyo olor dulzón inundaba toda la estancia.

—¿De qué hablas?

—Quiero formar parte del ejército que asalte la isla de Paros.

—¡¿Te has vuelto loco?!

—Hablo muy en serio. Estoy preparado. Llevo años entrenando y me manejo con la espada y el arco a la perfección.

—¡Me da igual! Eres el heredero y no puedo permitir que arriesgues tu vida así. Ya te prohibí que participases en la fiesta del salto del toro por idéntico motivo.

Androgeo se apartó los rizos que le cubrían parte de la frente y que conformaban una especie de telón.

—Pero esto es más importante. Precisamente, si lucho por Creta me ganaré la admiración del pueblo y estaré aún más legitimado para coronarme como rey el día que me corresponda.

—Yo jamás participé en ninguna batalla, y pese a ello cuento con el respeto de la población.

—Tu caso es distinto porque a lo largo de tu reinado siempre ha prevalecido la paz. Sin embargo, la rebelión de los aqueos supondrá un punto de inflexión. Ya lo verás.

Minos negó repetidamente con la cabeza.

—¡Por la Gran Diosa! ¿Por qué no usas la cabeza? Si te matan, lo único que conseguirás será que tu hermana acabe ocupando el trono. ¿Acaso quieres hacer recaer sobre ella semejante responsabilidad?

—No pienso dejar que me maten.

—Pueden herirte y dejarte lisiado de por vida. Y, si lo que buscabas era el respeto de tu pueblo, obtendrás justo lo contrario. Los reyes tullidos suelen provocar el rechazo general.

—Es un riesgo que estoy dispuesto a asumir —repuso Androgeo.

Aunque el rey no pensaba transigir, prefería hacer entrar a su hijo en razón antes que imponerle su voluntad en virtud de la autoridad que ostentaba. Y, para disuadirlo, estaba dispuesto a recurrir al argumento que fuese.

—Si tu madre viviese aún, ¿también querrías combatir? Sabes que Pasífae no lo aprobaría.

—Ella se fue para siempre, así que no la metas en esto. Al único que tengo que convencer es a ti. —Androgeo sujetó a su padre por los brazos con firmeza—. Te ruego, por favor, que respetes mi decisión. ¿Acaso no entiendes lo importante que es esto para mí?

—¡Suéltame! ¡Me haces daño! —protestó—. Este desafío ya ha llegado demasiado lejos. Además de tu padre también soy el rey. Y ya he tomado una decisión. He dicho que no y es que no. Y no lo pienso volver a repetir.

El príncipe retrocedió un paso con un brillo de decepción en la mirada. Tras haber llevado a cabo la misión diplomática en Egipto y haberse implicado más en los asuntos políticos desde su vuelta, Androgeo creía que su padre no estaba siendo ahora justo con él.

—Padre, esto jamás te lo perdonaré.

Y, dicho esto, se dio la vuelta y desapareció por el pasillo principal.

—¡Sé razonable! ¡Lo hago por tu propio bien, y también por el de Creta!

Las palabras del rey, sin embargo, quedaron sin respuesta y, pese a su insistencia, tuvo que conformarse con el eco de su propia voz.

***

Al oeste de Cnosos había una pequeña aldea situada en la falda de una montaña, muy frecuentada por las clases altas debido a las aguas termales que nacían de las mismísimas entrañas de la tierra, a las cuales se le atribuían propiedades terapéuticas de todo tipo.

Uno de sus visitantes más asiduos no era otro que Polidoro, que solía acudir al lugar una vez a la semana, y a veces hasta dos. El comerciante de palacio sufría de dolencias intestinales y los baños le proporcionaban una profunda sensación de alivio. Aquellas aguas no solo resultaban beneficiosas para los problemas relacionados con el tubo digestivo, sino también para las afecciones de la piel y los reumatismos.

Polidoro se había situado bajo una pequeña cascada de agua, que le caía sobre los hombros y la espalda, y le regaba su rechoncho cuerpo. La piscina termal se hallaba al aire libre, rodeada por un lecho pedregoso e integrada en la vegetación conformada por plantas y flores silvestres. Una dulce fragancia purificaba el ambiente, vistiendo a la naturaleza de una balsámica brisa que envolvía aquel apacible oasis, que no se hallaba excesivamente alejado de la ciudad. La temperatura del agua se conservaba siempre templada con independencia de la época del año, incluso durante los más gélidos inviernos. Polidoro se encontraba solo, pero esperaba la visita de un personaje importante con el que había quedado en reunirse allí.

Poco después llegaba Ramadantis a bordo de un espléndido carruaje, seguido por su habitual séquito de sirvientes y soldados, sin el cual no se desplazaba a ningún sitio. El gobernador de Festo se despojó de sus prendas y abalorios, y se introdujo en el agua totalmente desnudo.

—Me alegro de verte, Polidoro. ¿Cómo se te ha ocurrido citarme aquí?

—En este lugar podemos tratar con toda tranquilidad los asuntos que debemos discutir, a salvo de posibles espías.

Aunque el ruido de la cascada no producía un sonido excesivo, era lo suficientemente molesto como para impedir que sus palabras llegasen a oídos de terceros.

—Admito que en eso tienes razón.

Polidoro se situó a escasa distancia del gobernador. El agua le llegaba por la cintura.

—He oído que atacaremos la isla de Paros.

—Así es. Bajo la coordinación del rey Minos, estamos preparando una flota con la que esperamos barrer a los aqueos.

—¿Y podría esta eventualidad afectar de algún modo a nuestros planes? —inquirió el comerciante.

—No, salvo que el conflicto de Paros provoque a corto plazo una guerra a gran escala.

Ramadantis se agachó y sumergió su oronda figura por completo bajo las aguas termales.

—La sensación es deliciosa —dijo.

—Esa es otra de las ventajas de vernos aquí —aseveró Polidoro, sonriente.

Polidoro y Ramadantis tomaban tantas precauciones como podían porque si les descubrían serían acusados de alta traición. Una inculpación que habría sido del todo cierta; pues, de hecho, la pareja estaba conspirando para derrocar al actual rey.

El gobernador descendía de una de las familias que antaño habían luchado entre sí por el control de la isla, hasta contemplar con impotencia cómo el destino de la misma acababa finalmente en manos de la dinastía del rey Minos. Sin embargo, pese al tiempo transcurrido, el rencor no había desaparecido y Ramadantis planeaba enfrentarse a las tropas del legítimo soberano para hacerse con el dominio de Creta. Y, en dicha trama, Polidoro jugaba un papel fundamental. El comerciante de palacio ya había acumulado toda la riqueza que uno se pudiese imaginar, y lo que ahora ambicionaba era poder. Y eso era precisamente lo que Ramadantis le había prometido si se aliaba con él.

—¿Y crees que los aqueos nos declararán la guerra? —preguntó Polidoro.

—No creo que sean tan inconscientes, aunque nos consta que se están reforzando, nuestra flota es aún muy superior.

Ramadantis tenía una única hija, cuya mano le había prometido a Polidoro si finalmente lograba ocupar el trono del rey Minos. En tal caso, Ramadantis se convertiría en el soberano, y Polidoro sería designado como el nuevo gobernador de Festo. Para el comerciante, que todavía era relativamente joven, aquello tan solo constituiría un paso intermedio hasta alcanzar su verdadero objetivo. A la larga, había acordado con Ramadantis sucederle en el cargo cuando este muriera, en virtud del matrimonio que le uniría a su única hija.

El papel de Polidoro consistía sobre todo en financiar la operación mediante su inmensa fortuna, parte de la cual se la había robado al propio rey. El comerciante acostumbraba a manipular la contabilidad con la ayuda de Laódice, que actuaba en calidad de cómplice necesario. El escriba de aspecto ratonil anotaba en las tablillas una cantidad inferior a la mercancía que realmente se embarcaba, de manera que Polidoro se embolsaba directamente las ganancias que obtenía por la venta de aquellos artículos que habían desaparecido de los registros oficiales. La estafa se venía perpetrando desde hacía ya varios años, sin que hasta la fecha hubiesen levantado sospecha de ningún tipo.

Minos y Ramadantis poseían ejércitos de similar tamaño, de modo que este último estaba empleando el capital que recibía de Polidoro en contratar mercenarios para contar así con ventaja en caso de un eventual ataque.

—Y nosotros, ¿cuándo pensamos actuar? —preguntó el comerciante.

—Muy pronto. Estoy en negociaciones con un grupo de mercenarios asirios que se nos unirán cuando llegue el momento adecuado.

Polidoro observó al gobernador a través de sus párpados caídos.

—Ramadantis, he concebido la forma de lograr nuestro objetivo sin necesidad de provocar un baño de sangre.

—Te escucho.

—Aunque llevemos las de ganar, un enfrentamiento directo con las tropas de Minos debería ser nuestro último recurso. Además, tampoco sabemos cómo reaccionarán los gobernadores de Malia y Zacro.

—Los diminutos ejércitos de ese par de necios no me preocupan. Aparte, para cuando se enteren de lo ocurrido, el golpe ya se habrá consumado.

—Por otra parte, a la población no le gustará que tomes el poder a costa de tantas vidas.

—Tendrán que aceptarlo, por las buenas o por las malas.

—Lo sé, pero todo podría hacerse de forma mucho más… limpia. Si me permites la expresión.

Ramadantis clavó sus característicos ojos saltones en el comerciante, deseando saber más.

—Explícate.

—Bastaría con eliminar al rey Minos, y también a su hijo Androgeo, para evitar que este último le sucediese inmediatamente en el trono. Sin esas dos piezas claves, el reino quedaría descabezado y durante los primeros días se vería sumido en el desconcierto más absoluto.

—Momento que yo aprovecharía para postularme como soberano, apoyado en un poderoso ejército. ¿Estoy en lo cierto?

—Exacto. Dadas las circunstancias, no habría nadie al mando capacitado para oponerse, ni para lanzar al ejército de Cnosos contra ti.

Ramadantis, pensativo, se remojó la nuca y las orejas con gesto distraído.

—Suena bien, no puedo negarlo, pero acabar con el rey y el príncipe se me antoja una tarea complicada. Además, nadie podría saber que yo he tenido algo que ver con sus muertes.

—Yo podría encargarme...

—¿Tú? ¿Cómo?

—A través de alguien que forma parte del personal de palacio, al que me une una estrecha relación... —Polidoro se refería a Laódice, el escriba, que si bien rechazaría de entrada participar en una acción semejante, ya se encargaría él de hacerle cambiar de opinión, bien apelando a su codicia o, si eso fallaba, a su instinto de supervivencia—. Sin embargo, prefiero no entrar en detalles. Creo que cuanto menos sepas, mejor para ti.

—Está bien. Inténtalo. No obstante, debes actuar lo antes posible. No disponemos de todo el tiempo del mundo. Pero si fallas, lo haremos a mi manera.

A continuación, ambos traidores guardaron silencio durante unos minutos, dejándose envolver por las sensaciones de paz y bienestar que les proporcionaban aquellas aguas. En particular, Ramadantis sintió cómo aumentaba su circulación sanguínea, al tiempo que los músculos se le relajaban de la cabeza a los pies.

—¿Sabes algo de una importante visión que la Suma Sacerdotisa tuvo el año pasado? —inquirió el gobernador—. El propio Minos nos lo reveló en la última reunión.

—Algo he oído —repuso Polidoro—. ¿De qué se trata?

—Un cataclismo de proporciones inimaginables. Yo no le veo ningún sentido.

—Quizás el vaticinio simbolice la caída del rey Minos, cuando pongamos a Cnosos y al resto de Creta a nuestros pies.

A Ramadantis le gustó escuchar aquello y esbozó una sonrisa canina.

—En fin, me tengo que ir —anunció.

—De acuerdo, te haré llegar un mensaje si se produce alguna novedad.

Ramadantis salió del estanque y paseó su voluminoso cuerpo desnudo por la hierba, hasta que sus sirvientes salieron a su encuentro, lo secaron y vistieron con su habitual atuendo de lujo. Acto seguido, se subió al carruaje y reemprendió el camino de vuelta, repasando mentalmente el plan que, junto a Polidoro, acababa de urdir.

El propio Polidoro, entretanto, no se movió de las termas, disfrutando del efecto milagroso que aquellas aguas obraban en su anatomía. Una sonrisa pintaba su rostro, mientras soñaba con ese futuro quizá no tan lejano, en el que un día se convertiría en el nuevo rey de Creta.

5

Agenor, el tintorero, necesitó más tiempo del que inicialmente había previsto para cumplir con la tarea a la que se había comprometido.

A aquellas alturas ya podía confirmar con toda certeza que la materia prima con la que estaba trabajando era la correcta. Aun así, enseguida se dio cuenta de que dar con la fórmula definitiva para obtener la auténtica púrpura no resultaría tan sencillo. El plazo de una semana que se había dado para conseguirlo se le quedó corto muy pronto, y Agenor pidió más tiempo para continuar con los ensayos.

Mientras tanto, Tisandro acudía todos los días a la costa para recolectar los caracoles marinos que el tintorero precisaba para su trabajo. Además, el muchacho aprovechaba para interrogar a los pescadores acerca de aquel tipo de múrices, sabedor de la importancia que podía tener aquella información.

Las tardes las pasaba en el taller de Asclepio, centrado en confeccionar los tradicionales sellos de los comerciantes que tan bien se le daban. Su día de descanso lo empleó yendo a palacio, donde esperó durante varias horas en el patio central a que apareciese Melantea. Esta vez, sin embargo, su estoica paciencia no dio sus frutos, y en ese momento se dio cuenta de lo largos y difíciles que serían aquellos tres años en los que estarían separados, durante los cuales apenas podría verla o tan siquiera cruzar unas palabras con ella, como lo haría cualquier pareja normal. Tisandro, incluso, comenzó a temer que el amor que se profesaban en el presente se apagase poco a poco, conforme fuese pasando el tiempo para los dos.

Al cabo de tres semanas, Agenor anunció que por fin había logrado desentrañar los secretos de la púrpura. A partir de ese momento, Epiménides se hizo con las riendas del proyecto, secundado por Tisandro en calidad de socio comercial.

Pese a haberse retirado, el anciano mercader no quería delegar la creación y la administración de aquel negocio en sus hijos. Después de mucho tiempo, de nuevo volvía a sentirse vivo ante la perspectiva de ejercer la profesión que tanto había echado de menos durante los últimos tiempos. Epiménides disponía de la experiencia, el conocimiento y sobre todo de los recursos que hacían falta para poner en pie un proyecto de semejante envergadura. Su objetivo no podía ser más ambicioso: quería crear toda una industria de la púrpura en Creta que compitiese directamente con la de Ugarit.

Para ello iban a necesitar mano de obra en abundancia, algo que de un día para otro no resultaba nada fácil de conseguir. Tisandro, sin embargo, creía tener la solución.

Epiménides ordenó preparar su carruaje y puso rumbo a Eltynia por consejo de Tisandro, que también iba con él. El muchacho había trazado un plan, de cuyo éxito dependería en buena medida la viabilidad del proyecto a corto plazo.

La llegada del espléndido carruaje llamó enseguida la atención de los aldeanos, poco acostumbrados a recibir visitas de personajes tan distinguidos. Asterión sabía quién era Epiménides, porque no había nadie en Cnosos que no le conociera, o que por lo menos hubiese escuchado hablar de él. La aparición de Tisandro junto al ilustre mercader, sin embargo, le cogió totalmente desprevenido.

Tisandro se acercó al jefe de Eltynia y le brindó un afectuoso saludo.

—Aunque brevemente, he podido ver a Melantea en el palacio del rey Minos.

—¿Cómo está?

La ansiedad se hizo evidente en la voz del campesino.

—Muy bien. Dijo que os echaba mucho de menos —repuso Tisandro.

—Gracias por venir a decírmelo. No obstante, sospecho que ese no es el principal motivo por el que estáis aquí.

Asterión observó al viejo comerciante que, por el momento, había decidido mantenerse en un discreto segundo plano. Durante el trayecto, Tisandro había acordado con Epiménides que le dejase llevar la voz cantante a él.

—Así es. Queremos hablar contigo… y también con Demofonte.

Asterión frunció el ceño, entre receloso y extrañado.

—Desde la cancelación de la boda, la relación que el jefe de Phaistos mantiene conmigo no atraviesa por su mejor momento.

—Lo que os vamos a decir os interesa. Solo os pedimos que nos escuchéis.

Demofonte se llevó una gran sorpresa en cuanto vio a aquella singular comitiva adentrarse en su aldea, sin ningún aviso previo. Inmediatamente abordó a Asterión y le atravesó con la mirada, del mismo modo que lo haría un lobo con su presa.

—¿Se puede saber qué te traes entre manos y quiénes vienen contigo?

—Dame un voto de confianza. Sé lo mismo que tú, porque hasta ahora no han querido decirme ni una sola palabra. Han insistido en que los dos estemos presentes para escuchar la propuesta que nos quieren hacer —contestó—. A Tisandro ya le conoces...

—Cómo olvidarle, por su culpa se frustró el matrimonio que habíamos pactado, pensando en el beneficio de ambas aldeas.

Tisandro quiso replicarle, pero finalmente prefirió morderse la lengua. Demofonte jugaba un papel fundamental en el plan que había ideado, y no le convenía enfrentarse a él cuando ni siquiera había comenzado la reunión.

—Y su acompañante es Epiménides, por si no le habías reconocido.

El comerciante inclinó la cabeza a modo de saludo, gesto que Demofonte correspondió con una incomprensible frase entre dientes. Al parecer, el jefe de Phaistos quería dar a entender que no le impresionaba el boato que rodeaba al anciano, que se había desplazado hasta allí en su impresionante carruaje y su habitual séquito de sirvientes.

—Espero que vuestra presencia aquí responda a un buen motivo —espetó.

De mala gana, Demofonte les invitó a pasar a su casa, y al cabo de un instante los cuatro se hallaban sentados en torno a una mesa de madera situada en la estancia central. A Criso no se le veía por ningún lado, por lo que seguramente estaría en el monte al cuidado de las ovejas. Tisandro respiró aliviado, porque estaba convencido de que el gigantón debía de odiarle por lo que había pasado, y no estaba seguro del modo en que podría reaccionar.

—Bien, y ahora que ya estamos aquí —repuso Asterión—, ¿nos podéis decir por fin de qué va todo esto?

Tisandro cruzó una mirada con Epiménides antes de tomar la palabra, buscando su aprobación. El comerciante asintió y le dejó liderar la reunión tal y como habían convenido.

—Supongo que habréis oído hablar de la púrpura, el producto más caro del mundo —comentó el muchacho—. La auténtica solo la producen los cananeos, porque ellos son los únicos que conocen el secreto de su fabricación. Hasta ahora...

Agenor, el tintorero, les había resumido el proceso, que a grandes rasgos consistía en lo siguiente: la sustancia de los múrices se vertía en un recipiente con agua, al que se añadía aproximadamente un siete por ciento de su peso en sal. Después se dejaba hervir lentamente y por ebullición por espacio de tres días, durante los cuales había que eliminar la espuma que se formaba en la superficie para que el tinte quedase limpio de impurezas. Por último, se le añadían mordentes accesorios para fijar el color, y la mezcla resultante se dejaba macerar a fuego lento.

—¿Quieres decir que vosotros también habéis descubierto el secreto? —inquirió Asterión.

—Exacto —confirmó Tisandro—. La materia prima que se utiliza es un caracol marino, cuya especie también abunda en las costas de Creta. Pues bien, estos moluscos poseen una glándula que contiene la sustancia clave para su fabricación. Por supuesto, una vez recogida, se ha de someter a un complejo proceso de transformación. Y, para ello, ya contamos con el mejor tintorero de Creta. Con estos cimientos, lo que nosotros pretendemos es crear una gran industria que nos permita comerciar con el producto por todo el Egeo.

En ese punto, Epiménides decidió intervenir.

—Poner en marcha un negocio así es enormemente costoso. Hay que levantar talleres y proveerlos del material necesario para su uso: punzones, fuelles, cubetas de plomo donde realizar la cocción, tinajas destinadas a guardar los productos necesarios para el proceso de tintura, bancos para secar las piezas tintadas, y almacenes. Construiremos incluso un embarcadero propio cerca de las factorías, que nos permita operar con discreción y que al mismo tiempo esté bien comunicado tanto con las vías terrestres como las marítimas. —El comerciante hizo una pausa antes de continuar—. De todo eso puedo encargarme yo, puesto que dispongo de recursos de sobra como para financiar el proyecto.

—Pero también necesitamos mano de obra que se dedique especialmente a la captura de los múrices —señaló Tisandro, mirando en concreto a Asterión.

—¿Quieres poner a los habitantes de Eltynia a trabajar en vuestro proyecto?

—¿Por qué no? Tú mismo me dijiste que la mayor parte de vuestras tierras habían perdido su fertilidad. Los aldeanos pasan hambre y no hay nada que podáis hacer en la actual situación.

—Te olvidas de que nosotros somos campesinos, no pescadores.

—La tarea no entraña una excesiva dificultad. Los caracoles marinos pueden recogerse con las manos cuando baja la marea. Normalmente se hallan en los bancos rocosos de la costa, adheridos a las piedras o en el fondo arenoso —explicó Tisandro—. También pueden usarse nasas y aparejos para su captura, o emplear la técnica de buceo. El método más complejo implica utilizar botes y llevar a cabo la pesca por el sistema de arrastre. En todo caso, tendrán tiempo de aprender.

—Y la retribución está garantizada, que de eso ya me ocupo yo —apuntó Epiménides para dar consistencia a los argumentos de su joven socio.

De entrada, Asterión se resistía a aceptar aquella idea. Sin embargo, no tardó en darse cuenta de que en realidad se le había presentado una oportunidad única para sacar a Eltynia de la miseria y poder ofrecer a los suyos un futuro mejor. ¿Sería que la diosa Britomartis por fin le había escuchado tras las innumerables ofrendas que había llevado a cabo suplicando su ayuda?

—Continuad, por favor —pidió.

Tisandro asintió y retomó la palabra con más confianza, si cabía.

—Además, no todos se dedicarán a pescar. También necesitaremos operarios que se ocupen de abrir los moluscos con punzones especiales. El proceso de apertura requiere de cierta pericia, pues no se puede dañar la glándula que segrega el preciado líquido. De cada múrice tan solo se extraen unas pocas gotas, por lo que no se pueden desperdiciar. Otros trabajarán directamente en las factorías, bajo el mando del tintorero jefe. Y también los habrá que se dediquen a simples labores de almacenamiento y transporte.

—Por lo que parece, habrá trabajo para todos, ¿verdad? —quiso saber Asterión.

—Es lo más probable —repuso Tisandro—. Entonces, ¿aceptarías que los habitantes de Eltynia se involucrasen en el proyecto? No quiero atosigarte, pero necesitamos una respuesta rápida. Hay que poner en marcha la factoría cuanto antes para aprovechar la primavera y el verano. Después comienza el período de reproducción de los múrices, momento a partir del cual se ocultan entre las rocas y el fondo marino, resultando mucho más difícil su captura.

A aquellas alturas, Asterión ya no dudaba de la conveniencia del proyecto. No obstante, también sabía que entre algunos aldeanos hallaría cierta oposición.

—Conozco a algunos hombres a los que no les gustará nada la idea. No les culpo, son personas que llevan toda la vida trabajando en el campo y no conocen otra cosa. La idea de un cambio tan radical los asustará. Con todo, espero convencerlos de que esto es lo mejor que podía pasarle a la aldea.

De repente, Demofonte dio un fuerte golpe sobre la mesa para exteriorizar su monumental enfado.

—¡¿Y se puede saber qué tengo yo que ver con todo esto?!

Era su primera intervención en la reunión, y ya estaba gritando.

—Cálmate, por favor —le pidió Asterión.

—¡Cómo voy a calmarme si no sé qué pinto aquí, a pesar de estar en mi propia casa! Este asunto no nos interesa. En mi aldea nos dedicamos al pastoreo y tenemos trabajo de sobra.

—Entonces hemos venido al lugar indicado —repuso Epiménides con su serenidad acostumbrada.

Demofonte observó al anciano convencido de que, a su edad, debía de fallarle el oído, o directamente la cabeza.

—Mi paciencia tiene un límite —bufó.

Tisandro alzó los brazos con las palmas de las manos abiertas y recondujo la conversación.

—Demofonte, aunque también podemos comerciar con vasijas llenas de tintura de púrpura, el verdadero negocio se basa en la venta de telas ya teñidas para confeccionar sábanas o vestidos. Y para eso vamos a necesitar una gran cantidad de… lana.

—Aunque también hemos probado con el lino —terció Epiménides—, los resultados que hemos obtenido con ese tejido han sido muy pobres.

El semblante de Demofonte se transformó por completo, tan pronto como se dio cuenta de lo que necesitaban de él.

—Así que queréis nuestra lana, ¿verdad?

—Toda la que seáis capaces de producir. Nosotros podríamos pagarte por ella el doble de lo que recibes normalmente en el mercado de Cnosos —afirmó el mercader—. Además, algunas de vuestras mujeres también podrían trabajar en la factoría, pues previamente a su tintura, la lana ha de ser lavada y cardada para extraerle toda la grasa y la suciedad.

Por muy terco que fuese, Demofonte no podía ignorar lo favorable que para Phaistos resultaría un acuerdo como aquel. Ellos no tenían nada que perder, porque seguirían haciendo lo que siempre habían hecho, a cambio de unas ganancias muy superiores a sus modestos beneficios, que le daban lo justo para satisfacer los impuestos y poder sobrevivir.

—No puedo decir que no a una oferta así —aseveró—. Además, os puedo asegurar que la lana que producen nuestras ovejas es de la mejor calidad.

Tras su conformidad, una sensación de alivio se extendió por toda la sala.

—Me alegro —repuso Epiménides—. Ahora ya contamos con todos los elementos para poner el proyecto en marcha.

A continuación, Tisandro miró uno a uno a los jefes de sus respectivas aldeas, con gesto serio y decidido.

—Ahora todos formamos parte de este colosal proyecto. Por lo tanto, la estrecha colaboración entre todas las partes resultará fundamental.

En ese momento, tanto Asterión como Demofonte se dieron cuenta de lo que Tisandro estaba haciendo, y no pudieron evitar que una tímida sonrisa asomase a sus labios. El negocio de la púrpura podía unir los destinos de Phaistos y Eltynia, y traer la concordia que durante tanto tiempo ambos habían perseguido.

—Si esto sale bien —dijo Asterión—, la prosperidad de ambas poblaciones estará garantizada.

—Pues, entonces, hagamos que así sea —remató Demofonte, y uno y otro se estrecharon las manos sellando así la alianza.

Acto seguido, Epiménides abordó la cuestión de las condiciones económicas con más detalle, oportunidad que Tisandro aprovechó para ausentarse y poder saborear con más calma el éxito de aquel encuentro.

El muchacho se excusó y salió afuera, donde una suave brisa le acarició el rostro y la luz del sol proyectó sobre él su habitual calidez. Por dentro, no cabía en sí de satisfacción. De aquella manera no solo ayudaría a Eltynia a salir del pozo en el que se encontraba, sino que además contribuiría a crear el perfecto escenario para que entre ambas aldeas reinase una paz que de ninguna otra manera se había podido conseguir. Igualmente, ya nadie volvería a proponer que Melantea se casase con Criso, porque la razón que justificaba aquella unión había perdido su razón de ser.

De pronto, Tisandro sintió que alguien le sujetaba del brazo y le hacía darse la vuelta. Era Criso, cuya voluminosa figura le miraba desde arriba con una mezcla de odio e incredulidad.

—¿Qué haces tú aquí? —bramó—. ¿Cómo te atreves a venir a Phaistos después de lo que hiciste?

A Tisandro le temblaron las piernas, intimidado por el recuerdo de la golpiza que aquel energúmeno le había dado el año anterior.

—Yo no hice nada.

—Mi boda con Melantea se echó a perder por tu culpa.

—No fue por mi culpa. Ella no quería casarse contigo.

—¡Y qué más da lo que ella quisiera! ¡Era su obligación! —Criso resoplaba como un animal enfurecido—. Si no te hubieses entrometido, ella jamás habría abandonado la aldea con la ridícula idea de fugarse contigo.

Aunque Tisandro quería evitar cualquier tipo de confrontación, Criso se lo estaba poniendo cada vez más difícil.

—De cualquier manera, nada salió del modo como lo habíamos previsto. Y, ahora que todo ha pasado, harías bien en olvidarte de ella.

—No te atrevas a decirme lo que tengo que hacer. Melantea será mía tarde o temprano. ¿Te enteras?

—Pues más vale que te armes de paciencia, porque hasta dentro de tres años no recuperará la libertad.

Criso apretó los puños y le miró con los ojos inyectados en sangre.

—La última vez que nos vimos fui demasiado considerado contigo, pero esta vez no pienso contenerme.

A continuación, le agarró del cuello con la mano izquierda, y llevó la derecha hacia atrás con la evidente intención de propinarle un puñetazo. Instintivamente, Tisandro se encogió y se protegió la cara con los antebrazos para intentar frenar el golpe.

—¡Basta! —se oyó a espaldas de ambos.

Desde la puerta de su vivienda, Demofonte detuvo el brote de violencia un momento antes de que llegase a estallar.

—Pero, padre... —protestó Criso—. Él es el responsable de que todo se echase a perder.

—Las cosas han cambiado. Todo eso ya ha quedado atrás.

—¿Cómo?

—Después te lo explico. Ahora suéltalo.

Criso no cuestionó la autoridad de su padre e hizo lo que le pedía. No obstante, antes de separarse de Tisandro, se le acercó.

—Como me entere de que vuelves por estas tierras, te juro que te mato —le soltó al oído en voz baja.

6

Ariadna y la Suma Sacerdotisa se hallaban en el templo de palacio.

No había nadie más que ellas. Aquel templo era de uso exclusivamente privado, reservado a la clerecía y a la familia real. El resto de los habitantes del palacio y la ciudadanía en general podían satisfacer sus necesidades religiosas acudiendo al altar situado en el gran patio exterior.

Al lugar se accedía por una antecámara, y la estancia principal albergaba unas estrechas plataformas, semejantes a bancos, colocadas contra una pared. En el centro había una especie de hogar hundido en el suelo en el que se realizaban las ofrendas o se preparaban los festines sagrados. Una serie de lámparas de aceite colocadas estratégicamente dotaban al lugar de un aire espectral.

Ariadna se había reafirmado en su deseo de convertirse en sacerdotisa, y Sibila se encargaba personalmente de llevar a cabo su formación. Las aspirantes tenían que conocerse al detalle la liturgia de cada ritual, así como los himnos y las oraciones que debían recitarse en el tono adecuado. Además, ensayaban sin descanso los bailes con los que se glorificaban a las divinidades, incluida la danza que llevaban a cabo portando una serpiente.

Sibila tomó a la princesa por los brazos y le dedicó una de sus profundas miradas.

—¿Estás segura de que es esto lo que quieres? Recuerda que a partir de aquí ya no hay marcha atrás. —Ariadna ya había comenzado su preparación, pero había llegado un punto en el que debía de confirmar su vocación, porque le revelarían secretos de la liturgia que solo los iniciados podían conocer—. Y, aunque ya te lo he dicho otras veces, no debes olvidar que este camino entraña su dificultad.

Sibila no exageraba, pues la vida de sacerdotisa implicaba llevar a cabo enormes sacrificios. Para empezar, debían aceptar el celibato y renunciar a contraer matrimonio o tener descendencia. De vez en cuando, alguna sacerdotisa protagonizaba un romance en secreto con algún soldado, pero tanto si era descubierta como si se quedaba embarazada, rápidamente se procedía a su expulsión. Además, la vida en palacio implicaba separarse de sus familias, a las que solo volvían a ver en muy contadas ocasiones. En resumen, el compromiso exigía una consagración absoluta a la Gran Diosa, frente a las tentaciones del mundo terrenal.

—Estoy segura —replicó Ariadna con seguridad—. Es lo que me dicta el corazón.

—Está bien. Quiero que sepas que estoy orgullosa de ti.

No era para menos. Hasta el momento, la actitud de la princesa había sido ejemplar, hasta el punto de que no había tenido problema alguno en renunciar, de la noche a la mañana, a la vida de placeres y lujos que podía haber llevado entre la aristocracia cretense. Sibila, incluso, ya pensaba en ella como en su posible sucesora, pues se trataría de una excelente candidata no solo por el potencial que atesoraba, sino también por el linaje al que pertenecía.

—Todavía resta un tema por resolver —añadió Sibila—. A estas alturas, aún no cuento con la autorización expresa de tu padre para ordenarte sacerdotisa, una vez que llegue el momento adecuado.

—No te preocupes por eso. Aunque todavía no le he convencido del todo, estoy a punto de hacerlo. Es solo cuestión de tiempo. De lo contrario, jamás me habría dejado llegar tan lejos.

—Me alegra escuchar eso.

Entre ambas se deslizó un largo silencio, que Ariadna quebró al cabo de unos minutos.

—Sibila, ¿puedo hacerte una pregunta?

—Por supuesto, ¿de qué se trata?

—¿A qué edad tuviste tu primer sueño premonitorio?

—Déjame pensar. Creo que tenía más o menos los mismos años que tú. O puede que fuese más joven.

Ariadna bajó la mirada y compuso un gesto de tristeza.

—¿Qué te ocurre? ¿Te preocupa no haber tenido ninguno? No tiene la menor importancia, la Gran Diosa podría concederte el don de la clarividencia en cualquier momento. Y, si tal cosa ocurriese, debes tener presente que se trata de una gran responsabilidad.

La princesa frunció la frente y adoptó una pose reflexiva.

—¿Sabes? Precisamente no puedo dejar de pensar en tu catastrófica visión... ¿De verdad crees que se producirá semejante cadena de desdichas?

—Por desgracia, lo vi todo con mucha claridad. Y, aunque no puedo precisar el cuándo, estoy segura de que tales calamidades ocurrirán.

—Es terrible... ¿Y no hay nada que pueda hacerse para evitarlo?

—Nosotras ya lo intentamos, al sacrificar cabezas de ganado en cada una de las ceremonias que llevamos a cabo, apelando a la misericordia de los dioses.

—Pero no es suficiente, ¿verdad?

—No lo creo —repuso Sibila—. Si el pueblo no se muestra igual de piadoso, los dioses no se compadecerán.

—¿Y crees que la gente no es devota?

—Algunos sí y otros no tanto. En conjunto, me temo que no lo suficiente.

Ariadna arrugó la frente.

—Entonces, quizás deberían saber lo de tu visión para que puedan reaccionar.

—Tu padre no está de acuerdo. Piensa que tendría lugar el efecto contrario al deseado, y no se quiere arriesgar.

—¿Tú también lo crees?

—No me corresponde a mí decidirlo, pero posiblemente tenga razón.

Tras dar por concluida la conversación, abandonaron el templo y salieron al patio. Ya era de noche y una luna llena resplandeciente colgaba del cielo como una gigantesca esfera salpicada de manchas grises. Las estrellas, aunque abundantes, se hallaban demasiado distantes como para resultar llamativas. Hacía algo de frío, pero no demasiado.

Sibila tomó el camino del sudoeste que conducía a la residencia oficial de la Suma Sacerdotisa, en la que tenía derecho a residir mientras ostentase aquel cargo. La casa se encontraba en las inmediaciones del palacio y gozaba de todas las comodidades posibles. Ariadna decidió acompañarla porque había algo más que le tenía que decir.

—Sibila, hace unas semanas me pasó algo muy raro. Vi a un hombre al que hubiese jurado que ya conocía de algo, aunque aquello no tuviese ningún sentido. Desde entonces no he podido quitármelo de la cabeza, porque todo el tiempo pensaba que tenía la respuesta en la punta de la lengua, aunque nunca conseguí que se materializara. Sin embargo, hoy por fin he caído en la cuenta. No es que le hubiese visto antes, lo que ocurre es que el muchacho guarda un increíble parecido con mi hermano.

La Suma Sacerdotisa detuvo su avance un instante, pero lo reanudó enseguida.

—Continúa, por favor.

—Lo que les diferenciaba era el cabello y la barba. Androgeo tiene una larga melena y se afeita, mientras que el otro lleva el pelo corto y luce una cuidada barba. Por lo demás, habrían pasado por ser la misma persona.

—¿Y quién era ese hombre?

Sibila aparentaba indiferencia, pero su tono de voz denotaba cierta inquietud.

—Es el amante de mi sirvienta Melantea. No obstante, aquí es donde la historia se vuelve más curiosa, si cabe. Al parecer, ella misma lo encontró en la playa al borde de la muerte, tras haber sobrevivido milagrosamente a un naufragio, como consecuencia del cual ha perdido la memoria por completo y todavía no la ha recuperado. Lo único que recordaba era que se llamaba Tisandro.

Bajo la luz de la luna, el rostro de Sibila se contrajo sin poder evitarlo, al tiempo que reprimía una exclamación. Ariadna advirtió su inexplicable reacción y la sujetó por el brazo.

—¿Qué ocurre? ¿Qué sabes tú de todo esto?

Sibila cerró los ojos y en cuestión de segundos se produjo un debate en su interior. Cuando los volvió a abrir, la decisión ya estaba tomada.

—Llegados a este punto —concluyó—, creo que tienes derecho a saberlo.

Ambas reanudaron la marcha, y la Suma Sacerdotisa inició su discurso.

—Todo comenzó hace ya cerca de veinte años, en el momento en que tu madre se quedó en estado. Tus padres llevaban mucho tiempo intentándolo sin que la fortuna les sonriera. Hasta que la Gran Diosa y el Minotauro, como representantes de la fecundidad femenina y masculina, atendieron a sus ruegos y favorecieron el ansiado embarazo. Además de suponer una alegría, la noticia cobraba especial importancia porque el reino precisaba de un heredero.

»La comadrona de palacio atendió el parto mientras el rey Minos aguardaba en la sala contigua. Había nervios por conocer el sexo del bebé y también por saber si estaba sano. La felicidad de tu padre fue completa cuando le aseguraron que había nacido un varón en perfecto estado. Sin embargo, el nacimiento deparaba una sorpresa que nadie se esperaba. Al mundo no solo había venido un niño, sino dos. Pasífae había tenido gemelos.

Aun cuando le costaba dar crédito a las palabras de Sibila, Ariadna abrió los ojos como platos.

—Es cierto que ese muchacho se parece mucho a Androgeo. Yo misma lo he reconocido. Pero... ¿De verdad estás diciendo lo que yo creo?

—No seas impaciente y espera a conocer el resto de la historia.

Las dos mujeres atravesaron un viaducto que discurría sobre un afluente del Kairatos, que daba testimonio del alto grado de desarrollo alcanzado por la civilización minoica.

—Tu madre estaba exultante —prosiguió la Suma Sacerdotisa—. Sin embargo, aquel capricho del destino puso a tu padre ante un terrible dilema. Tradicionalmente, las disputas entre hermanos por hacerse con el poder son habituales, pero cuando se trata de gemelos o mellizos, la peligrosidad de la situación es aún mayor, si cabe. Todas las historias y las leyendas que se cuentan al respecto acaban siempre de la misma manera: un terrible enfrentamiento entre los hermanos que suele dividir al reino y sumergirlo en guerras internas con consecuencias fatales para toda la población. En tales circunstancias, la tradición al respecto es tan clara como poco compasiva, el segundo hermano en nacer debía de morir.

»Tu padre no sabía qué hacer. Por un lado, se debía a su condición de soberano, y pasar por alto una advertencia tan clara habría supuesto actuar de forma negligente. Por otro, sin embargo, quería evitarle a Pasífae el daño que le ocasionaría arrebatarle a uno de los niños que acababa de alumbrar.

—Entonces, al final lo salvó, ¿verdad? —intervino Ariadna dejando escapar un suspiro de alivio.

—No, no lo hizo. Minos siempre ha sido un rey íntegro, que no ha dudado en anteponer los intereses del imperio por encima de los suyos personales o los de su propia familia. Además, sus consejeros también fueron de la opinión de que la tradición era sagrada y se debía respetar.

—¿Ni siquiera mi madre le pudo convencer?

—Él se negó a verla, porque de otra manera habría sido incapaz de ordenar que se hiciera aquello a lo que se había comprometido: arrojar por un barranco a uno de los gemelos, como habitualmente se hace con los niños que han nacido con algún tipo de malformación.

La imagen que Ariadna tenía de su padre no se correspondía con alguien capaz de ordenar algo tan cruel. No obstante, tampoco se le escapaba que los soberanos se regían por códigos de actuación especialmente severos.

—¿Qué ocurrió entonces? —inquirió.

—Que Pasífae acudió a mí, en cuanto se enteró de lo que su esposo se proponía.

En ese momento, la casa de la Suma Sacerdotisa se apareció ante ellas como un navío extraviado en mitad de la noche, bajo el foco de la fantasmagórica luna llena. La villa reproducía a escala residencial la arquitectura del palacio. La planta baja contaba con una amplia zona de representación destinada a las visitas, y un baño lustral propio reservado para llevar a cabo las abluciones rituales. Las habitaciones privadas se encontraban en la parte superior.

Sibila prefirió continuar con su relato en el exterior, a las puertas de la villa, para evitar la presencia de sirvientas indiscretas o de cualquier otra persona que pudiese escuchar lo que no debía.

—Por aquel entonces yo acababa de ser nombrada Suma Sacerdotisa, y por lo tanto ya gozaba de una notable influencia. Con todo, me enfrentaba a una difícil tarea, pues el soldado que ejercía las veces de verdugo era un hombre recto, que parecía incapaz de desobedecer al rey. Por fortuna, tras hablar con él, enseguida me di cuenta de que también temía profundamente a los dioses y a su infinito poder. Yo supe aprovecharme de su debilidad y finalmente alcanzamos un pacto satisfactorio para los dos. Él afirmaría haber arrojado al recién nacido por el barranco, cuando en realidad me lo daría a mí con la condición de que yo lo hiciese desaparecer.

»Aquella misma noche embarqué con el niño hacia Andros, una de las islas de las Cícladas situadas más al norte. Allí residía Náucrate, la única hermana de tu madre. Pasífae me pidió que se lo entregase y lo criase como si fuese su propio hijo.

—¿Y mi padre nunca se enteró de nada de todo esto?

—No. Tu madre se encargó de que así fuera. Náucrate me hacía llegar los mensajes directamente a mí, y yo me encargaba de transmitírselos a ella. De ese modo, Pasífae siempre estuvo al tanto de las evoluciones de su otro hijo, al que llamaron Tisandro.

Ariadna dedujo entonces que aquel tenía que ser el secreto que su madre había estado a punto de revelarle, pero que finalmente se había llevado a la tumba.

—Así que es él...

—Lo es. —Sibila advirtió la conmoción en la mirada de Ariadna, y la abrazó para tranquilizarla—. Náucrate pertenece a una familia noble y su marido es un artista muy demandado en su isla y también entre los aqueos. Tisandro recibió una educación avanzada y siguió los pasos de su padre en el mundo de las artes. Por lo visto, posee un notable talento.

»Así trascurrieron los años hasta que se produjo la muerte de Pasífae. A partir de ese momento, Náucrate creyó que había llegado la hora de que el rey Minos conociese la verdad. Pasífae siempre se había opuesto a desvelar el secreto porque había seguido temiendo la reacción de su marido. Sin embargo, Náucrate ya no la temía. Tisandro era un simple artista sin ninguna ambición política, que no representaba amenaza alguna para el imperio.

—¿Tisandro también desconocía su verdadero origen?

—Así es —repuso Sibila—, pero Náucrate estaba decidida a hacerlo público de una vez por todas. Finalmente, me hizo llegar un mensaje en el que anunciaba su viaje a Creta para hablar con Minos en persona y explicarle la historia que durante tantos años habíamos mantenido en secreto. A mí me pondría en una situación comprometida, por el papel clave que había desempeñado a la hora de salvar al niño. A pesar de todo, le di mi aprobación. Además, sin mi testimonio, Náucrate tampoco tenía modo de corroborar su historia, salvo apoyándose en el indiscutible parecido que Tisandro y Androgeo guardan entre sí.

»Sin embargo, el navío no llegó en la fecha prevista, ni tampoco después. Y, tras confirmar que efectivamente había partido, al final pude saber que una terrible tormenta había hecho naufragar el barco, sin dejar supervivientes.

—O eso era lo que se creía, ¿verdad?

—Exacto. La milagrosa aparición de Tisandro lo ha cambiado todo.

La princesa guardó silencio, con la mirada perdida en el firmamento infinito.

—Ariadna… —murmuró la Suma Sacerdotisa—. Tisandro es tu hermano. ¿Qué es lo que piensas hacer?

7

Durante los primeros días, Ariadna no hizo otra cosa que darle vueltas a aquella extraordinaria historia que le había producido un fuerte impacto emocional. ¿Qué se suponía que debía hacer? ¿Dejar las cosas como estaban y guardar el secreto, o desvelarle a su padre lo que había averiguado? Al final, no se decantó ni por una ni por otra y, en cambio, decidió confiarle la verdad a su hermano, a quien le unía una estrecha relación. Si ella hubiese tenido una hermana gemela, le habría gustado que Androgeo también se lo hubiera dicho.

Al principio, Androgeo se rio de aquella rocambolesca historia como si se tratase de una broma. Sin embargo, en cuanto se apercibió de que Ariadna hablaba muy en serio, el semblante se le demudó como si el aire no le llegase a los pulmones.

—¿De verdad somos tan parecidos?

—Como dos gotas de agua.

Tanto Tisandro como Androgeo habían formado parte de la embajada que había viajado a Egipto. No obstante, lo habían hecho en barcos distintos, y luego tampoco habían coincidido juntos en un mismo espacio. Además, la barba y el diferente corte de pelo de cada uno enmascaraba el gran parecido que había entre los dos.

—No lo verás como una amenaza, ¿verdad? —inquirió Ariadna.

—Todo lo contrario. De hecho, quiero conocerlo —afirmó con rotundidad, después de que una audaz idea comenzase a cobrar forma en su mente—. Tengo un plan que quiero llevar a cabo.

Cuando Tisandro recibió una invitación para acudir al palacio de Cnosos, no entendió qué podían querer de él. El aviso del mensajero era muy escueto, y todo lo que decía era el día y la hora a la que debía presentarse allí. Al pensarlo con más detenimiento, llegó a la conclusión de que Melantea podía estar detrás de aquella invitación. ¿Y si se las había ingeniado para organizar un encuentro a solas con él?

En aquellos días, Tisandro se pasaba la mayor parte del tiempo en el taller de Asclepio, trabajando en lo que mejor se le daba y más le gustaba hacer. En todo caso, no se olvidaba del negocio de la púrpura que Epiménides estaba poniendo en marcha, lo cual le llevaba a desplazarse a Eltynia dos tardes a la semana para seguir muy de cerca el nacimiento del proyecto, del que él también formaba parte.

La mañana en que debía acudir al palacio, se levantó con una mezcla de nervios y excitación. Se preparó y acicaló para la ocasión, cada vez más convencido de que Melantea tenía que estar detrás de aquella misteriosa llamada.

Tras anunciar su llegada, un sirviente le pidió que lo acompañara, y Tisandro le siguió por el gran patio hasta que tomaron la escalinata que conducía al ala residencial. ¿Qué plan habría previsto Melantea? El sirviente le guio a través de serpenteantes pasillos repletos de hermosos frescos, en muchos de los cuales se reconocía el inconfundible estilo de Asclepio y sus prodigiosas manos. Finalmente, se detuvieron ante un elegante vestíbulo provisto de flores frescas y vasijas vidriadas, lo cual le pareció bastante raro, pues Melantea no le habría citado en un lugar tan ostentoso como en el que se hallaban. Algo le empezó a descuadrar.

El sirviente se perdió en la sala para reaparecer al cabo de un momento e invitarle a pasar con un gesto de la mano.

—Adelante, por favor. La princesa Ariadna le espera.

Tisandro frunció el ceño en señal de incredulidad. ¿La mismísima princesa de Creta iba a recibirlo en sus propios aposentos? ¿Qué estaba ocurriendo allí?

El sirviente insistió y Tisandro pasó sin más demora.

Ariadna se hallaba inclinada sobre el alfeizar de una ventana, observando una mariposa encerrada en una jaula dorada, que aleteaba en su interior. Sobre un arcón había una pila con tejidos de todo tipo, y en el centro de la habitación descansaba una rueca con la que confeccionaba sus propios complementos y vestidos. Además de la sala principal, los aposentos de la princesa contaban con baño y vestidor. La letrina del baño era tan avanzada que disponía de su propio método de evacuación, al estar conectada mediante un desagüe al sistema de drenaje del palacio.

Tisandro barrió el lugar con la mirada por si veía a Melantea por algún lado. Sin embargo, únicamente estaban ellos dos.

—Toma asiento, Tisandro.

La voz de la princesa, aunque aterciopelada, desprendía sin pretenderlo cierta autoridad.

—Gracias.

Tisandro no sabía cómo comportarse ante una personalidad tan destacada y se limitó a obedecer acomodándose en una silla que había dispuesta contra la pared.

Ariadna abrió la puertecita de la jaula y dejó salir a la mariposa, que abrazó con ansia la libertad. Acto seguido, se alejó de la ventana y, con movimientos cadenciosos, se sentó junto a él sin dejar de mirarle a los ojos con una inexplicable intensidad.

—¿Y Melantea? ¿Cómo está? ¿Es por ella que estoy aquí?

—Melantea está bien. No te preocupes. Pero ella no es el motivo por el que te he hecho venir. Tengo entendido que trabajas con Asclepio, ¿verdad?

—Así es. ¿Desea encargarnos un trabajo? ¿Es eso? Porque en tal caso sería mejor que lo tratase directamente con él.

—No, no se trata de eso.

La princesa escrutaba el rostro de Tisandro con extraordinario interés, lo cual le hacía sentir extremadamente incómodo.

—¿Qué ocurre? —inquirió cada vez más desbordado por la extraña situación.

—Melantea me dijo que habías perdido la memoria por completo, tras ser víctima de un naufragio. ¿Es eso cierto?

—En efecto. No recuerdo nada anterior al momento en el que ella me encontró.

Ariadna entornó los ojos y se inclinó ligeramente hacia delante.

—En ese caso creo que yo puedo ayudarte —aseveró— porque sé quién eres y también cómo has llegado hasta aquí.

Tisandro no supo qué decir ante semejante afirmación, y ella tampoco esperó una respuesta. Sin perder más tiempo, la princesa acometió el relato que Sibila le había contado, punto por punto y sin omitir el menor detalle. Aunque Tisandro no quiso interrumpirla, su semblante palidecía conforme avanzaba la historia y se crispaba con cada giro de la narración. Cuando finalizó, precisó de varios minutos para digerir lo que había escuchado.

Todo aquello le sonaba muy difícil de creer. Sin embargo, muchas de las cosas que había dicho tenían bastante sentido. El hecho de que según la historia él se hubiese formado como pintor y escultor explicaba lo bien que se le daban ambas disciplinas. La exquisita educación que había recibido también resolvía el misterio de que supiese leer, un privilegio al alcance de muy pocos. Cuando apareció, Asterión ya le hizo notar lo extraño de su atuendo y aspecto, más propio de un aqueo que de un cretense, lo cual ahora encajaba perfectamente teniendo en cuenta que procedía de la isla de Andros, situada a muy escasa distancia del continente. Lo mismo podía decirse de su peculiar acento, que obviamente no era de Creta.

Y, por último, había un indicio más a favor de la veracidad del relato. ¿Por qué iba la princesa Ariadna a mentir?

—Después de lo que te he contado... ¿Te ha venido algún recuerdo a la cabeza?

Tisandro mantenía la mirada clavada en un punto indefinido de la pared que tenía enfrente. Para bien o para mal, seguía sin recordar.

—No —se lamentó en un susurro quedo. Y, a continuación, añadió—: Entonces, ¿mis padres adoptivos están muertos?

—Así es. Toda tu familia pereció en el naufragio. Además, tampoco tenías esposa o hijos. Eras demasiado joven para eso.

Ariadna se inclinó sobre él y le abrazó con extrema suavidad.

—Sé que parece raro. Para mí también lo es. No obstante, a partir de ahora tienes que verme como lo que soy: tu hermana.

A Tisandro le temblaba todo el cuerpo, por dentro y por fuera. Mientras que Ariadna había tenido tiempo para asimilar aquella situación, él aún estaba procesando semejante caudal de información que había recibido de golpe.

—Lo siento, pero todavía no sé qué pensar.

—Tus dudas se disiparán en un instante, tan pronto como conozcas a Androgeo, tu hermano gemelo.

La princesa se asomó al vestíbulo y le hizo una señal al sirviente de la puerta.

—Viene ahora mismo. Está deseando conocerte.

Tisandro se sentía aturdido y no lograba pensar con claridad.

—El rey Minos... mi padre —rectificó—, ¿sabe de mi existencia?

—No. Aparte de mí, únicamente lo saben Androgeo y la Suma Sacerdotisa.

Al cabo de un minuto, Androgeo entró en la habitación. Instintivamente, Tisandro se puso en pie, y uno y otro se miraron frente a frente como si estuviesen delante de un espejo. Ariadna no había exagerado un ápice en cuanto al impresionante parecido que había entre los dos. La altura de ambos era semejante y sus rostros compartían punto por punto los mismos rasgos distintivos. Lo único que les diferenciaba era su complexión, pues Androgeo poseía una poderosa musculatura producto de su excepcional condición de atleta y guerrero.

—Así que tú eres mi hermano —afirmó el príncipe, al tiempo que le daba la mano de forma solemne—. Si los dioses decidieron salvarte, tendría que haber una buena razón.

Tisandro se sintió mareado, como si las paredes y los techos del palacio se encogiesen y ejerciesen sobre él una enorme presión.

—Yo… me siento completamente superado por la situación.

—Lo comprendemos —intervino Ariadna—, pero cuanto antes te hagas a la idea, será mucho mejor para ti.

Tisandro se frotó los ojos para asegurarse de que no estaba soñando. En aquel momento lo hubiese preferido así.

—Temo la reacción del rey Minos —confesó—. Si ya ordenó mi muerte una vez, podría volver a hacerlo.

—Por ahora no le diremos nada —repuso Androgeo—. Antes necesito algo de ti.

—¿De mí?

—Así es. Cuando te lo cuente, te parecerá una locura. Y hasta cierto punto lo es. No puedo negarlo. Sin embargo, te has convertido en mi última oportunidad.

El príncipe cogió aire y le resumió a Tisandro la situación política del imperio, deteniéndose especialmente en el conflicto de mayor actualidad: el desafío de los aqueos tras haberles arrebatado la isla de Paros mediante el uso de la fuerza, y la firme respuesta que el rey y el resto de gobernadores habían previsto para impedir que sus enemigos se saliesen con la suya.

—Creta ya tiene a punto una flota destinada a recuperar el control sobre Paros —concluyó.

Después de aquella explicación, Tisandro se sentía aún más perdido que al principio.

—¿Y qué tiene todo eso que ver conmigo?

—Mi mayor deseo es formar parte del ejército que combatirá contra nuestros enemigos. Sin embargo, y pese a estar preparado, mi padre me lo tiene prohibido. Me protege en exceso porque soy el heredero.

—Si supiese la forma de ayudarte, lo haría. Pero no veo cómo.

—Tengo un plan que solo puede funcionar si accedes a participar en él. —Androgeo dotó a su tono de voz de la máxima convicción posible—. Quiero que me suplantes, mientras yo voy a luchar contra los aqueos a espaldas del rey Minos.

Tisandro se echó hacia atrás y realizó un aspaviento con las manos, como si no se creyese lo que acababa de oír.

—¡Eso es imposible! ¡Jamás dará resultado! ¡Me descubrirán enseguida!

—No lo harán. Ariadna se encargará de que tengas exactamente el mismo aspecto que yo. Me cortará el pelo y con la melena que obtenga confeccionará una peluca que llevarás a todas horas.

—Créeme —apuntó ella—, yo tengo buena mano para esas cosas.

Aunque Ariadna temía que a su hermano pudiese ocurrirle algo malo en la batalla, había accedido a ayudarle tras haber alcanzado un pacto favorable para los dos. A cambio de su colaboración, Androgeo se comprometía a apoyarla en sus planes de hacerse sacerdotisa. Con Androgeo de su parte, ya no cabía duda de que obtendría de su padre el consentimiento que necesitaba.

—Al mismo tiempo, a ti te afeitará y yo tendré que llevar una barba postiza, al menos hasta que me crezca una de verdad. Para cuando Ariadna haya terminado, tú serás yo y yo seré tú. Nadie notará la diferencia.

Tisandro negaba repetidamente con la cabeza.

—Lo siento, pero todo esto me parece disparatado.

—Escúchame... hermano. Si me ayudas, te lo compensaré con generosidad. Y lo primero que haré será ordenar la liberación de Melantea, que automáticamente quedaría exenta de cumplir los tres años de servidumbre que le habían sido impuestos. Por lo tanto, tan pronto como yo regrese podrás reunirte con ella.

Tras escuchar aquella tentadora propuesta, Tisandro consideró por vez primera la posibilidad de participar en aquel descabellado plan.

—Necesito tiempo para pensarlo —arguyó.

—No lo tienes —replicó Androgeo—. La flota encargada de cumplir la misión parte mañana al amanecer. Esta misma noche tengo que haber embarcado, con la garantía de que tú te quedarás aquí para que nadie note mi ausencia.

Tisandro notó una capa de sudor frío en la frente.

—¿Cuándo liberarás a Melantea?

—A mi vuelta.

—No, lo justo sería que la dejases ir hoy mismo. Y tampoco quiero que regrese sola a su aldea. Me sentiría más tranquilo si alguien la escoltase hasta allí.

En aquel punto, Androgeo estaba dispuesto a ceder.

—¿Dónde vive su familia?

—En Eltynia.

—Queda cerca. Está bien, yo mismo la acompañaré, y luego pondré rumbo al puerto de Cnosos. ¿Tenemos un trato entonces?

Aunque Tisandro sabía que terminaría arrepintiéndose, fue incapaz de decir que no.

—Tengo algunas preguntas —anunció.

—Adelante.

—¿De cuánto tiempo estamos hablando?

—Será un asalto rápido. Dos o tres semanas. Un mes como mucho.

—Eso es demasiado tiempo. Alguien se dará cuenta del engaño antes o después.

—Lo tenemos todo pensado. Y, si nos ceñimos al plan, todo saldrá bien. —Androgeo transmitía seguridad—. Excepto con los sirvientes, durante la mayor parte del tiempo no te relacionarás con nadie. Evitarás a mi habitual círculo de amistades, y también a nuestro padre, que no sospechará porque creerá que estoy enfadado con él por haberme impedido tomar parte en el asalto a la isla de Paros. En general, intenta hablar lo menos posible y, cuando tengas que hacerlo, imita nuestro acento. Con un poco de práctica, no tendrás dificultad.

—Yo te cubriré y seré la única persona de tu entorno que se relacionará directamente contigo —terció Ariadna—. Me ocuparé de extender la idea de que estás deprimido para explicar lo inusual de tu comportamiento.

Tisandro se dio cuenta de que sus hermanos habían planeado todo aquello a conciencia, y por vez primera creyó que podía llegar a salir bien. Con todo, resultaba imposible mantener todas las variables bajo control.

—¿Y qué pasará si te matan? —inquirió.

—Eso no ocurrirá. Nuestras fuerzas son muy superiores y los aqueos no se esperan un ataque tan contundente.

—Debemos ponernos en marcha ahora mismo, si queremos llevar a cabo la transformación a tiempo —apremió Ariadna—. Tengo mucho trabajo que hacer.

—Solo una cosa más —pidió Tisandro—. Antes de que Melantea se marche, quiero verla y poder estar a solas con ella.

Ariadna y Androgeo intercambiaron una fugaz mirada.

—Ningún problema.

Y, dicho esto, comenzaron con los preparativos de la osada operación.

8

Al atardecer, Melantea atravesaba los caminos que la llevarían a reencontrarse con su familia en Eltynia, de una vez para siempre. Todavía le costaba creerlo. El giro de los acontecimientos había sido tan repentino, que la había sacudido como un vendaval.

La acompañaba un muchacho que se parecía increíblemente a Tisandro, pero que en realidad no lo era. De hecho, se trataba del príncipe Androgeo, al que nadie habría reconocido tras su radical cambio estético y la vulgar indumentaria que llevaba encima. Si aquello ya le parecía raro, mucho más lo fue ver a Tisandro luciendo el mismo aspecto que Androgeo, y descubrir que ambos eran hermanos separados al nacer. Tisandro le había contado toda la historia, y ahora ella también era conocedora de lo que se habían propuesto hacer. Su silencio en todo aquello, por lo tanto, se antojaba crucial.

Melantea se sentía extraña caminando junto al príncipe, como si fuese su igual. Androgeo tan solo le había dirigido la palabra una vez, básicamente para asegurarse de que transitaban por la ruta adecuada. Y, aunque hasta el momento le había procurado un trato correcto, se hacía evidente que no estaba en su ánimo entablar una conversación. Pese a las circunstancias, ninguno de los dos ignoraba el abismo que les separaba, como consecuencia del diferente escalafón social al que pertenecían.

A Melantea le preocupaba enormemente el papel que Tisandro debía jugar en aquel arriesgado plan. Hacerse pasar por Androgeo implicaba correr un gran riesgo y no eran pocas las posibilidades de que le pudiesen descubrir. Por otra parte, tampoco podía reprochárselo porque ella habría hecho lo mismo por él. Solo cabía esperar que todo saliese bien, después de lo cual por fin podrían estar juntos sin que nadie lo pudiese impedir.

Antes de partir, les habían dejado compartir durante un rato la intimidad de una habitación, en la que habían vuelto a jurarse amor eterno hasta donde alcanzaban las palabras. Además de las confidencias, la pareja también había encontrado tiempo para amarse como hasta ahora nunca lo habían hecho, temiendo en su fuero interno que aquella primera vez también pudiese ser la última. Melantea aún podía saborear la piel de Tisandro en sus labios y sentir las apasionadas caricias que este le había proporcionado a lo largo de toda su anatomía. Solo con recordarlo se le aceleraba la respiración. Después de aquello, cualquier duda que aún pudiese quedar en el aire se había disipado del todo. Ambos estaban hechos el uno para el otro, y el propio destino había intervenido para concederles una oportunidad.

Cuando la aldea ya asomaba en el horizonte, Melantea detuvo la marcha. No quería que la viesen llegar acompañada para evitar así los rumores y las preguntas que al respecto le pudiesen hacer.

—A partir de este punto puedo seguir yo —dijo—. Gracias por acompañarme hasta aquí. No lo olvidaré.

—Tan solo me he limitado a cumplir lo pactado —repuso Androgeo—. Espero que tú también cumplas con tu parte del trato y guardes un escrupuloso silencio acerca de todo esto.

—Así lo haré. Lo prometo.

El príncipe asintió con la cabeza y emprendió el camino de regreso sin volver la vista atrás.

Melantea acometió el último trecho que la separaba de su hogar con el corazón encogido y los nervios a flor de piel. Nada más entrar en Eltynia, sintió cómo sus vecinos no la dejaban de mirar. Para su alivio, no percibió hostilidad en sus miradas, sino tan solo extrañeza y cierta incredulidad. No obstante, pronto esa impresión inicial se transformó en alegría, y un numeroso grupo de aldeanos formó un corro en torno a ella para darle la bienvenida y recibirla con los brazos abiertos.

La noticia de su llegada se extendió por el poblado, y enseguida apareció su familia ansiosa por comprobar con sus propios ojos lo que acababan de oír. La emoción pudo con Melantea en cuanto vio a sus padres y hermanos que corrían hacia ella, y un fuerte llanto la invadió de repente como consecuencia de las tensiones que había soportado durante los últimos meses.

—¡Hija! ¿Qué haces aquí? —inquirió un desconcertado Asterión.

—¡Soy libre! —replicó—. ¡Me han dejado ir! ¡Ya no tengo que volver y puedo quedarme de nuevo aquí!

A continuación, todos los integrantes de su familia la rodearon y se fundieron en un inmenso abrazo, que se prolongó durante varios minutos.

Después de dejar a la sirvienta en su aldea, Androgeo se dirigió de inmediato al puerto de Cnosos, donde esperaba embarcar esa misma noche en una galera. El sol iniciaba su descenso escondido entre dos montañas gemelas, arrojando un velo dorado que encendía las verdes laderas y las desgastadas rocas del valle.

Durante el trayecto había tenido su mente en blanco, y únicamente se había concentrado en una sola idea: la de combatir. Por fin iba a participar en una batalla y plantar cara al enemigo en defensa de los intereses del imperio. Androgeo soñaba con probar su valía, batirse en duelos de espada, y obtener gloria y reconocimiento. Y, el día en el que se convirtiese en rey, podría presumir de contar con un pasado bélico, y sus hazañas serían inmortalizadas por los escribas en tablillas de madera.

De repente, Androgeo sintió la presencia de alguien más en el camino. Se giró y distinguió a un individuo que venía corriendo hacia él.

—¡Te lo advertí! —escuchó que gritaba.

El hombre vestía como un pastor y poseía una complexión inusualmente maciza. Con una mezcla de curiosidad y desconcierto, Androgeo se detuvo y esperó a que llegase a su altura.

—¡Te han visto con Melantea! —El rostro de Criso estaba rojo de ira—. ¡¿De verdad pensabas que no me enteraría?!

El pastor le hablaba como si lo conociera, y Androgeo se percató enseguida de que le había tomado por Tisandro, con el que debía de tener algún tipo de cuenta pendiente. La confusión producida indicaba que Ariadna había hecho un buen trabajo, y eso le complació. La cuestión radicaba ahora en cómo resolver el problema, teniendo en cuenta que no podía revelar su verdadera identidad.

—Lo siento —contestó.

Androgeo desconocía el origen del conflicto y entendió que sería más apropiado adoptar una postura neutra para calmar los ánimos.

—¿Lo sientes? ¿Eso es todo lo que se te ocurre decir?

—No busco problemas.

—¿De verdad? Pues a mí me parece justo lo contrario. —A través de su recta hilera de dientes, Criso compuso una sonrisa lobuna—. En todo caso, juro que te vas a arrepentir.

Primero le lanzó un puñetazo con la mano derecha, seguido de otro con la izquierda, pero ninguno de los dos alcanzó su objetivo, pues Androgeo los esquivó con un rápido movimiento de cabeza a uno y otro lado.

—Si vuelves a atacarme, me veré obligado a responder.

El príncipe adoptó una postura defensiva con los puños por delante. Pese a la talla de su rival, no le tenía ningún miedo.

Criso parpadeó varias veces seguidas, desconcertado ante la actitud de su adversario, que le había cogido totalmente desprevenido. Más encendido si cabía, su semblante pasó en apenas un segundo de la estupefacción a la cólera más absoluta. ¿Cómo se atrevía semejante mequetrefe a enfrentarse a él?

Enloquecido, Criso se abalanzó sobre Androgeo con intención de inmovilizarlo. Sin embargo, este último retrocedió dos pasos y evitó así que se le echara encima. Androgeo sabía que si le agarraba, tendría todas las de perder. Por el contrario, mientras la pelea se mantuviese a distancia, podía hacer valer su habilidad como púgil pese a no ser tan fuerte como su rival.

El príncipe decidió contraatacar y conectó tres puñetazos seguidos en el rostro del gigante, combinando ambas manos. Aun sin ser contundentes, los golpes minaron el orgullo de Criso, que no estaba acostumbrado a que nadie le plantase cara.

A partir de ese momento, se enzarzaron en un combate muy parecido al pugilato que Androgeo dominaba tan bien, aunque no existiesen reglas ni tampoco se utilizasen los habituales elementos de protección. Los golpes comenzaron a caer por ambas partes, sobre todo en la cabeza y a la altura del costado. Sin embargo, no entrañaban la suficiente fuerza como para hacer un daño excesivo.

—¡Te voy a moler todos los huesos! —exclamó Criso.

Su contrincante no dejaba de proferir amenazas, actitud de la cual Androgeo podía llegar a sacar una ligera ventaja. Malgastar el aliento en una pelea que podía decidirse por el simple cansancio, solo lo beneficiaba a él.

Al cabo de varios minutos, Criso comenzó a desesperarse porque apenas conectaba ningún golpe, debido a la habilidad de su adversario. Además, la fatiga comenzaba a hacerle mella y cada vez se movía con mayor lentitud. Hasta el momento, Androgeo había manejado el combate a su antojo, y en cuanto lo condujo al punto que le interesaba supo que había llegado la hora de ponerle fin.

De pronto, cambió por completo la estrategia que había llevado hasta entonces y, en lugar de mantenerse a una prudente distancia del gigante, dio un paso adelante y se le metió prácticamente debajo, desde donde le lanzó numerosos golpes de los que, llegados a ese punto, Criso no se pudo defender.

A continuación, al factor sorpresa le añadió una maniobra por la que le habrían descalificado de haberla utilizado en una competición atlética. Androgeo zancadilleó a Criso, al que empujó con todas sus fuerzas para hacerle caer al suelo con gran facilidad. Sin darle tiempo que reaccionara, le propinó dos fuertes puñetazos que terminaron por noquear al coloso al que muchos habían creído invencible.

Al marcharse, miró varias veces atrás para asegurarse de que el gigante seguía inconsciente en mitad del camino. Antes había observado que llevaba una honda atada a la cintura, y todavía cabía la posibilidad de que utilizase el arma para atacarle desde la distancia y lanzarle una piedra. Sin embargo, finalmente acabó perdiéndole de vista sin que hubiese vuelto en sí.

Después de la solvencia con la que había resuelto la pelea, el príncipe se sintió exultante y más seguro que nunca de la aventura que estaba a punto de emprender. Apretó la marcha. Al puerto de Cnosos llegaría siendo ya noche cerrada.

***

A aquella misma hora del día siguiente, dos campesinos que trabajaban en las viñas de palacio descansaban bajo un árbol después de un duro día de trabajo ajetreado y a pleno sol.

Recostados sobre un tronco, la pareja departía acerca de asuntos banales mientras masticaban unas bayas y escupían con soltura la envoltura que las recubría. En el campo, era habitual ir provisto de pequeñas raciones de alimentos con las que saciar el apetito a cualquier hora del día, pues no se tenía la costumbre de las tres comidas regulares: de la mañana, el mediodía y la noche.

—¿Cómo está tu hija pequeña? —preguntó uno de ellos.

—Mejor —contestó—. La semana pasada acudí al santuario de la montaña y le pedí por ella a la diosa Britomartis. Ya respira con normalidad y está menos pálida. Mi mujer y mi suegra no se separan de ella. La niña está en buenas manos.

El campesino degustó una baya y extrajo otra del zurrón que llevaba consigo.

—Y la tuya, ¿se va a casar por fin?

—Si todo va bien, el año que viene. No tengo quejas del novio. Es responsable y muy trabajador.

Los campesinos estaban sentados en la falda de una colina, a lo largo de cuyas terrazas se extendían los viñedos repletos de verdes sarmientos que se prolongaban ladera abajo. Las vides trepaban por los emparrados que los agricultores habían dispuesto, pues el terreno cultivado se solía proteger por un cercado formado por una elevada pared de piedras, rematada con espinos, para impedir los daños que el ganado pudiera infligir.

En aquella época del año se llevaba a cabo el despampanado de las vides, proceso que consistía en eliminar los brotes poco fértiles de las cepas para que los racimos obtenidos, aunque menores en número, poseyeran mayores cuerpo y calidad. Todos aquellos cuidados requerían de las expertas manos de los campesinos, que curiosamente consumían después muy poco vino en su vida diaria, salvo en las festividades y cuando recibían a sus invitados.

De repente, se escuchó un extraño sonido similar a un bufido detrás del lugar en el que se hallaban, y uno de ellos se giró para comprobar de dónde procedía. Extendió la vista por la escalonada terraza que conformaba la colina hasta alcanzar el punto más alto de la misma, y finalmente desplazó la mirada por todo el entorno tras estirar el cuello todo lo que pudo. Lo que vio provocó que se atragantase con lo que comía, a la vez que se le cortaba la respiración.

—¿Qué te pasa? —le preguntó el compañero.

El campesino afectado se había quedado sin voz y se limitó a señalar con el dedo hacia lo alto del promontorio. La reacción del otro fue algo más comedida, pero igualmente se le desbocó el corazón. En la cima de la colina, a unos cincuenta metros de donde se encontraban, se recortaba contra el sol del ocaso la silueta de una bestia que cualquier habitante de Creta reconocería: el Minotauro.

La presencia del Dios-toro parecía haber silenciado a los animales del entorno, pues no se escuchaba absolutamente nada, ni siquiera el sonido de los insectos o el susurro de las hojas acunadas por la brisa.

Los dos campesinos observaban a la monstruosa criatura con cuerpo de hombre y cabeza de toro, sin poder evitar temblar como si fuesen niños pequeños.

Que los dioses descendiesen a la Tierra y se mezclasen entre los hombres no resultaba extraordinario, teniendo en cuenta que la mitología y las leyendas estaban repletas de historias por el estilo. Sin embargo, ser testigos de un fenómeno semejante no encajaba en la mente de dos humildes campesinos, a los que aquella situación les producía más terror que si hubiesen avistado a invasores extranjeros.

Transcurridos unos segundos de pavor absoluto, los campesinos apartaron por primera vez la vista del Minotauro para mirarse el uno al otro y confirmar así que sus sentidos no les engañaban. Al instante, cuando miraron de nuevo hacia arriba, el Dios-toro había desaparecido como si nunca hubiese estado allí.

—Vámonos de aquí ahora mismo —apremió uno de ellos.

—Espera —repuso el que parecía más entero—, tenemos que comprobar si lo que hemos visto ha sido una aparición real, o tan solo el fruto de nuestra imaginación.

—¿Estás loco? No me pienso mover de aquí.

—Ya no está. Acerquémonos para mirar y saber más, o nadie nos creerá cuando contemos lo que hemos visto.

El campesino acometió el ascenso del promontorio por el camino que discurría entre las vides, seguido a regañadientes por su compañero que no quería dar la impresión de ser un cobarde.

Al llegar a la cima, constataron que parte de la hierba estaba aplastada, como si de verdad aquella criatura hubiese pisado aquella franja de terreno. Frente a ellos se extendía un bosque impenetrable que constituía la única vía por la que habría podido desaparecer.

—Vamos.

La pareja se adentró en la espesura con gran cautela, ya que la luz era particularmente escasa porque las copas de los árboles apenas dejaban traspasar los últimos rayos de sol. Cual aves nocturnas, los campesinos giraban constantemente el cuello en todas las direcciones, al tiempo que no se despegaban el uno del otro para mitigar así el miedo que sentían. Apenas habían avanzado unos cuantos pasos cuando, de pronto, volvieron a quedarse congelados en el sitio tras atisbar el contorno del Minotauro, que rápidamente desapareció tras un roble y se perdió en la vegetación.

—¡Ahí está otra vez!

—Vayamos tras él.

—Es peligroso.

—Si nos mantenemos a distancia, creo que estaremos bien.

Durante varios minutos persiguieron la sombra del Minotauro, del que algunas veces únicamente alcanzaban a ver los cuernos que asomaban de su grotesca cabeza. Por momentos, la criatura se movía con lentitud, aunque otras veces también parecía hacerlo a la velocidad del rayo.

Cuando por fin salieron del bosque, durante unos instantes tuvieron una visión clara del Dios-toro, que se desplazaba por un paraje cubierto de maleza de monte bajo, caminando sin prisa alguna como si fuese el dueño de la Creación. Poco después le perdieron la pista, tras darse cuenta de que se había metido en una cueva de las muchas que horadaban aquella montaña.

—Yo ahí no entro. Ya es casi de noche y no se ve absolutamente nada.

—Solo unos pasos...

El campesino más lanzado se situó en la abertura de la gruta y aguardó a que sus ojos se hiciesen a la oscuridad. El valor que le había llevado hasta allí, sin embargo, ya no dio para más, pues en ese instante una serie de espeluznantes aullidos emergieron del interior de la cueva. A los campesinos se les heló la sangre, convencidos de que semejantes alaridos solo podía haberlos proferido un ser sobrenatural, y sin necesidad de intercambiar una sola frase corrieron despavoridos como alma que lleva el diablo.

Al día siguiente, la noticia de que el Minotauro rondaba por los caminos de Creta comenzó a extenderse de boca en boca por toda la población...

TERCERA PARTE

"Cuando lo vio, se detuvo un instante, pues sus ojos jamás habían visto animal semejante. Tenía cuerpo de hombre y cabeza de toro, y unos dientes de león con los que despedazaba a sus presas. Al ver a Teseo, el Minotauro rugió, agachó la cabeza y embistió".

APOLODORO, *Biblioteca mitológica*

Ritón ceremonial con forma de cabeza de toro esculpido en piedra, hallado en el palacio de Cnosos. Datación: 1550-1500 a. C.

1

La primera vez que Tisandro se vio en un espejo después de su transformación, le costó reconocerse en él. Vestía una túnica propia de las clases altas, se había desprendido de su inseparable barba y, merced a una peluca que Ariadna le había confeccionado, llevaba el pelo largo y unos revoltosos rizos que le caían sobre la frente. Con todo, albergaba grandes dudas de que los demás viesen a Androgeo en él.

Tisandro se sentía tan aterrado que durante los primeros días se encerró en su habitación, e incluso mandó a sus criados que le sirviesen la comida allí. A través de sus sirvientes recibía constantes peticiones de su habitual círculo de amigos para acudir a fiestas y competiciones atléticas que antes difícilmente se perdía. El propio rey Minos había solicitado su presencia en varias reuniones de carácter político, a las que últimamente Androgeo acostumbraba a asistir. Tisandro, sin embargo, rechazaba todas las invitaciones que le llegaban bajo el pretexto de que se encontraba indispuesto, aunque al mismo tiempo rehusaba ser atendido por el médico de palacio, siendo víctima de su propia contradicción.

Al cuarto día, Ariadna, su única confidente en aquella delicada situación, se dirigió a él para realizarle una seria advertencia.

—Hasta ahora, he hecho creer a todo el mundo que te sientes deprimido. Pero esa excusa no se sostendrá durante mucho más tiempo. Androgeo posee un carácter entusiasta y combativo, y la debilidad no es un rasgo que se asocie con él. Si continúas así, la gente comenzará a hacerse preguntas y a sospechar de tu extraño comportamiento.

—No puedo dejar que me vean, enseguida se darán cuenta de que soy un impostor.

—Cálmate. Eso no ocurrirá. Y, para que vayas ganando confianza en ti mismo, lo primero que harás será dar un paseo en torno al palacio, durante el cual yo no me separaré de ti. De momento, ni siquiera tendrás que entablar conversaciones con terceros. Lo importante por ahora es que comiences a dejarte ver.

Tisandro se armó de valor y abandonó por primera vez los aposentos en los que él mismo se había confinado, desde que hubiese suplantado la identidad de su hermano, para evitar así cualquier contacto con el mundo exterior.

Durante el recorrido a través de corredores y pasillos, comenzó a recibir el saludo de todos aquellos con los que se cruzaba por el camino, desde los centinelas hasta los funcionarios de palacio, pasando por algunos miembros de la aristocracia cretense. Tisandro correspondía a los saludos con un gesto de la mano o la cabeza, y sonreía con timidez. Al cabo de un rato, ni siquiera él podía negar lo evidente. Todos le saludaban como si lo conocieran, y no había recibido ni una sola mirada de desconfianza o recelo.

Ariadna le condujo hasta el patio central, que atravesaron para alcanzar el ala opuesta donde se hallaba el templo tripartito. Un grupo de sacerdotisas llevaba a cabo una danza ritual, y ambos se situaron al fondo para contemplar la ceremonia.

—Lo estás haciendo bien —dijo ella—. Tú mismo has sido testigo de que a ojos de todo el mundo eres Androgeo.

—Todavía me tiemblan las piernas.

—Relájate. Tu actitud aún no es la correcta. Tienes que parecer más confiado. Mantén el mentón erguido y anda siempre llevando la espalda recta.

—Lo tendré en cuenta. Sin embargo, me cuesta horrores mantener la mirada cuando alguien me saluda.

—Pues tienes que hacerlo. De lo contrario, denotarás inseguridad. O peor aún, darás la impresión de que tienes algo que ocultar. Tú eres el príncipe y has de actuar como tal. Métetelo en la cabeza.

Tras finalizar la ceremonia, Ariadna y Tisandro emprendieron el camino de regreso a los aposentos de Androgeo, con la satisfacción de saber que el intercambio de identidades había probado ser plenamente efectivo. No obstante, poco antes de llegar a su destino, un individuo extendió los brazos nada más verlo y enfiló sus pasos directamente hacia él.

—Se llama Polidoro —le susurró Ariadna al oído cuando se acercaba—. Administra y comercia con los bienes del palacio y es uno de los hombres de mayor confianza de nuestro padre.

Tisandro agradeció la información, un instante antes de que aquel individuo rechoncho y de cuello grueso se le echase encima forzando una sonrisa.

—¡Androgeo! Me alegro de verte. Había oído decir que no te encontrabas bien.

—Aún no me siento del todo recuperado, pero voy mejorando día a día.

—Me alegro. Y me gustaría que supieses que yo hice todo lo posible para que pudieses participar en el asalto a la isla de Paros. Sin embargo, ya sabes lo testarudo que Minos puede llegar a ser.

—Te lo agradezco. Y, ahora, discúlpame. Me tengo que ir.

El acaudalado comerciante asintió con la cabeza y, tras presentar sus respetos a la princesa, reanudó su camino y se perdió por el fondo del corredor. Tisandro, apurado, se recluyó por fin en su habitación y cerró la puerta detrás de él.

—Tengo el corazón desbocado —afirmó—. Creí que me descubriría.

Ariadna esbozó una amplia sonrisa.

—Puedes estar tranquilo. Si Polidoro no ha notado nada, nadie lo hará.

Tras aquella primera salida, Tisandro logró calmar algo sus nervios, después de haber podido comprobar por sí mismo que a los demás les resultaba imposible distinguirle de Androgeo, al menos a simple vista, o incluso mediando una charla superficial siempre que fuese breve.

Pese a todo, continuaba pasando la mayor parte del día en su habitación, aunque ahora acostumbraba a salir todas las tardes por el recinto palaciego, para dejarse ver en el exterior, y evitar así levantar excesivas sospechas debido a lo inusual de su comportamiento.

Al mismo tiempo, Ariadna comenzó a instruirle acerca de las normas protocolarias, las maneras en que un príncipe debía regirse, y le hizo aprenderse de memoria la distribución del palacio para que supiese moverse por él con total normalidad. Además, le proporcionó información relativa a las personas más próximas a Androgeo para que, en caso de toparse con alguna de ellas, pudiese salir del paso con cierta solvencia.

Sin ir más lejos, Tisandro se había tropezado la tarde anterior con un buen amigo de su hermano, al que había identificado por la descripción previa que Ariadna le había hecho y de cuyo encuentro logró salir airoso a base de evasivas y vagas respuestas, y alguna que otra alusión genérica a las aficiones que ambos solían compartir.

A la única persona a la que Tisandro evitaba a toda costa era al rey Minos, a cuya mirada temía enfrentarse, pues estaba seguro de que un padre se daría cuenta del engaño tan pronto como le mirase a los ojos y escrutase en el fondo de su ser.

Las jornadas transcurrían con extrema lentitud, y cada día que pasaba Tisandro lo celebraba como una victoria, aunque no se le escapaba que apenas llevaba allí una semana, y que su estancia aún habría de prolongarse en palacio por mucho más tiempo.

De la flota que había partido para recuperar la isla de Paros, solamente se sabía que estaban tomando posiciones para atacar en el momento más adecuado, teniendo en cuenta las condiciones climáticas y la disposición del enemigo. De todo ello podía deducirse que el regreso de Androgeo aún estaba lejos, pues la operación de asalto se hallaba todavía en su fase inicial.

Para consolarse, Tisandro se pasaba las horas pensando en Melantea, a la que se imaginaba en su aldea contando los días hasta que se produjera su regreso. Cuando todo aquello hubiese pasado, renunciaría a sus orígenes y derechos dinásticos y le pediría a sus hermanos que jamás hiciesen público el secreto de su verdadera identidad. Todo cuanto Tisandro deseaba era casarse con Melantea y formar una familia con ella, así como dedicarse a la artesanía como forma de ganarse la vida, para lo cual parecía estar dotado de un talento natural.

Al cabo de una semana, Ariadna acudió a verlo despojada de su sonrisa habitual.

—Tisandro, los paseos que llevas a cabo a diario ya no son suficientes. Te ha llegado la hora de ir un paso más allá. Mañana tendrá lugar en el anfiteatro el espectáculo del salto del toro, del que Androgeo es un seguidor incondicional. Debes asistir para acallar los rumores acerca de tu encierro, que ya dura demasiado.

—No puedo exponerme de esa manera delante de todo el mundo —objetó—. Es demasiado arriesgado.

—Lo será aún más si no das la cara y continúas encerrado aquí.

Tisandro se cubrió las mejillas con las manos y suspiró. No le quedaba más remedio que admitir que su hermana tenía razón.

Al día siguiente, acompañado por Ariadna para infundirle valor, se dirigió hacia el área teatral con el pulso acelerado y un sudor frío que se le pegaba a la espalda como la resina al tronco de un árbol. Los ciudadanos ya ocupaban buena parte de las gradas, animados además por la espléndida mañana de cielo despejado y temperatura agradable que la Gran Diosa había tenido a bien regalarles.

Tisandro ascendió hasta el palco reservado a la nobleza, cuya antesala estaba salpicada de criados provistos de jarras de vino y fuentes de fruta fresca, que ofrecían entre los presentes. Haciendo gala de cierto optimismo, aún tenía la esperanza de que algún asunto importante hubiese frustrado la asistencia de Minos, o que por cualquier otro motivo le fuese imposible acudir.

Nada más pisar el recinto, la princesa fue requerida por un grupo de señoras emperifolladas a la última moda, lo cual provocó que Tisandro se viese de repente solo ante la situación. Una fuerte sensación de angustia se apoderó de él, que enseguida se acrecentó cuando fue abordado por dos muchachos de edad similar a la suya, que por la camaradería con que le interpelaron supuso que debían de ser buenos amigos de Androgeo.

—¿Se puede saber dónde te metes? Has debido de estar muy enfermo como para llevar tanto tiempo sin entrenar.

—Se nota que has perdido músculo —añadió el otro, señalándole los brazos.

La mirada de Tisandro iba de uno a otro mientras trataba de componer una sonrisa de circunstancias y pensaba deprisa y corriendo cómo salir airoso de la situación.

—En realidad, todavía no me he recuperado del todo —explicó, cuidando mucho el acento, que llevaba practicando sin descanso desde el primer día—. Pero hoy he querido hacer un esfuerzo para no perderme el espectáculo.

—Es cierto, se te ve bastante pálido.

En ese momento, Ariadna acudió al rescate y, tras excusarse con una sonrisa, se llevó a Tisandro del brazo arguyendo que tenía que hablar con él.

—Ocupa cuanto antes el asiento que te corresponde en el palco, donde será mucho más difícil que nadie te moleste.

Tisandro se apresuró a seguir su consejo, pero no fue lo suficientemente rápido porque, antes de llegar a su sitio, una hermosa joven se interpuso en su camino y le dedicó una mirada cargada de reproche.

—No es que me sorprenda, pero me esperaba otra cosa de ti —dijo.

Por descontado, Tisandro ignoraba a qué se refería. Sin embargo, Ariadna ya le había avisado del carácter mujeriego de Androgeo, que aún no había sentado la cabeza ni tenía planes de hacerlo, al menos a corto plazo.

—Lo siento, pero ahora no es el mejor momento para hablar…

Tisandro sorteó a la muchacha, a la que dejó allí plantada con evidentes signos de enfado, y a continuación llegó hasta su asiento, desde cuya posición gozaba de una privilegiada vista de la arena del coso. Otros miembros de la aristocracia comenzaron a ocupar sus lugares de preferencia en posiciones próximas a la suya, aunque con la suficiente distancia de por medio como para evitar que se dirigiesen a él. Sin duda, el asiento de al lado debía de ser el de Minos, que por el momento continuaba sin aparecer. Todavía no había comenzado el espectáculo y Tisandro ya estaba deseando que concluyese para de ese modo poder marcharse lo antes posible de allí.

Los gimnastas que iban a participar en el acto salieron a la plaza y recibieron el cálido aplauso de la grada. Poco después se dio entrada al primer toro, y la audiencia rugió muy excitada en cuanto el poderoso animal sacudió la cabeza y sus afilados cuernos apuntaron hacia el cielo. Tisandro pensaba dejarse absorber por el espectáculo, hasta que advirtió por el rabillo del ojo que el rey Minos se sentaba junto a él.

—Ya era hora de que te dejases ver.

La gravedad en el tono de su voz dejaba entrever cierto disgusto.

—Hola, padre…

Tisandro ni siquiera giró la cara para saludarlo, temeroso de enfrentarse a sus ojos.

—Quiero que sepas que no me gusta lo que estás haciendo. Sé que no estás enfermo, y que lo único que pretendes con tu encierro es castigarme por no haberte dejado participar en la batalla de Paros.

—Es cierto que no me siento bien…

—Ah, ¿sí? Entonces, ¿por qué no has dejado que te examine el médico?

—La enfermedad que me carcome no es del cuerpo, sino de la mente.

—No me vengas con esas. ¡¿Desde cuándo eres tan débil?!

Tisandro, intimidado, ni siquiera contestó. Aunque ya hubiesen transcurridos veinte años, a su lado se encontraba el hombre que había ordenado su muerte nada más nacer.

—Puedo comprender tu enfado —prosiguió Minos—, pero eso no te da derecho a eludir tus responsabilidades como príncipe heredero. Te advierto que no pienso tolerar por más tiempo tu desafiante conducta.

De entrada, Tisandro continuó sin decir nada, dando a entender con su actitud que claudicaba ante el rey. No obstante, Ariadna le había hablado del carácter beligerante de Androgeo, que no dudaba en discutir con su padre cuando se terciaba, y entendió que lo más inteligente sería actuar como lo habría hecho su hermano, si de verdad pretendía parecerse a él.

—Yo tampoco pienso permitir que me continúes ninguneando, como si mi opinión no tuviese ningún valor —replicó.

—No seas cínico, Androgeo. Casi siempre has hecho lo que te ha dado la gana.

—Si así fuese, ahora mismo no estaría aquí, sino a bordo de una galera.

Durante toda la conversación, Tisandro no había despegado en ningún momento la mirada del coso, como si le fascinasen las cabriolas que los gimnastas realizaban por encima del toro, cuando en realidad su único interés radicaba en evitar la mirada de su padre. Aquel peculiar comportamiento no le pasó inadvertido a Minos, que comenzaba a sentirse terriblemente incómodo.

—¡Quieres hacer el favor de mirarme a los ojos cuando te hablo! —exclamó.

Tisandro no podía ignorar una alusión tan directa, y por primera vez giró la cabeza en dirección a su padre. Una brillante gota de sudor le resbaló por la sien y cayó sobre su rodilla, convencido de que toda aquella farsa se vendría abajo de un momento a otro.

—¿Qué te pasa? Últimamente apenas te reconozco.

—No me pasa nada...

Minos le observó largamente, y negó con la cabeza como queriendo significar que su hijo no tenía remedio.

—¿Quieres saber una cosa? Esta mañana he recibido noticias del asalto a la isla de Paros. Y no son las que esperábamos. Tras haber dispuesto una impenetrable pantalla defensiva, los aqueos nos están plantando cara y están provocando muchas más bajas entre nuestras filas de las que nos habíamos imaginado.

Tisandro tragó saliva y se secó el sudor que le brotaba de la frente con el dorso de la mano.

—No quiero saber nada —bufó—, preferiría que me dejases ver tranquilo el espectáculo, que es para lo único que he venido aquí.

—Está bien, no insistiré —concluyó Minos—. Aunque espero que el orgullo no te impida ver que muy probablemente te haya salvado la vida. Si hubieses formado parte de la flota de asalto, a lo mejor no hubieras regresado para contarlo, o lo habrías hecho, pero gravemente herido.

El acto transcurrió sin que ninguno de los dos se volviese a dirigir la palabra, poniéndose de manifiesto el abismo que se había creado entre ambos, lo que desde el punto de vista de Tisandro suponía una ventaja, porque así evitaba en el futuro tener que tratar con su padre, que a su vez se sentía particularmente molesto con él.

Finalizado el espectáculo, Tisandro se marchó de allí a toda prisa sin cruzar una sola palabra con nadie, decidido a no exponerse ni un minuto más del necesario en aquel concurrido lugar.

2

Unos días más tarde, Laódice estaba sentado frente a su escritorio, incapaz de mover un solo dedo porque le resultaba imposible poder concentrarse.

El escriba no se había sentido tan nervioso en toda su vida, y ahora se arrepentía de haberse mezclado con Polidoro y los turbios asuntos que este manejaba. Hasta la fecha, se había limitado a manipular la contabilidad de ciertas transacciones comerciales, pero lo siguiente que le había pedido suponía llevar las cosas demasiado lejos, pues si finalmente cumplía con el encargo que le había hecho, su corazón cargaría con la culpa de saberse un asesino para el resto de sus días.

Desde que se enteró de que Androgeo se pasaba la mayor parte del día recluido en sus propios aposentos, hasta el punto de que incluso le servían la comida allí, Polidoro se dio cuenta de que se le había presentado la oportunidad perfecta para ejecutar el plan que Ramadantis y él habían trazado, y que consistía en eliminar al rey Minos y a su hijo para facilitar el golpe de estado que les permitiría hacerse con el poder.

Si aprovechaba bien las actuales circunstancias, podría quitar a Androgeo fácilmente de en medio a través del método de envenenamiento, procedimiento bastante más limpio y discreto que cualquier otro que implicase el derramamiento de sangre. Para ello, Polidoro le había proporcionado a Laódice una dosis letal de cianuro, que este debía emplear con ingenio para lograr su objetivo sin que ninguna sospecha recayese sobre él. Y, si conseguían liquidar al heredero, ya encontraría Polidoro después la manera de hacer lo propio con el rey.

Al principio, Laódice se negó a participar en aquella locura, alegando que él no era ningún asesino. Y, ni siquiera la promesa de una más que tentadora recompensa, sirvió para hacerle cambiar de opinión. En ese punto, Polidoro recurrió a la extorsión para obtener lo que quería, y amenazó al escriba con denunciarlo ante el rey por haber falseado las tablillas contables en su propio beneficio. En tal caso, la única salida de Laódice pasaría por delatar a Polidoro, y acusarlo de ser el verdadero cerebro detrás de aquella elaborada trama. Sin embargo, en última instancia todo se reduciría al grado de credibilidad de cada uno de los dos. Era su palabra contra la de uno de los personajes más poderosos e influyentes de palacio, que además gozaba de una estrecha amistad personal con el rey.

El escriba sacudió la cabeza y procuró calmar el temblor de sus manos. Se aproximaba la hora a la que todos los días le servían la comida a Androgeo, y le había llegado el momento de actuar. Se desplazó hasta el ala residencial y se situó en la esquina del pasillo que daba a los aposentos del príncipe heredero. Laódice lo había planificado todo con sumo cuidado, pero sabía que el menor detalle podía echarlo todo a perder. Mientras esperaba, se juró a sí mismo que después de aquello se alejaría para siempre de Polidoro, con el que no volvería a hacer tratos jamás.

De repente, la sirvienta a la que había observado otras veces apareció al fondo del corredor que tenía enfrente, y un miedo incontrolable le oprimió el pecho y la garganta, como si el propio Minotauro le hubiese agarrado y le pretendiese asfixiar. Tuvo que hacer un enorme esfuerzo para sobreponerse y se preparó para intervenir. Solo tendría una oportunidad y no podía permitirse el lujo de echarla a perder.

Cuando la muchacha, que portaba una bandeja de plata con el almuerzo del príncipe, se hallaba tan solo a unos metros de Laódice, este se llevó la mano al corazón y fingió sentir un gran dolor, al tiempo que hacía ver que ni siquiera podía sostenerse en pie, debido a la virulencia del ataque. Su actuación resultó de lo más convincente, porque verdaderamente su semblante había palidecido y grandes chorreones de sudor le caían por la frente y la cara. Laódice había sabido sacarle partido al terror que le atenazaba para hacer mucho más creíble su papel.

—Por favor —suplicó a media voz, y estiró hacia ella el brazo con el que no se sujetaba el pecho, cayendo lentamente conforme su espalda se deslizaba por la pared.

Alarmada, la sirvienta dejó la bandeja en el suelo y se arrodilló ante Laódice para interesarse por él.

—¿Qué le ocurre? ¿Se encuentra bien?

—Busca ayuda ahora mismo… Rápido, por favor —añadió—. Creo que me estoy muriendo…

La muchacha vaciló un instante, pero enseguida salió corriendo en pos del primer guardia que viese para alertarle de la situación.

Nada más doblar la esquina, Laódice se puso en pie y echó mano del cianuro que llevaba consigo, consciente de que apenas dispondría de un par de minutos para actuar. Sin dudarlo, se centró en la copa de vino que acompañaba la comida, pues el veneno se disolvería mucho mejor en el líquido y su sabor quedaría enmascarado con mayor facilidad.

En cuanto comprobó que todo había salido según lo previsto, volvió a ocupar el mismo sitio en el que la sirvienta le había dejado, segundos antes de escuchar el sonido de pasos a la carrera al otro lado del pasillo. Dos centinelas hicieron acto de presencia y, tras preguntarle por su estado, uno de ellos fue a buscar al médico mientras el otro se quedaba a su lado para hacerle compañía.

Entretanto, la sirvienta recogió la bandeja y reanudó su camino hacia los aposentos de Androgeo, con absoluta normalidad. Acto seguido, accedió al interior tras obtener el correspondiente permiso, y dejó la bandeja sobre una mesa para retirarse a continuación llevando a cabo la reverencia acostumbrada.

Tisandro, sin embargo, no tenía hambre y permaneció tumbado en el lecho con la mirada apuntando al techo y el pensamiento muy lejos de allí. Pese a todo, había ganado bastante confianza en sí mismo durante los últimos días, pues se había dado cuenta de que, aunque la gente observase en él un comportamiento distinto, la idea de que alguien hubiese suplantado a Androgeo resultaba tan inaudita que a nadie se le pasaba por la cabeza semejante posibilidad. Con todo, no lograba quitarse de encima el miedo, ni tampoco la constante sensación de preocupación.

Finalmente, Tisandro se sentó a la mesa, aunque no tuviese demasiado apetito. Cuando menos, disfrutaría de las exquisiteces que los cocineros de palacio solían preparar.

Antes de comenzar, sin embargo, alguien irrumpió en la estancia como un torbellino, voceando un grito de advertencia que reverberó por toda la habitación. Era Ariadna, que tenía el rostro desencajado y respiraba con esfuerzo tras haber llegado corriendo hasta allí.

—¡No! ¡No te comas eso!

Tisandro se quedó petrificado y obedeció a su hermana de forma instintiva.

—Todavía no había empezado —aclaró.

—Bien, mejor así.

El semblante de Ariadna experimentó un profundo alivio.

—¿Qué ocurre?

—Creo que la comida está envenenada.

Tisandro arrastró la silla hacia atrás y se levantó dando un salto.

—¿Cómo lo sabes?

—Sibila me lo ha dicho —repuso—. Ella lo ha visto en uno de sus sueños premonitorios.

En ese momento, la Suma Sacerdotisa apareció bajo el umbral de la puerta con la respiración agitada. Aunque había acudido tan rápido como había podido, en términos de agilidad no podía competir con la joven princesa. Tisandro ya había visto a Sibila con anterioridad, pero nunca la había tenido tan cerca, y su imponente presencia le provocaba a partes iguales una mezcla de respeto y desasosiego.

—Puede que solo sea un error.

La Suma Sacerdotisa se dio por aludida y no dudó en contestar.

—Lo comprobaremos, Androgeo —afirmó—, pero a estas alturas ya deberías saber que yo no suelo equivocarme con estas cosas.

Al día siguiente, Ariadna y Sibila recorrían juntas el camino que discurría entre el palacio y la residencia oficial de esta última, bajo un cielo azul salpicado de nubes blancas que se desplazaban merced a una suave brisa que ascendía desde la costa. Definitivamente, habían confirmado que en la copa de vino se había puesto veneno, aunque hasta el momento solo ellas conocían la información.

—Te ruego que no se lo digas a mi padre —suplicó la princesa.

—No puedes pedirme tal cosa. El rey tiene que saberlo. Se ha producido un gravísimo atentado contra la corona y debe abrirse una investigación. Y, de todas maneras, aunque no se lo digamos nosotras, seguro que lo hará el propio Androgeo.

Sibila ignoraba el intercambio de identidades que los hermanos gemelos habían llevado a cabo. Aunque Ariadna sabía que podía confiar en ella, había preferido ocultárselo para protegerla. Además, cuantas menos personas supiesen del engaño, tanto mejor.

—Yo misma se lo contaré. Te lo prometo. Solo te pido que me des algo de tiempo.

—Pero ¿por qué?

—Ha sido el propio Androgeo el que me lo ha pedido.

Ariadna sabía que su argumento era muy débil. No obstante, tendría que bastar. En realidad, hasta que Androgeo no hubiese regresado no quería contarle a su padre lo que había ocurrido, porque si lo hacía en ese momento colocaría a Tisandro en el ojo del huracán.

—Está bien —accedió Sibila—, pero no dejes pasar demasiado tiempo, o de lo contrario me veré en la obligación de tener que decírselo yo.

Tras un breve silencio entre ambas, la Suma Sacerdotisa optó por cambiar de tema de conversación.

—Ariadna, quiero que sepas que tu preparación ha sido impecable. Te conoces todos los himnos, te has aprendido al detalle la liturgia de cada ceremonia y sabes interpretar las danzas sagradas de forma portentosa y con una notable precisión.

Inmediatamente, una gran sonrisa se dibujó en el rostro de la princesa.

—Gracias, me he esforzado mucho para que así fuera.

—Con todo, lo que más valoro de ti es la enorme fe que atesoras. Pocas aspirantes he conocido que profesen por la Gran Diosa tanto fervor.

—Sibila, ya que has mencionado el tema de la fe, precisamente me gustaría hablar contigo acerca de las misteriosas apariciones del Minotauro de las que todo el mundo habla.

Desde que aquella pareja de campesinos jurase haber visto al Minotauro y su historia se extendiese por toda la isla como una enfermedad contagiosa, las apariciones del Dios-toro se habían multiplicado y muchos otros testigos afirmaban haber atisbado a la criatura, aunque fuese siempre a cierta distancia y desde perspectivas poco propicias para verlo con total claridad.

El Minotauro frecuentaba la misma zona y se le veía siempre a las mismas horas, durante el ocaso, cuando la luz ya era escasa, y aquellos pocos que habían tenido el suficiente valor como para seguirlo coincidían en que la pista se le perdía en una cueva, de la que surgían espantosos aullidos.

Tras aquellas insólitas apariciones, a las que de forma casi unánime se les atribuía un origen divino, la población en general comenzó a frecuentar con mayor asiduidad los santuarios de las montañas y las grutas sagradas para dar cuenta ante los dioses de su devoción y lealtad.

—Adelante, pregunta lo que quieras.

—¿Qué piensas de las visitas del Dios-toro a nuestras tierras? ¿Crees que la Gran Diosa lo ha enviado con algún fin en particular?

Antes de contestar, el rostro de la Suma Sacerdotisa se crispó ligeramente.

—Te responderé con total sinceridad. Personalmente, pongo en duda la autenticidad de los hechos de los que todo el mundo habla. Si de verdad el Minotauro se hubiese materializado entre nosotros los mortales, como dicen, yo habría sentido su poderosa presencia, así como su gloriosa divinidad. Sin embargo, por más que lo he intentado, no percibo nada extraordinario o anormal.

Ariadna se quedó perpleja, pues no se esperaba que Sibila cuestionase aquellas habladurías que tanto habían calado entre la población.

—Entonces, ¿crees que se trata de algún tipo de malentendido? ¿Acaso los testigos creyeron ver algo distinto de lo que era en realidad?

—A los testigos se les puede engañar. Y eso es lo que creo que alguien está intentando hacer.

—¿De verdad? ¡Eso sería horrible! —exclamó Ariadna, escandalizada—. ¡¿Cómo se atrevería nadie a llevar a cabo semejante inmoralidad?! ¿Y por qué?

—Lo desconozco, pero es algo que me he propuesto averiguar.

***

Tras los últimos acontecimientos, Polidoro había decidido desplazarse a la región de Festo, situada en la zona meridional de Creta, para informar al gobernador acerca de lo ocurrido y actuar en consecuencia. El plan por el que Ramadantis y él mismo habían apostado había sufrido un serio revés, y ahora les tocaba sopesar las distintas alternativas de que disponían antes de adoptar el siguiente paso que habían de seguir.

Pero Polidoro no solo se sentía contrariado y furioso por el fracaso de Laódice, sino también por otro asunto que nada tenía que ver. Antes de partir, había podido confirmar que un viejo rival comercial suyo, Epiménides, estaba levantando una industria de la púrpura en Creta, que le convertiría en muy poco tiempo en el mercader más acaudalado y poderoso de toda la nación. Para corroborar si los rumores eran ciertos, él mismo había mandado adquirir algunas muestras, cuyo minucioso análisis había servido para despejar cualquier atisbo de duda: la púrpura que Epiménides producía era de una calidad indiscutible, que nada tenía que envidiarle a la que elaboraban los comerciantes de Ugarit.

Con todo, Polidoro no pensaba quedarse de brazos cruzados y ya estaba maquinando la forma de perjudicar a su adversario, aunque para ello tuviese que recurrir al juego sucio o a prácticas contrarias a la ley. Si permitía que alguien adquiriese semejantes cotas de riqueza y poder, aquello podía desembocar en un desequilibrio del actual *statu quo* dominante en Creta, de imprevisibles consecuencias para sus intereses, particularmente de su alianza con Ramadantis, pues el rey Minos podía encontrar un aliado económico en Epiménides, en caso de necesidad.

Polidoro ya tenía algo en mente que implicaba la contratación de piratas y corsarios extranjeros, a través de los cuales le haría llegar a su adversario un claro mensaje intimidatorio, al tiempo que le asestaría a su negocio un fuerte golpe.

Nada más llegar a su destino, el mercader fue inmediatamente conducido ante la presencia de Ramadantis.

El palacio de Festo, construido a base de sillares y erigido sobre una ladera orientada hacia la llanura de Mesará, seguía el estilo arquitectónico característico del resto de palacios de la isla, inspirado en el de Cnosos. Alrededor del patio central, de forma rectangular y suelo de piedra, se organizaban las áreas funcionales y estancias, separadas por muros y comunicadas por un sinfín de pasillos y escaleras. Si los planes de Polidoro se cumplían al pie de la letra, muy pronto todo aquello le pertenecería en calidad de nuevo gobernador de Festo, mientras Ramadantis se adjudicaría la corona de todo el imperio cretense.

El orondo gobernador le aguardaba en sus dependencias personales, sin nadie más presente para que pudiesen hablar con total tranquilidad.

—¿Qué tal el viaje?

—Incómodo, como de costumbre.

—Por tu semblante, intuyo que no traes buenas noticias —dijo Ramadantis.

—Así es. Por ahora, no tenemos la suerte de nuestra parte. Mi hombre dentro de palacio estuvo a punto de liquidar al príncipe Androgeo, pero algo en el último momento debió de salir mal.

—¿Qué método utilizó?

—Envenenamiento.

Laódice había alcanzado a ver a la sirvienta entrar en los aposentos de Androgeo, cargada con la bandeja del almuerzo, para salir instantes después con las manos vacías. El resto de lo sucedido ya no pudo presenciarlo, pues el médico ordenó que se lo llevasen a sus dependencias para procurarle la atención adecuada. Durante el resto del día, el escriba fingió dolores y molestias, de los que pasadas veinticuatro horas ya no quedó ni rastro, como tampoco de la crisis cardíaca que presuntamente había padecido.

—¿Y a tu hombre en la sombra? ¿Lo descubrieron?

—No. —Aquel detalle era importante, porque si descubrían a Laódice, este podía conducirlos hasta Polidoro y hacer que todo el plan se viniese abajo—. Además, nadie sospecha de él. De hecho, ni siquiera parecen haber sido conscientes de que tuvo lugar un intento de asesinato.

Desde el punto de vista del mercader, seguramente Androgeo no había bebido de la copa envenenada, cuyo contenido habría sido arrojado por el sumidero, junto con el resto de la comida sobrante.

El gobernador se llevó las manos por detrás de la espalda y comenzó a dar vueltas por la habitación.

—Y después de este tropiezo, ¿cuál es tu diagnóstico de la situación?

—Acabar con el rey Minos y su hijo continúa siendo nuestra mejor opción para hacernos con el poder y evitar un baño de sangre perjudicial para ambas partes. Las buenas noticias son que, pese al fallido intento de asesinato, todavía desconocen que sobre ellos se cierne una conspiración. Y, por lo tanto, aún no han adoptado medidas especiales de protección, más allá de las habituales. —

Polidoro carraspeó para aclararse la voz y, a continuación, reanudó su discurso—. Lo malo es que ya no puedo contar de nuevo con mi hombre de palacio, no solo porque está demasiado asustado, sino porque además volver a utilizarlo podría llegar a levantar sospechas.

—Pero ¿puedes o no puedes ocuparte del problema?

—A corto plazo me será difícil actuar.

—El tiempo se nos echa encima —advirtió Ramadantis.

—Lo entiendo, solo necesito que se den las condiciones adecuadas para disponer de una nueva oportunidad.

—Mi ejército está preparado, y ya he cerrado un acuerdo con los mercenarios asirios, que desembarcarán en la isla en cuanto llegue el momento de atacar. Si quieres hacer las cosas a tu manera, más vale que te des prisa. De lo contrario, culminaremos el plan del modo en el que inicialmente yo lo había concebido.

Polidoro decidió no insistir porque Ramadantis ya le había dejado las cosas claras. En su lugar, se centró en conocer los detalles del pacto alcanzado con los mercenarios extranjeros, cuyos emolumentos él se encargaría en buena parte de satisfacer.

Más tarde, cuando ya hubieron agotado el asunto del golpe de estado, se relajaron hablando acerca de otros temas de menor trascendencia, por el simple gusto de conversar y despejar un poco la mente. Particularmente, Polidoro estaba interesado en un asunto que, pese a que no le gustaba reconocerlo, había despertado en él cierta inquietud.

—¿Qué opinión te merecen las historias acerca del Minotauro que desde hace un tiempo circulan por todas partes?

Aunque entre las clases altas prevalecía el escepticismo, no ocurría lo mismo entre la población rural, que ya no dudaba acerca de la autenticidad del fenómeno.

—Bobadas de campesinos —sentenció Ramadantis

—¿Cómo puedes estar tan seguro? Los testimonios son cada vez más numerosos y no paran de crecer.

—Puede ser. De hecho, incluso en Festo ya se alzan voces que claman haberlo visto también por estas tierras. Pero ¿sabes qué? Los dioses no se mezclan entre los hombres y, si lo hiciesen, no serían tan escurridizos. ¿No te parece?

—Puede que tengas razón —admitió el mercader.

—Ya lo creo que sí. Y, ahora, vamos a comer, y no pierdas más el tiempo con ese asunto, que no se merece que le dediques ni un minuto más de tus pensamientos.

3

La estancia de Tisandro en el palacio de Cnosos ya superaba las tres semanas, durante las cuales seguía fingiendo ser Androgeo, sin que hasta el momento nadie se hubiese percatado de la situación. Los días se le hacían cada vez más largos en aquella inmensa prisión de lujo y boato, de la que soñaba con poder salir de un momento a otro, aunque parecía que esa ocasión no le iba a llegar nunca. Para no desesperar, se decía a sí mismo que el sacrificio merecía la pena, pues cada vez faltaba menos para que pudiese reunirse con Melantea e iniciar de una vez por todas una vida juntos.

Aunque se pasaba la mayor parte del tiempo encerrado en sus aposentos, Tisandro procuraba salir brevemente a diario y dejarse ver por el recinto del palacio, aunque sin exponerse demasiado como el día en que había asistido al espectáculo del salto del toro.

Además del riesgo a ser descubierto, también debía convivir con el miedo a ser objeto de un nuevo atentado, mientras el resto del mundo le siguiese tomando por el príncipe heredero. En ese sentido, Ariadna le había asegurado que había tomado ciertas medidas para protegerlo, y él mismo actuaba de forma mucho más precavida para evitar que nada malo le pudiese ocurrir.

Ariadna pasaba con él tanto tiempo como le permitían sus obligaciones, lo cual provocó que entre los dos surgiese un fuerte lazo afectivo derivado de su parentesco, aunque hubiese pasado solo un mes desde que se habían conocido. Tisandro ya sentía a Ariadna como a su hermana, como consecuencia del cariño que ella le daba y lo mucho que se preocupaba por él. Y, si se paraba a pensarlo, en el fondo ella era la única familia que en aquel momento tenía, lo cual contribuía a que el vínculo que les unía fuese aún mayor.

La rutina diaria de Tisandro apenas sufría alteración alguna, hasta que una mañana como otra cualquiera un sirviente le comunicó que el rey Minos le citaba en la sala de las hachas dobles, a la mayor brevedad posible.

Automáticamente, un escalofrío le recorrió la columna vertebral. Tisandro no había vuelto a ver a su padre desde el día en el que se sentaron juntos en el palco del área teatral, y temía que la razón de su llamada pudiese desestabilizarlo o colocarlo en una posición de dificultad, que terminase destapando su identidad verdadera. En todo caso, llevarle la contraria al rey podía traerle aún peores consecuencias, y se convenció de que lo más sensato sería obedecer.

Nada más poner un pie en la estancia donde había sido convocado, Minos le sirvió una copa de vino y se la entregó con aire triunfal.

—Brindemos —dijo con júbilo.

Tisandro le siguió la corriente, pese a ignorar por completo el motivo de la celebración. El rey exhibía una radiante sonrisa y su mirada reflejaba evidentes destellos de satisfacción.

—¿Qué ocurre?

Tisandro optó por preguntar, aun a riesgo de quedar como un idiota.

—¿Cómo? ¿Es que no te has enterado? ¡Pero si en todo el palacio no se habla de otra cosa!

—No he salido durante todo el día de mi habitación y había pedido que no me molestaran.

Minos dio un paso adelante y colocó sus manos sobre los hombros de Tisandro.

—¡Hemos vencido! —anunció—. La isla de Paros ya vuelve a estar bajo nuestro control. Los aqueos estaban preparados y la lucha fue mucho más encarnizada de lo que esperábamos, pero finalmente nuestros hombres se han alzado con la victoria.

La alegría también se hizo visible en el rostro de Tisandro, aunque por motivos muy distintos. Desde su punto de vista, aquello significaba que muy pronto podría irse, y que la farsa en la que él mismo se había metido estaba a punto de llegar a su fin.

—Padre, sin duda son excelentes noticias —convino.

Minos le miró fijamente a los ojos.

—Hijo, llevamos enfrentados más de un mes por culpa de este asunto. Sin embargo, ahora que ya todo ha acabado, creo que ha llegado la hora de que dejemos atrás nuestras diferencias. Nada me gustaría más que recuperar la relación que teníamos antes, y que tú vuelvas a ser el joven osado e impetuoso del que siempre me he enorgullecido.

Tisandro sopesó a toda prisa la oferta de paz que su padre le había puesto encima de la mesa. Su intuición le decía que acceder era lo que más le convenía. A aquellas alturas, enzarzarse en una nueva discusión con Minos ya no tenía ningún sentido.

—En realidad, yo estaba pensando lo mismo —concedió.

—Me alegra infinitamente que hayas entrado en razón, Androgeo. Yo te necesito, pero el imperio te necesita mucho más que yo.

Y, dicho esto, le abrazó con todas sus fuerzas.

Tisandro correspondió al abrazo con recato. Su mente, en realidad, estaba en otro sitio. En ese instante, necesitaba respuestas que disipasen las dudas que tenía.

—¿Cuándo llegarán las tropas a Creta? —inquirió.

—¡Ya están aquí! Atracaron en el puerto a primera hora de la mañana.

De repente, una sensación de pánico le sacudió el pecho, como si una mano invisible le hubiese agarrado el corazón. Si el ejército cretense ya estaba de vuelta, ¿por qué Androgeo no había aparecido todavía?

—La lucha ha sido épica —prosiguió explicando Minos, convencido de que su hijo querría conocer todos los detalles de la batalla—. Primero sobre el mar, y más tarde en tierra firme, tan pronto como se deshicieron de las galeras que custodiaban el perímetro de la isla.

—Lo siento, padre. Pero he de irme ahora mismo. Ya hablaremos después.

Antes de que a Minos le diese tiempo a reaccionar, Tisandro había abandonado la sala de las hachas dobles a grandes zancadas, en busca de la única persona que podía explicarle lo que necesitaba saber.

A aquella hora, Ariadna solía recluirse en el templo tripartito. Sin embargo, aquel día no había acudido y las sacerdotisas afirmaron que no la habían visto en toda la jornada. A través de una de sus sirvientas, Tisandro averiguó que la princesa se hallaba en su alcoba. A primera hora de la mañana se había desplazado al puerto, y tras su regreso se había encerrado allí.

Más preocupado si cabía, corrió al encuentro de su hermana, a la que halló tumbada en el lecho llorando con desconsuelo. Sobre la rueca había una especie de prenda irreconocible, y un puñado de mariposas que había liberado de una jaula revoloteaban por toda la habitación.

—Ariadna… Soy yo, Tisandro. —Se acercó lentamente y se sentó al borde de la cama. Ella ni siquiera dio muestras de haber notado su presencia en la habitación—. Ya me he enterado del regreso de las tropas. ¿Dónde está Androgeo? —Tisandro aún albergaba esperanzas de que no hubiese ocurrido lo peor.

Por fin, Ariadna se apartó las manos con que se cubría la cara, dejando a la vista sus ojos enrojecidos por el llanto.

—Murió en la batalla —confesó entre lágrimas.

—Lo siento.

Tisandro estaba realmente consternado.

Ariadna dejó caer la cabeza y se sumergió de nuevo en la pena que la devoraba. Tisandro empatizaba con el dolor de su hermana. No obstante, su presencia en palacio ya no tenía el menor sentido, y lo único que deseaba en ese instante era poder marcharse cuanto antes de allí.

—Ariadna... Me voy. Yo he cumplido con mi parte del trato.

—¡No! —De repente, le sujetó por los brazos como si de esa manera lo pudiese retener.

—¿Por qué?

—Cuando le cuente la verdad a nuestro padre, quiero que estés aquí.

Alarmado, Tisandro abrió los ojos como si se le fuesen a salir de las órbitas. Aquello le parecía la peor idea del mundo.

—De ninguna manera —espetó—. Te ruego que nunca le desveles a nuestro padre el secreto de mi existencia. La muerte de Androgeo lo destrozará, pero si además le cuentas que yo me he dedicado a suplantarlo durante todo este tiempo, jamás me perdonará que le haya engañado así.

—Tienes que quedarte, por favor. Solo por unos días.

—Los días se transformarán en semanas, y mi situación nunca había sido tan arriesgada como ahora.

Tisandro se puso en pie y encaminó sus pasos hacia la puerta.

—Hazlo por mí —suplicó Ariadna, que no obtuvo respuesta alguna de su hermano cuando este marchaba.

Tisandro se devanó los sesos durante el resto del día. Por un lado, sabía que Ariadna estaba pasando por un duro trance y no quería dejarla sola. Y, por otro, ardía en deseos de reencontrarse con Melantea, a la que imaginaba muy preocupada por él.

Finalmente, las circunstancias precipitaron su decisión, y le sacaron de aquella difícil encrucijada. Un sirviente le transmitió un mensaje del rey Minos, que le instaba a cenar con él y otros representantes de la aristocracia en el salón principal. Saltaba a la vista que, tras haber hecho las paces, su padre pretendía recuperar la normalidad de la relación.

El riesgo era demasiado elevado, y Tisandro concluyó que aquella misma noche abandonaría el palacio para no volver.

Cuando la luna asomó su rostro surcado de cicatrices, Tisandro salió de la habitación y recorrió la intrincada maraña de pasillos cuyos caminos había logrado aprenderse de memoria, y se plantó en el exterior a la luz de las antorchas que circundaban el patio, con paso firme y decidido. Los centinelas, aunque extrañados, se limitaron a cuadrarse ante el príncipe heredero, mientras lo observaban alejarse del palacio con rumbo a la ciudad.

Durante el breve trayecto que le separaba de Cnosos, Tisandro se deshizo de la peluca que Ariadna le había confeccionado, y el pelo corto volvió a hacerse de nuevo presente en su cabeza. Asimismo, arrojó a la cuneta la espléndida túnica que vestía y se enfundó el sencillo calzón que había llevado siempre hasta entonces. A continuación, enfiló las calles del barrio rico y se plantó ante la vivienda del único amigo al que podía recurrir.

Tras llamar a la puerta con insistencia, un sirviente apareció portando una vela, sin disimular una mirada de reproche por haberlo levantado.

—Necesito ver a Asclepio de inmediato, por favor.

—¿Qué se ha creído? Estas no son horas. El señor está dormido, así que vuelva usted mañana.

—Dígale que soy Tisandro. —El sirviente hizo un amago de cerrarle la puerta en las narices, pues aquel nombre no le decía nada y dadas las circunstancias se resistía a despertar a su señor—. Si no le avisas ahora mismo, atente mañana a las consecuencias cuando Asclepio se entere de la forma en que has tratado al mejor empleado de su taller.

Aquellas palabras surtieron efecto y el criado se perdió en el interior de la casa murmurando entre dientes.

Al cabo de unos minutos, Asclepio apareció en la puerta entre asombrado y confundido. Cuando Tisandro accedió a instalarse en el palacio bajo la identidad de Androgeo, le había hecho llegar un mensaje en el que le decía que se veía obligado a abandonar la ciudad, por espacio aproximado de un mes. Después de eso, no había vuelto a saber nada más de él.

—Tisandro... ¿Dónde has estado? —Asclepio lo miró con detenimiento, como para asegurase dos veces de que era él—. Te has afeitado la barba —añadió.

—Ahora no puedo explicártelo. Solo te pido que me dejes pasar la noche aquí. Mañana a primera hora partiré hacia Eltynia. Mi intención es contraer matrimonio con Melantea y trasladarme de nuevo con ella a Cnosos, donde me gustaría seguir trabajando para ti.

A Asclepio no se le escapaba que Tisandro debía de estar metido en problemas, o de lo contrario no se explicaba lo errático de su comportamiento. Con todo, el formidable talento que atesoraba le convertía en una pieza de gran valor.

—Está bien, no te quedes ahí fuera. Ya tendremos mañana ocasión de hablar con mayor tranquilidad.

Tisandro apenas pegó ojo en toda la noche, y cuando la primera luz del día asomó en el horizonte se preparó para partir. Antes, Asclepio trató de sonsacarle el motivo de su misteriosa ausencia de las últimas semanas. No obstante, lo único que obtuvo fueron evasivas y la promesa de que tan pronto como volviese a su habitual rutina de trabajo, tal cosa jamás volvería a ocurrir.

Ansioso, Tisandro echó a andar y, aunque a causa de la impaciencia el camino se le hizo particularmente largo, a media mañana ya alcanzó a ver enfrente la bucólica estampa de Eltynia.

Nada más poner un pie en la aldea, saltaba a la vista que se había producido un notable cambio. La última vez que Tisandro había estado allí, las caras que había visto constituían un fiel reflejo del hambre y el pesimismo que se respiraba en el ambiente. Sin embargo, ahora todo aquello parecía haber quedado atrás. Las mujeres, sonrientes, iban y venían cargadas con los productos recién adquiridos en la plaza del mercado, que estaba a rebosar. Ni siquiera los más veteranos recordaban haber conocido una etapa de tanta prosperidad, en sus muchos años de vida.

Algunos habitantes se acercaron a Tisandro tras haberlo reconocido por el tiempo que había vivido allí.

La conversación fluyó con naturalidad y enseguida se puso al día de las últimas novedades que habían acontecido. La industria de la púrpura llevaba poco tiempo en marcha, pero ya estaba comenzando a dar sus frutos. La mayor parte de la población estaba empleada en el floreciente negocio, que Epiménides se ocupaba de dirigir desde una estancia que había mandado hacer en unos talleres ubicados en la playa. Solo unos pocos aldeanos seguían dedicándose a la agricultura, cultivando las escasas tierras fértiles que todavía quedaban.

Además, desde que Demofonte hubiese aceptado participar en el negocio de la púrpura, aportando la lana de sus reses, las tensiones con la aldea vecina habían disminuido considerablemente, pues Phaistos y Eltynia se habían convertido en socios y aliados de aquella formidable aventura empresarial.

Tisandro, entre palmadas de agradecimiento y amplias sonrisas, recibió el reconocimiento de multitud de aldeanos, sin que al principio entendiese el motivo de tanta gratitud. Sin embargo, por todos ellos era bien sabido que el muchacho que había aparecido en la costa, víctima de un naufragio, había sido el principal artífice de aquella histórica asociación que tanta falta hacía.

Exultante por el recibimiento de que había sido objeto, Tisandro se dirigió a continuación a la vivienda de Asterión, en busca de Melantea. En la casa solo estaba su madre, que al verlo agachó la cabeza y ahogó un angustioso gemido. Algo no iba bien.

—Mi hija no está… —confesó.

—¿Dónde está? ¿Se encuentra bien?

La mujer alzó lentamente la barbilla, como si hiciese un gran esfuerzo. Tenía la mirada vidriosa y se notaba que luchaba por no llorar.

—Habla con Asterión —susurró.

Tisandro no insistió porque entendió que no le serviría de nada y salió de la casa con el corazón encogido. Preguntó por el jefe de la aldea a los vecinos que tenía más cerca y, acto seguido, emprendió la carrera hacia los campos de cultivo, donde le dijeron que lo podía encontrar.

Durante el trayecto no pudo dejar de imaginarse los peores escenarios posibles. A aquellas alturas ya tenía muy claro que a su amada debía de haberle pasado algo malo, pero se conformaba con que fuera lo que fuese, todavía tuviese solución.

En cuanto Asterión vio llegar a Tisandro, soltó el azadón que sostenía entre las manos y acudió a su encuentro blandiendo una mirada profunda y serena.

—Me alegro mucho de volver a verte —señaló—. Te debo mucho. La aldea se ha salvado gracias a ti.

Tisandro ignoró el comentario y cuando por fin recobró el aliento después de la carrera que se había dado, inquirió:

—¿Dónde está Melantea? ¿Qué le ha pasado?

Una sombra se abatió sobre el rostro del campesino, como si de repente el día se hubiese nublado.

—Es difícil de explicar. Ocurrió algo totalmente inesperado.

—¡¿El qué?! —gritó Tisandro con desesperación.

—La han raptado.

—¿Cómo?

Aquella era una de las pocas opciones que no había barajado.

—Hace dos semanas, cuando Melantea se dirigía hacia la playa donde colaboraba en el taller del tintorero, desapareció de buenas a primeras como si se hubiese desvanecido en el aire. La buscamos por todas partes, pero sin obtener resultados. Dos días después, por boca de Demofonte, supimos que su hijo Criso también había desaparecido sin dejar el menor rastro. Entonces fue cuando ambos atamos cabos.

Al parecer, Criso llevaba un tiempo desquiciado desde que alguien le hubiese propinado una buena paliza, episodio desde el cual se sentía tan humillado que no hablaba con nadie, mostrándose cada vez más huraño e irascible. Además, todo el mundo sabía que todavía seguía obsesionado con Melantea y que, desde su punto de vista, la boda jamás debió de haberse cancelado.

Asterión puso en orden sus ideas antes de continuar.

—Nuestras sospechas se confirmaron cuando un testigo aseguró haber visto en el puerto a un hombre, que encajaba con la descripción de Criso, junto a una mujer idéntica a Melantea, poco antes de que embarcaran a bordo de un navío.

—¿Y adónde fueron?

—Ojalá lo supiéramos. En todo caso, damos por sentado que se la llevó lejos de Creta.

Tisandro apretaba los puños. Se sentía impotente y furioso a la vez.

—Demofonte tiene que saberlo, lo que pasa es que no te lo quiere decir.

—No es así. Ahora que nuestras aldeas trabajan por un fin común, nuestra relación es buena y colaboramos de forma estrecha. Él desaprueba lo que ha hecho Criso tanto como yo. Y, además, también le duele haberlo perdido. Por lo tanto, puedes estar seguro de que si supiese cualquier cosa, me la diría.

—Pero tiene que haber algo que podamos hacer.

—Habla con Epiménides. Si él no es capaz de ayudarnos, nadie más podrá.

4

Aunque Tisandro hubiese olvidado el camino que conducía a la playa, podía haberse guiado fácilmente por el hedor de la putrefacción de los moluscos para llegar hasta allí.

La cala desierta donde él y Melantea se habían conocido se había transformado en un bullicioso centro de producción. Los aldeanos dedicados a la captura de los múrices se repartían por la orilla del litoral, a lo largo el espigón, y en barcas que iban y venían desde un pequeño embarcadero que habían construido. En el extremo de la cala se hallaba el vertedero, donde las conchas de los moluscos ya conformaban una montaña de considerables proporciones, de la cual provenía el fuerte olor que el viento transportaba tierra adentro.

Los talleres se habían levantado muy cerca de la línea de la costa para así contar con un acceso rápido a la materia prima, y también a los medios necesarios para su fabricación: agua y sal. Bajo la dirección del tintorero, un puñado de trabajadores removía las cubetas y los calderos de plomo, cuyo contenido era sometido a los complejos procesos químicos que daban lugar a la obtención de la anhelada púrpura, como si se produjese una especie de milagro capaz de ser controlado por la mano del hombre.

La factoría contaba con una estancia aneja que Epiménides utilizaba a modo de despacho, desde donde llevaba las cuentas y controlaba el negocio.

—¡Tisandro! —exclamó el viejo comerciante nada más verlo—. Desapareciste de forma tan repentina que creí que algo malo tendría que haberte ocurrido. ¿Estás bien?

—Tienes razón y te pido disculpas por ello. No debí ausentarme sin darte ninguna explicación. Todo se debió a un asunto personal que ya está resuelto.

Tisandro fue lo suficientemente impreciso como para dar a entender que no quería hablar de lo ocurrido, y su interlocutor captó inmediatamente el mensaje.

—¡Lo conseguimos! —dijo Epiménides cambiando de tercio. Se mostraba exultante y parecía rejuvenecido tras haber retomado la actividad—. La producción ya está en marcha y los primeros cargamentos de nuestra púrpura ya se están vendiendo por todo el

191

Mediterráneo. Y descuida, no me olvido de que a ti te corresponde un porcentaje de los beneficios. Yo siempre cumplo mis tratos.

—Te lo agradezco. Pero lo que me preocupa ahora mismo es un asunto muy distinto. Me refiero al rapto de la hija de Asterión.

—Estoy al corriente de ello. Al parecer, un tal Criso, el hijo del jefe de Phaistos, es el responsable de su secuestro.

—Tienes que ayudarme a encontrarla, te lo ruego.

—¿Por qué te interesa tanto?

—Ella era la mujer con la que me iba a casar.

—Debí suponerlo. —Una mueca de amargura se hizo visible en el rostro del anciano—. Verás, cuando todo ocurrió, Asterión ya me pidió exactamente lo mismo que tú me estás pidiendo ahora. Y, pese a intentar todo lo que estaba en mi mano, no logré averiguar nada. Lo mismo pudo habérsela llevado a una de las islas de las Cícladas que a tierra de los aqueos, o incluso a las costas de Asia Menor. Podría, incluso, seguir en Creta tras haber desembarcado en algún otro puerto. Por desgracia, es imposible saberlo.

Tisandro no estaba dispuesto a darse tan fácilmente por vencido.

—Escúchame, por favor. Tú conoces a la mayor parte de los capitanes de los barcos mercantes que recorren los mares. Pues bien, se me ocurre lo siguiente. Además del nombre, podrías facilitarles también la descripción de Criso para que pregunten por él en cada puerto que arriben y allá donde sus negocios los lleven. Debido a su constitución, Criso no es precisamente un hombre que pase fácilmente inadvertido.

—Los capitanes tienen sus propias preocupaciones y, por mucho que yo se lo pida, no pondrán demasiado interés.

—Págales. Y, además, promete una generosa recompensa a aquel que te ofrezca información fidedigna acerca del paradero de Criso.

Epiménides se palpó el mentón, mientras estudiaba con detenimiento la viabilidad de la propuesta.

—Llevar a cabo un plan tan ambicioso tendrá un coste elevado.

—No hay problema. Emplea para ello la parte que me corresponde por los beneficios de la venta de la púrpura.

—Podría hacerse como dices —admitió—, pero será mejor que no te hagas ilusiones.

—Muchas gracias. Me conformo con que lo intentes.

Sobre un amplio escritorio descansaban varias tablillas de madera y hojas de palma, que reflejaban el detalle de las transacciones que hasta el momento se habían llevado a cabo. Epiménides les echó una ojeada y un rictus de preocupación acentuó las numerosas arrugas que ya de por sí tenía como consecuencia de la edad.

—Pese a nuestro inmejorable arranque, tenemos un grave problema del que me gustaría poder hablar contigo. De hecho, confío en que me puedas ayudar.

—¿Qué ocurre? —inquirió Tisandro.

—El último barco que enviamos cargado con tinajas de tintura de púrpura y prendas ya teñidas fue objeto de un asalto en alta mar. Perdimos toda la mercancía.

—¿Cómo es posible? Pensé que el rey Minos había limpiado las aguas de piratas.

—Y así es. Sin embargo, el trasfondo de esta acción es completamente distinto. Alguien en particular contrató a un grupo de desalmados para que interceptasen nuestra nave y desvalijasen su contenido. Estaban avisados y conocían la ruta que tomaría.

—Además, sabían que el cargamento era extremadamente valioso, ¿verdad?

—Sí, pero más allá de obtener un beneficio económico, sobre todo nos querían perjudicar. Tenemos un enemigo muy poderoso al que no le gusta nada que hayamos puesto en marcha una industria de la púrpura en Creta, sobre la que él no tiene ningún control.

—¿A quién te refieres?

—Su nombre es Polidoro, el comerciante que gestiona los bienes y productos que dependen del palacio de Cnosos.

Tisandro recordaba haberse topado con aquel individuo dos o tres veces, durante el tiempo que había adoptado la identidad del príncipe Androgeo. Nunca le había gustado la falsa amabilidad que le había mostrado, ni su carácter excesivamente adulador.

—¿Cómo sabes que Polidoro está detrás del asalto al barco mercante y el robo de la mercancía?

—Aunque podría decirte que le conozco desde hace muchísimos años, y que sé de lo que es capaz, en este caso cuento además con pruebas definitivas. Para vender la mercancía, los bandidos borraron todo rastro de mi sello personal que designaba el verdadero origen de la misma, y cuando vieron que el mercado negro no podía absorber todo el género robado, utilizaron ni más ni menos que el sello de Polidoro para poder vender el resto, sobre todo en Egipto y el Próximo Oriente. —Tisandro observó el sello de Epiménides impreso en un documento de embarque: representaba un pulpo emergiendo de las aguas, bajo un cielo nocturno lleno de estrellas—. Así es como supe de la implicación de Polidoro en este asunto. Sin su participación directa, nadie habría podido usar jamás el sello que le identifica ante el resto del mundo.

—¿Y por qué les dejó hacerlo? De ese modo, es como si el propio Polidoro hubiera vendido parte de nuestra púrpura como si la hubiese producido él. ¿Acaso no se daba cuenta de que le podrías descubrir?

—No le importó arriesgarse. De cualquier modo, no lo hizo para enriquecerse, sino para asustarnos. Sabe muy bien que si nuestro negocio prospera, pronto podríamos llegar a hacerle sombra. Pero si se cree que me va a amedrentar, está muy equivocado. Todo lo contrario, si él no tiene problemas en jugar sucio, entonces yo tampoco.

—¿Y no lo puedes denunciar?

—Podría intentarlo, pero él se defendería con mentiras y no sería fácil que le declarasen culpable. Además, todo el mundo sabe que cuenta con el favor personal del rey. —Epiménides endureció la mirada y elevó el tono de su voz—. De modo que pienso devolverle el golpe para que sepa que no le tengo ningún miedo.

Tisandro estaba estupefacto. Jamás se había imaginado que la rivalidad entre los comerciantes podría llegar tan lejos.

—Lo que no entiendo es la manera en que yo podría serte de utilidad.

—Tengo un plan, en el que tú jugarás el papel más destacado. ¿Estás dispuesto a ayudarme?

Pese a que aún ignoraba lo que Epiménides se traía entre manos, Tisandro estaba dispuesto a colaborar de buen grado, aunque no se le escapaba que posiblemente el anciano pensaba actuar fuera de la ley. En todo caso, dadas las circunstancias, sabía que no estaba en condiciones de poder decir que no.

**

Al principio, al Minotauro se le había visto únicamente en las inmediaciones de Cnosos, en zonas montañosas plagadas de grutas y frondosa vegetación. Sin embargo, con el tiempo, nuevos testigos lo fueron situando en las demás regiones de Creta, lo que aumentaba las posibilidades de que sus apariciones fuesen auténticas y no la mera actuación de un impostor. Al menos, eso era lo que la población rural creía, mientras la fascinación por aquellas historias aumentaba y el miedo se instalaba en los corazones de la gente.

Con todo, Sibila no era de aquella opinión. Los testimonios al respecto resultaban cada vez más fantasiosos y carentes de rigor si se les sometía a un análisis crítico. Por ello, decidió intervenir personalmente en el asunto para resolver aquel misterio.

Como Suma Sacerdotisa, creía que era su obligación. Estaba convencida de que el Dios-toro no se encontraba detrás de aquellas apariciones, y se proponía hacer todo lo posible para demostrarlo y lograr así acallar los crecientes rumores de una vez por todas.

—Necesito disponer de una cuadrilla de soldados —le dijo al rey.

Tras su explicación, la petición de Sibila parecía razonable, y Minos tenía plena confianza en ella.

—Podría facilitarte seis o siete hombres.

—Gracias, serán suficientes.

Tan pronto como estuvieron a su disposición, las instrucciones que les proporcionó fueron claras y precisas. Cada tarde, debían desplazarse a la colina en cuyas terrazas se cultivaban las vides de palacio —el lugar donde se había visto más veces el Minotauro—, y patrullar por parejas con la misión de localizarlo y seguirlo hasta la cueva donde según algunos testigos solía ocultarse y desaparecer.

El dispositivo de vigilancia se puso en marcha aquella misma tarde, pero no logró su objetivo hasta una semana después.

Al despuntar la mañana, un soldado acudió a la residencia de la Suma Sacerdotisa para darle cumplida información acerca de lo ocurrido. Dos centinelas habían avistado al Minotauro la tarde anterior y lo habían seguido hasta la cueva en cuyo interior se había perdido. A continuación, la patrulla había establecido un puesto de vigilancia en la entrada, el cual pudo constatar que la criatura no había vuelto a salir. De todo ello se deducía que, en principio, el

Minotauro debía seguir allí, salvo que hubiese otra salida en el extremo opuesto.

Sibila no se lo pensó dos veces y se desplazó hasta el lugar de los hechos con aire decidido. Los soldados admitieron haber escuchado el día anterior unos pavorosos aullidos procedentes del interior de la cueva, que a intervalos habían continuado sonando durante buena parte de la noche. No obstante, ahora todo estaba en silencio y la presencia del sol en el cielo contribuía a mitigar el miedo y a ver las cosas desde una perspectiva más racional.

La Suma Sacerdotisa ordenó a los centinelas que entrasen en la gruta y la explorasen hasta el último rincón. Y, en caso de toparse con el Minotauro, debían darse la vuelta y evitar enfrentarse a la criatura, a no ser que fuese para defenderse.

Provistos de antorchas, los hombres obedecieron y se internaron en la inquietante negrura, sin poder evitar sentir cierto temor. Sin embargo, algo debió de torcerse, pues al cabo de tan solo diez minutos volvieron a salir.

—La inspección de la cueva no resultará tan sencilla— explicó el cabecilla—. Nada más entrar se abre una enorme cámara de gran altura de la que parten tres galerías, cada una de las cuales diverge a su vez en ramificaciones similares, que despliega un abanico de posibilidades virtualmente infinito. Este lugar es un laberinto de túneles y corredores repleto de bifurcaciones, subidas y bajadas, que pueden llegar a alcanzar una gran distancia y profundidad, y en el que nos podríamos perder con facilidad si no acometemos la exploración de forma más organizada.

El argumento del soldado le pareció razonable, y Sibila mandó traer hojas de palma, tinta, tablillas e instrumentos de escritura.

—Voy a trazar un mapa —anunció—. Por parejas, anotaréis en una tablilla la dirección que toméis, así como la distancia en pies de cada una de las galerías. Cuando alcancéis un punto muerto, regresad sobre vuestros pasos hasta la bifurcación anterior, y si tenéis dudas regresad al punto de partida. Con vuestras observaciones, yo iré elaborando un mapa que abarque la totalidad de galerías de que se compone la cueva. ¿Entendido?

Los soldados acometieron la tarea y se lanzaron a la exploración de la gruta, siguiendo al pie de la letra las instrucciones que acababan de recibir.

La primera pareja regresó al cabo de media hora, y Sibila copió en una hoja de palma las anotaciones que habían hecho en su tablilla, antes de que retomasen de nuevo el reconocimiento de la cueva. El procedimiento se repitió con cada una de las parejas, que entraban y salían dando cumplida cuenta de su exhaustiva exploración.

Al final de la mañana, la Suma Sacerdotisa ya había logrado completar el mapa, gracias al cual pudo llegar a una indiscutible conclusión: la cueva no tenía ninguna otra salida.

—El Minotauro es real... —resolvió un soldado con voz temblorosa y los ojos muy abiertos—. A pesar de que no ha salido, tampoco está dentro de la cueva.

—Es como si se hubiese volatilizado en el aire —dijo otro—. No hay otra explicación.

—Tenéis razón —convino un tercero.

Sibila, sin embargo, seguía sin poder creerlo pese a las evidencias en su contra.

—¿Estáis seguro de que no hay otra salida por la que haya podido huir? —insistió.

—Por completo —afirmó el cabecilla—. Todo está ahí, en el mapa. En última instancia, los túneles no conducen a ningún sitio.

—Bueno, aunque sin duda es así —intervino un compañero—, también es cierto que una de las galerías no termina en una pared de roca, sino que culmina en el mismísimo acantilado. De todas formas, para el caso es lo mismo. Si alguien tratase de salir por allí, se mataría.

—Quiero verlo con mis propios ojos —señaló la Suma Sacerdotisa—. Acompañadme hasta el lugar en cuestión.

Sibila empuñó una tea y entró por primera vez en la cueva, asistida por el mapa y los soldados que precedían la marcha. En el interior, el frío del subsuelo provocaba un considerable aumento de la sensación de humedad. Por fortuna, los túneles eran lo suficientemente amplios como para poder ir erguidos, salvo algunos pocos casos en que se tenían que agachar. Asimismo, los murciélagos aleteaban cuando percibían la luz de las antorchas arañando la oscuridad, aunque se mantenían siempre a una distancia prudencial.

Sibila tuvo que pararse dos veces para descansar porque, a su edad, el cuerpo ya no le respondía como en su juventud. El trayecto era largo, pues llegaba hasta la costa norte próxima al palacio tal y como el soldado le había referido.

Por fin, un soplo de luz natural surgió tras doblar un recodo, que fue aumentando de intensidad conforme se aproximaban a su destino. El final de la galería desembocaba en una pequeña cámara, perfectamente iluminada por el sol que penetraba por la enorme abertura que constituía la única salida, situada a media altura en la pared de roca de un acantilado. Hacía frío y soplaba una brisa salina que se les metía en la garganta y dificultaba la respiración.

Sibila dio unos pasos hacia la abertura y se situó al borde del precipicio. Frente a ella se extendía el mar Egeo hasta donde le alcanzaba la vista. A continuación miró hacia abajo y contempló la caída de más de cincuenta metros de altura hasta los arrecifes, que prometía una muerte segura a todo aquel que se le ocurriese saltar desde allí. Después asomó la cabeza y alzó el cuello para mirar hacia arriba. El acantilado parecía cortado a pico y una eventual escalada del mismo para alcanzar la cima se antojaba del todo imposible.

Consternada, Sibila tuvo que admitir que si alguien fingía ser el Minotauro, por allí tampoco habría podido huir. Pero entonces, ¿dónde se había metido? Por un lado, podían afirmar con rotundidad que no había vuelto a salir. Y, por otro, tampoco parecía seguir dentro de la cueva, después de que los soldados la hubiesen peinado hasta el último rincón.

El rostro de la suma Sacerdotisa se crispó de repente y una perturbadora inquietud se apoderó de su mirada. Después de todo, podía estar equivocada si se atenía a las conclusiones de su propia investigación. Por primera vez, admitía seriamente la posibilidad de que la presencia del Dios-toro en Creta fuese verdadera, y no la obra de un infame impostor.

5

Tisandro estaba preparado para actuar.

Hacía justo una semana, Epiménides le había explicado con todo detalle el papel que debía jugar en su elaborado plan, mediante el cual esperaba devolverle el golpe a Polidoro y demostrarle así que no le tenía ningún miedo.

—¿Serías capaz de realizar una copia tan perfecta del sello de Polidoro que no se distinguiese del original? —le había preguntado.

—Sí, pero para llevar a cabo el trabajo, no me bastaría solo con verlo. Si tuviese que hacerlo de memoria, no sería capaz de reproducir cada detalle con total exactitud. Necesitaría, por lo tanto, disponer del original.

—Eso complica las cosas. No obstante, ya había pensado en ello. Y, dime, ¿cuánto tiempo tardarías?

—Normalmente, casi una tarde completa.

—Imposible. Como mucho, tendrías que hacerlo en la mitad de tiempo.

Aunque Tisandro había resoplado para mostrar su disconformidad, estaba dispuesto a intentarlo.

—¿Y cómo piensas hacerte con su sello personal?

—Esa será la parte más complicada. Polidoro lo lleva colgado al cuello y nunca se lo quita. O, mejor dicho, casi nunca. Además, tampoco puede darse cuenta de que le desaparece, aunque lo recuperase al cabo de unas horas. Por precaución, mandaría hacer un nuevo sello a toda prisa con un diseño completamente distinto.

—Entonces, es imposible…

—No hay nada imposible, Tisandro. Aunque, sin duda, este percance complicará aún más las cosas. —Y, en ese punto, el viejo comerciante había sonreído como si lo tuviese todo bajo control.

Hasta el momento, aquello no habían sido más que palabras. Sin embargo, finalmente había llegado la hora de la verdad.

Tisandro se había escondido detrás de unos arbustos, desde donde gozaba de una extraordinaria panorámica de las termas a las que Polidoro era tan aficionado, mientras aguardaba con paciencia la llegada del dichoso mercader. Epiménides se había citado allí con él para hablar de negocios y discutir sobre posibles acuerdos comerciales que beneficiasen a ambas partes, aunque nada de aquello fuese cierto. En realidad, toda aquella puesta en escena no era más que una estratagema para sustraerle a Polidoro su valioso sello sin que este se diese cuenta.

Tras haber llegado cada uno de ellos en su propio carruaje, ambos comerciantes intercambiaron saludos de cortesía y palmadas de pretendido afecto, como si en realidad no mantuviesen una rivalidad a muerte.

—Antes de nada, me gustaría felicitarte por tu reciente incursión en el mercado de la púrpura —señaló Polidoro.

—Te lo agradezco —repuso Epiménides, mordiéndose la lengua.

—He oído decir que los comerciantes de Ugarit se han visto obligados a bajar el precio de su género para poder competir contigo.

—Así es. Ya iba siendo hora de que alguien pusiese fin al monopolio de los cananeos. ¿No te parece?

Ambos comerciantes prosiguieron su charla mientras se dirigían hacia las aguas termales, caminando lentamente. El sirviente de Epiménides se había quedado en el carruaje. Sin embargo, el de Polidoro le seguía a escasa distancia, tan solo unos pasos por detrás.

Al llegar a su destino, los dos se quitaron la ropa y la dejaron encima de una piedra. Polidoro, además, se despojó de los valiosos abalorios que llevaba —como anillos y pulseras— para evitar perderlos accidentalmente en el agua. Lo mismo hizo con el sello, tras tomarlo por el cordón de cuero y descolgárselo por encima de la cabeza. A continuación, se introdujeron en las templadas aguas del estanque, enfrascados por el momento en una conversación cordial.

—Me sorprende que tus hijos no se ocupen del nuevo negocio —comentó Polidoro—. Te creía retirado del todo desde hacía varios años.

—Así era, pero este proyecto me sedujo de tal manera que no me pude resistir a retomar la actividad.

La pareja de comerciantes se situó cerca de una cascada. El lugar donde habían dejado la ropa quedaba a espaldas de Polidoro, pues Epiménides se había situado en el lado contrario para obligar precisamente a su adversario a ocupar aquella posición. El objetivo estaba muy claro: mientras Epiménides distraía a Polidoro, Tisandro tenía que sustraer el sello y fabricar sobre la marcha una réplica exacta.

Oculto tras un árbol, Tisandro había observado la escena con el corazón en un puño. Hasta el momento, todo había salido como estaba previsto, y ahora era su turno de entrar en acción. Si se desplazaba con sigilo, no le sería difícil coger el sello que reposaba encima de una piedra junto a las preciadas joyas del mercader. Sin embargo, un contratiempo inesperado frustró sus intenciones: en lugar de volverse al carruaje, el sirviente de Polidoro se había quedado al borde del estanque, vigilando la ropa y los adornos de su amo.

En tales circunstancias, Tisandro no podía hacer nada, salvo esperar que de algún modo cambiase la situación.

Epiménides, que ya se había dado cuenta del problema, no dejaba de pensar en una posible solución. Si no lograban deshacerse del criado, todo el plan se habría venido abajo a las primeras de cambio.

—La cerámica ya no proporciona los beneficios de antaño, estos días...

—Disculpa, Polidoro. —Epiménides le interrumpió tan pronto como le vino una idea a la cabeza—. Pero acabo de darme cuenta de que no me he quitado este anillo —se señaló un dedo de la mano izquierda—, y no quisiera perderlo en un descuido, pues para mí posee un incalculable valor sentimental.

—Desde luego...

—Se trata de un regalo de mi difunta esposa.

Y, acto seguido, buscó con la mirada al sirviente de su colega.

Polidoro entendió el mensaje y alzó la mano para llamar la atención de su criado y pedirle que se acercase para recoger el anillo. El hombre obedeció al instante y, tras descalzarse, se metió en el agua vestido tan solo con el característico taparrabos cretense.

Epiménides había logrado alejar al criado de la piedra donde reposaban las cosas. Aun así, Tisandro no contaba con tiempo suficiente como para salir de su escondite y robar el sello sin ser visto, pues la distancia que el sirviente tenía que recorrer hasta alcanzar su destino era demasiado corta, y no tardaría en darse la vuelta. Aunque la idea era buena, por desgracia no ofrecía las suficientes garantías. Epiménides, sin embargo, aún no había dicho su última palabra.

El criado llegó hasta donde se encontraban los comerciantes y recibió la orden de su amo.

—Llévate el anillo y ponlo a salvo junto al resto de las joyas.

Epiménides procedió a quitarse el anillo, fingiendo que le costaba trabajo hacerlo porque le quedaba pequeño o se le había quedado atascado. Entonces se le destrabó de golpe y el anillo salió disparado para acabar hundiéndose en el agua.

—¡Por la Gran Diosa! —exclamó el viejo comerciante aparentando sentirse consternado.

El sirviente reaccionó enseguida y se apresuró a buscarlo como buenamente pudo. El agua poseía un color verdoso que impedía ver lo que había debajo, de modo que introdujo los brazos en el agua y comenzó a tantear el fondo con las palmas de las manos, esperando palpar la preciada joya. Esta vez sí, Tisandro supo que no se le presentaría una oportunidad igual.

Sin pensárselo dos veces, corrió hacia el borde del estanque y se apoderó del dichoso sello que se había convertido en el eje de todo el plan. Desde el lugar donde se encontraba, Epiménides observó la escena y dejó escapar un suspiro de alivio en cuanto Tisandro se perdió de nuevo en la maleza.

Al sirviente le llevó varios minutos encontrar el anillo, tras lo cual regresó por donde había venido y volvió a sentarse en el mismo sitio, con aire satisfecho tras haber resuelto el problema. Por suerte, no se percató de que el sello de su amo había desaparecido, para lo cual habría tenido que ser particularmente observador.

Ahora, Epiménides sabía que tenía un importante cometido por delante, consistente en entretener a Polidoro tanto tiempo como le fuese posible para darle a Tisandro margen suficiente como para hacer su labor.

—¿Y qué te parece si entramos en materia? —sugirió—. ¿Considerarías la posibilidad de asociarte conmigo en el negocio de la púrpura?

Con semejante anzuelo, Epiménides estaba seguro de poder mantener a Polidoro distraído durante buena parte de la mañana. El resto dependía ahora del talento de Tisandro y de la prisa que se diese en trabajar.

Precisamente, Tisandro ya se había puesto manos a la obra sin perder un segundo. Lo ideal hubiese sido haber podido efectuar el trabajo en el taller de Asclepio, pero para ello habría tenido que desplazarse a Cnosos y luego volver, lo cual habría supuesto perder un tiempo precioso del que no disponía. Por ello, con anterioridad ya había preparado su espacio de trabajo, situado en un claro próximo a las termas, bien iluminado por los rayos del sol. Disponía de un taburete y de una pequeña mesa de madera y contaba con las herramientas necesarias que había tomado prestadas del taller.

Aunque el sello de Polidoro estaba tallado en piedra de jade, Tisandro llevaría a cabo la réplica en esteatita, ya que el grabado en aquel tipo de material costaba menos trabajo y ganar tiempo constituía la principal prioridad. Siempre que el diseño fuese idéntico al original, la copia serviría para su propósito, aunque el material fuese distinto.

Polidoro había cambiado recientemente de sello, y la nueva imagen representaba un estilizado palacio en cuyo punto más elevado rugía un león alado mostrando sus fauces. El emblema del león era una constante que se repetía en todos los sellos del poderoso mercader.

Si el trabajo no hubiese tenido límite de tiempo, Tisandro sabía que estaba capacitado para llevar a cabo una copia perfecta. El diseño no era especialmente complicado, excepto por la vívida figura del rugiente león. No obstante, obligado como estaba a trabajar contra reloj, en cualquier momento podía cometer un error que ya no tendría arreglo. Tisandro se aplicó como nunca antes lo había hecho, alcanzando tal grado de concentración que ni siquiera llegó a darse cuenta de que un jabalí pasaba por su lado olisqueando la hierba.

Dos horas más tarde había terminado. Le hubiese gustado que un tercero juzgase el resultado, comparando ambos sellos para comprobar si detectaba alguna diferencia. Pero como aquella opción estaba descartada, se tuvo que conformar con su propio criterio, del que ni siquiera él mismo podía fiarse en ese instante debido a su elevado grado de saturación. Había condensado una excesiva carga de trabajo, especialmente minucioso y delicado, en demasiado poco tiempo.

Tisandro regresó a las termas esperando no haber llegado tarde. Por suerte, la pareja de comerciantes proseguía conversando animadamente, mientras disfrutaban de las templadas aguas terapéuticas. El problema, de nuevo, radicaba en que el sirviente continuaba aguardando pacientemente en el mismo sitio, junto a la ropa y los abalorios de su amo. Tisandro, de algún modo, tenía que volver a dejar el sello donde estaba antes de que Polidoro saliese del agua, o de lo contrario no le habría servido de nada lo que había conseguido hasta ahora, y todo se echaría a perder.

Entretanto, Epiménides hacía todo lo posible por alargar su encuentro con Polidoro para conceder a Tisandro cuanto más tiempo mejor. Sin embargo, la conversación se estaba agotando y Polidoro se había cansado de que las negociaciones se topasen siempre con algún obstáculo y no llegasen a ningún sitio.

—Quizás debamos reunirnos de nuevo más adelante —dijo—. Hoy parece difícil que nos pongamos de acuerdo en algo.

Polidoro se puso en pie con la clara intención de salir del estanque. ¿Le habría dado tiempo a Tisandro de hacer su trabajo? Epiménides lo ignoraba, pero si la respuesta era afirmativa, tenía que hacer algo para que el muchacho pudiese actuar, o de lo contrario Polidoro echaría en falta el sello cuando se volviese a vestir.

—Sin duda, nos tenemos que volver a reunir.

Epiménides esbozó una sonrisa forzada y, tras ponerse en pie, fingió que se desvanecía como si le hubiese dado un desmayo o fuese víctima de un mareo.

Alarmado, Polidoro le sostuvo como pudo, e inmediatamente llamó a voces a su criado para que le ayudase a sacar al anciano del agua. Tisandro, que observaba la escena oculto entre la maleza, reaccionó a toda velocidad y aprovechó aquel momento de desconcierto para volver a dejar el sello sobre la piedra, como si nada hubiese ocurrido. Después se puso a salvo y reprimió un grito de júbilo. En todo caso, aún era demasiado pronto para cantar victoria. La hazaña de aquel día tan solo constituía la primera parte del plan.

Pocos días después, Epiménides puso en marcha la fase final del plan para evitar así que por cualquier circunstancia Polidoro cambiase su sello actual, y la copia de que ahora disponían ya no les valiese de nada.

Una cuadrilla de diez hombres se había desplazado al puerto de Cnosos, encabezados por Asterión. Todos ellos, salvo Tisandro, eran habitantes de Eltynia que trabajaban en la explotación y la elaboración de la púrpura y gozaban de la máxima confianza del jefe de la aldea. Lo que se proponían hacer era ilegal, y a ninguno se le escapaba que en caso de ser descubiertos recibirían un severo castigo. No obstante, estaban dispuestos a hacer lo que fuese para proteger el nuevo modo de vida que había sustituido a la agricultura, y del que ahora dependían para sobrevivir.

Era noche cerrada y no se veía un alma. De día, la estampa del puerto habría sido muy distinta: navíos que atracaban en la dársena mientras otros soltaban amarras y partían hacia el mar; marinos y soldados deseosos de pisar tierra firme para emborracharse en las tabernas y buscar compañía femenina; y estibadores que iban y venían cargando y descargando mercancía sin apenas descanso. De madrugada, sin embargo, la actividad cesaba por completo y todo lo que se escuchaba era el murmullo del mar, bajo el firmamento nocturno salpicado de estrellas.

A la mañana siguiente zarpaba un barco fletado por Polidoro, con la bodega repleta de mercancía que sería objeto de intercambio a lo largo y ancho de todo el Egeo. Pues bien, Asterión y los suyos tenían que acceder al navío sin ser vistos, y perpetrar allí la venganza que se habían propuesto llevar a cabo.

Mientras la mayor parte de la tripulación disfrutaba de su última noche en Cnosos, un par de marineros habían recibido órdenes de permanecer en el navío para no dejar la mercancía sin ninguna vigilancia. Aquel constituía el principal obstáculo al que debían enfrentarse, para lo cual habían recurrido a una solución que fuese a la par tan limpia como efectiva.

Media hora antes, Asterión se había acercado a los dos tripulantes que hacían guardia apoyados en la borda del barco, y se había dejado ver.

—¿Quién anda ahí? —habían preguntado cuando le divisaron en la oscuridad.

—Les traigo algo de vino de parte del resto de la tripulación —había replicado Asterión fingiendo ser un tabernero local—. No es mucho, pero estoy seguro de que sabrán apreciar el detalle.

El vino, en realidad, llevaba un potente somnífero que produciría efectos inmediatos, pero los marineros no sospecharon nada y aceptaron con agrado el obsequio que supuestamente sus compañeros les habían hecho llegar.

Poco después, tras saborear los primeros tragos, les resultó imposible mantenerse en pie y ambos se rindieron al sueño sin poder evitarlo. Asterión comprobó que no había peligro y regresó sobre sus pasos para avisar al resto del grupo. Entre ellos, Tisandro llevaba consigo la réplica del sello que él mismo había grabado.

Con sigilo, cruzaron uno a uno la pasarela y subieron a bordo del navío. Descendieron a la bodega portando lámparas de aceite para orientarse, e inspeccionaron el cargamento. Obviaron los artículos de artesanía, los cereales y las hierbas aromáticas, y centraron su atención en las *pithoi* de vino y aceite. Dichas tinajas se cubrían con una tapa de arcilla sobre la cual se imprimía el sello del comerciante. De este modo, se garantizaba que la arcilla no podía romperse y reemplazarse sin que se notase, porque la marca del sello solo podía dejarla su legítimo propietario.

—Cargad con una tinaja y subidla a cubierta —indicó Asterión—. Allí os explicaré lo que hay que hacer.

Debido a su enorme peso y tamaño, se necesitaba un mínimo de dos hombres para transportar la vasija. Cuando la subieron, Asterión les ordenó abrirla —para lo cual había que romper el sello de arcilla— y arrojar su contenido por la borda. Acto seguido, la rellenaron con agua de mar y, tras taparla, le aplicaron una nueva capa de arcilla de la que andaban bien provistos.

Cuando hubieron completado el proceso con la primera vasija, Asterión se volvió hacia Tisandro.

—Ahora es tu turno.

Tisandro asió el sello y lo aplicó sobre la mezcla fresca de arcilla, que se secaría al cabo de unas horas. Si su trabajo había sido lo suficientemente pulcro, el emblema resultante no se distinguiría del original.

El plan de Epiménides pretendía claramente perjudicar la reputación de Polidoro, el pilar sobre el que se sostenía la actividad de todo comerciante. Si un mercader protagonizaba una estafa sonada, pronto se correría la voz y nadie más querría hacer tratos con él. Y, si todo salía como estaba previsto, Polidoro, sin saberlo, estaría vendiendo decenas de tinajas llenas de agua de mar, como si contuviesen vino y aceite.

—Haced lo mismo con el resto de las vasijas —señaló Asterión.

Todos se pusieron a trabajar poniendo en ello todo su empeño. El tiempo apremiaba y, si actuaban con rapidez, en menos de una hora podrían haber acabado. Tisandro colaboraba como uno más, pese a no ser tan fuerte como el resto. Cualquier ayuda, por pequeña que fuese, resultaba bienvenida.

Una de las veces, con las prisas, a punto estuvo de caerse al mar desde la pasarela del barco que habían de cruzar constantemente para rellenar las vasijas. Tras recuperar el equilibrio, Tisandro se quedó petrificado sin explicación alguna, mientras contemplaba el mar en calma. Asterión, preocupado, tuvo que zarandearle para hacerle reaccionar.

—¿Tisandro? ¿Qué te ocurre? ¿Estás bien?

El muchacho parpadeó varias veces seguidas, antes de volver en sí.

—De pronto, un recuerdo me ha venido a la cabeza.

—¿Y qué tiene eso de especial?

—Un recuerdo anterior al momento en que Melantea me encontró en la playa —explicó—. ¿Comprendes lo que eso significa?

—Me lo imagino, pero ya hablaremos después de eso. Con suerte, quizás recuperes la memoria después de todo. Sin embargo, ahora no podemos entretenernos. Tenemos que acabar cuanto antes, no vaya a ser que aparezca alguien y se eche todo a perder.

Al margen de aquel suceso, todo transcurrió sin ningún incidente y, tan pronto como volvieron a colocar la última tinaja en su sitio, se marcharon al cobijo de la noche como si jamás hubiesen estado allí.

A la mañana siguiente, el capitán sorprendió profundamente dormidos en cubierta a los dos marineros que debían vigilar el barco, pese a que ya habían salido los primeros rayos de sol. Para colmo, les costó una enormidad despertarse, y cuando por fin lo hicieron se comportaron de modo vacilante, entre confusos y aletargados, hasta que transcurridos varios minutos lograron hacerse entender.

—Capitán, todo ha sido por culpa del vino que nos hicisteis llegar anoche.

El capitán palideció al instante, pues ni él ni ningún otro miembro de la tripulación les habían hecho llegar nada.

—¡Inspeccionad el cargamento y comprobad si falta algo! —gritó—. ¡Y tú! —añadió señalando a otro de sus subordinados—. ¡Avisa a Polidoro para que se persone inmediatamente aquí!

El acaudalado mercader acudió a toda prisa a la llamada del capitán. Algo grave debía de haber pasado para que le hubiesen hecho venir de forma tan precipitada, poco antes de que el navío iniciase su travesía.

—Lamento haberle tenido que molestar.

El capitán se disculpó ante Polidoro y a continuación le narró los hechos que habían tenido lugar la noche anterior.

—¿Quieres decir que nos han robado?

—Eso es lo más extraño de todo. Hemos revisado la mercancía y no falta absolutamente nada.

Polidoro, que era de la misma opinión del capitán, sospechaba que allí estaba pasando algo raro.

—Dejad que lo compruebe por mí mismo.

Y, seguidamente, se dirigió hacia la bodega del navío.

Con un alto grado de meticulosidad, verificó que la mercancía presente coincidiera con las cantidades recogidas en la tablilla de madera, que contenía toda la información relativa al envío planificado. Además, los sellos no mostraban signos de haber sido violados, lo que garantizaba que la carga tampoco había sido objeto de manipulación alguna.

—Todo parece estar en orden —murmuró Polidoro para sí mismo, pese a que había algo que no terminaba de cuadrarle.

Entonces, de repente se detuvo ante una tinaja con aceite y se inclinó sobre la marca de su sello impresa en la arcilla, como si algo le hubiese llamado la atención.

—¿Ocurre algo? —preguntó el capitán.

El comerciante comparó el sello que llevaba al cuello con la impresión de la tinaja. Frunció el ceño y sacudió la cabeza. Sin embargo, finalmente se encogió de hombros y encaminó sus pasos de nuevo hacia cubierta.

—Todo está en orden —sentenció—. Podéis zarpar de inmediato.

Si Tisandro hubiese contemplado la escena, se habría sentido orgulloso de saber que ni siquiera el propio Polidoro había sido capaz de distinguir la menor diferencia entre el original y la copia que él había tallado.

6

Dos semanas bastaron para que estallara el escándalo.

Hasta Polidoro comenzaron a llegar las airadas quejas de todos aquellos comerciantes que habían adquirido sus productos. El navío mercantil había hecho escala en puertos de buena parte del Egeo, y la misma historia se había repetido en todos y cada uno de ellos: las tinajas con vino y aceite, por las que se habían pagado precios muy elevados, contenían en realidad agua de mar.

Aunque Polidoro estaba furioso porque se sentía víctima de un engaño, antes debía centrar todos sus esfuerzos en recuperar el prestigio perdido, o de lo contrario ningún otro comerciante querría hacer negocios con él. Con tal fin, destinó grandes sumas de dinero para compensar a los perjudicados, y envió mensajes de disculpas calificando el incidente de error involuntario, al tiempo que aseguraba que tal cosa no volvería a suceder. Polidoro apelaba a los muchos años que llevaba en la profesión, sin que hasta entonces se hubiese visto involucrado en fraude de ningún tipo.

Cuando por fin logró minimizar el impacto de aquel desastre, se dedicó a tratar de averiguar qué podía haber ocurrido con el cargamento del barco afectado, que ya el mismo día de su partida había sido objeto de cierto recelo por los extraños acontecimientos que habían tenido lugar la noche anterior. Con todo, él mismo había comprobado personalmente que las tinajas con vino y aceite no habían podido ser manipuladas, pues el emblema de su sello no había sufrido la menor alteración que indicase lo contrario. Entonces... ¿Cómo había podido ocurrir?

Polidoro lo ignoraba. Sin embargo, el nombre de Epiménides le venía una y otra vez a la cabeza, aunque no tuviese prueba alguna de su participación en los hechos. Para empezar, su viejo rival comercial tenía un buen motivo para estar detrás de aquella sucia jugada, ya que seguramente habría descubierto su implicación en el robo del cargamento de púrpura que los piratas habían llevado a cabo. Además, la reunión que había mantenido con su enemigo en las termas aún le confundía porque su sensación había sido la de que, en realidad, Epiménides jamás había tenido la menor intención de llegar a ningún acuerdo con él.

Con todo, las sospechas no bastaban para condenar a nadie, así que Polidoro decidió aprovecharse de la estrecha relación que le unía al rey Minos para que desde las autoridades oficiales investigasen a Epiménides, y su posible relación con los hechos denunciados. De un modo u otro, acabaría con aquel dichoso anciano que jamás debió haber regresado de su plácido retiro.

Aunque generalmente Polidoro gozaba del privilegio de contar con acceso directo al soberano, en aquella ocasión le hicieron saber que Minos no podría recibirlo hasta última hora de la tarde. Poco acostumbrado a ser relegado de una manera tan humillante, su enojo con el mundo aumentó aún más, si cabía. No obstante, no le quedó más remedio que esperar durante todo el día a que le concedieran la audiencia.

La espera se le hizo eterna hasta que, por fin, recibió el aviso de que Minos le aguardaba en el salón del trono.

—Señor, albergo serias sospechas acerca de un comerciante que, para perjudicarme, no ha dudado lo más mínimo en contravenir las leyes establecidas.

Minos, que lucía un gesto particularmente adusto, no pronunció palabra y dejó que Polidoro se explayara en su alegato contra Epiménides.

—Este asunto es más importante de lo que parece— concluyó Polidoro—, pues por culpa de mercaderes sin escrúpulos como él, el prestigio del comercio cretense podría verse seriamente afectado.

El rey se levantó del trono en el que había permanecido sentado y dio un paso al frente con el rostro encendido. En sus ojos ardía un fuego visceral.

—No te esfuerces más —espetó—. Tus mentiras terminan para siempre en este mismo momento. Lo sé absolutamente todo.

—¿Cómo? No comprendo lo que quiere decir.

Le temblaba la voz, por mucho que intentase aparentar seguridad.

—Lo sabes muy bien. Aquí el único que ha tejido una trama para perjudicarme has sido tú.

Blanco como la cera, Polidoro se dejó caer en el asiento que tenía más cerca. Si Minos tenía conocimiento de la conjura que había urdido junto a Ramadantis para derrocarlo, podía considerarse hombre muerto.

—No es cierto. —Negarlo todo continuaba siendo su única opción—. Tiene que haber un error.

—No te pongas más en ridículo negando lo evidente. Lo sé todo por boca del propio Laódice, tu cómplice. Has manipulado la contabilidad de las importaciones y exportaciones, engañándome durante años. —La casualidad había querido que otro escriba detectase una incongruencia en una de las tablillas que había pasado por las manos de Laódice, lo que condujo a una investigación mucho más profunda en cuanto los funcionarios responsables se dieron cuenta del enorme fraude que había detrás—. ¡Te has atrevido a robarme en mi propia cara con total impunidad! ¡Es intolerable!

En cierto modo, Polidoro se sintió algo aliviado. Aunque Minos había averiguado lo relativo a su estafa contable, aún no sabía nada acerca del complot para destronarlo, del que Laódice no tenía conocimiento alguno. Una vez descubierto, el escriba se había prestado a colaborar en la investigación y no dudó en señalar al verdadero cerebro detrás del fraude, a cambio de recibir una pena menos severa de la que en principio le hubiese correspondido.

—Tengo derecho a defenderme —arguyó Polidoro—. Laódice es un mentiroso y sería capaz de decir cualquier cosa con tal de salvar el pellejo.

—No malgastes saliva. Hay pruebas de sobra que te implican en los hechos. Y considérate afortunado con el castigo que he dispuesto para ti. —Minos le apuntó con el dedo índice en tono acusador—. Te condeno al destierro. Mañana mismo abandonarás Creta y jamás podrás volver. Y, si desobedeces, mandaré que te apresen y lo pagarás con tu vida. ¿Entendido?

Polidoro bajó la mirada y dejó caer los hombros en señal de derrota. Aunque el destierro no era lo peor que podían hacer con él, en todo caso le supondría perder gran parte del patrimonio que había acumulado durante años, y le obligaría a comenzar de cero en otro sitio. Por eso, se juró a sí mismo que no estaba dispuesto a permitir que tal cosa ocurriera.

—¡Fuera de mi vista! —gritó el rey Minos, poniendo fin al encuentro.

Al día siguiente, Polidoro embarcó en un navío, en el que había ordenado que cargasen su fortuna, y zarpó a la vista de todos para que las autoridades fuesen testigo de que cumplía con el castigo decretado por el rey. Evitó revelar su destino para que nadie fuese a buscarlo para comprobar que verdaderamente se había trasladado allí.

Sin embargo, Polidoro no tenía intención alguna de acatar el destierro que se le había impuesto. Su barco puso rumbo mar adentro, pero enseguida viró a las primeras de cambio con intención de rodear la isla sin alejarse excesivamente de la costa, con destino a la región de Festo situada en el sur. Al mismo tiempo, el día anterior había enviado un mensaje urgente por tierra para advertir a Ramadantis de su inminente llegada.

Cuando el mercader llegó al puerto de destino, una delegación del gobernador le estaba esperando para conducirlo al palacio en secreto. Polidoro no debía ser visto en Creta para mantener viva la patraña de que se había marchado de la isla cumpliendo el mandato del rey.

Ramadantis le recibió en la sala de audiencias de su grandioso palacio, caminando en círculos con una mezcla de incertidumbre y preocupación.

—¡¿Se puede saber qué ha pasado?! —estalló nada más verlo.

—Cálmate. Minos no sabe nada del plan que nos hemos propuesto llevar a cabo. En realidad, me ha castigado por haberle robado a lo largo de los años, cuando exportaba los bienes que le administraba.

—¿Cómo has podido ser tan descuidado? —le reprochó Ramadantis.

—No lo he sido —replicó Polidoro—. En todo caso, no deberías quejarte tanto. Este método me ha proporcionado suculentas ganancias de las cuales tú te has beneficiado, especialmente para financiar el golpe de estado que decidimos poner en marcha.

El gobernador de Festo apaciguó la severidad de su mirada y pareció tranquilizarse.

—Entonces, ¿qué deberíamos hacer a continuación? ¿Todavía está en tu mano intentar acabar con la vida del rey y su hijo para allanar el camino de la rebelión?

—Olvídate de eso, ya no puedo hacer nada. Tenemos que volver al plan original y ponerlo además en marcha cuanto antes.

Hay que aprovechar el factor sorpresa. ¿Está tu ejército preparado para atacar?

—Tan pronto como dé la orden. Si bien, antes debo hacer llegar un mensaje a los mercenarios asirios, con los que ya he alcanzado un trato, para que se desplacen hasta aquí.

—Pues hazlo ya mismo. Ha llegado la hora de la verdad.

Polidoro miró a su alrededor. Si todo salía bien, aquel lujoso palacio le pertenecería como nuevo gobernador de Festo, mientras Ramadantis se convertiría en el nuevo rey de Creta.

✳✳✳

Después de los últimos acontecimientos en los que se había visto involucrado, Tisandro había recuperado de nuevo su rutina habitual.

La mayor parte del tiempo la pasaba en el taller, dedicado al trabajo que tan bien se le daba. Normalmente, Tisandro se ocupaba de la fabricación de los sellos, mientras que Asclepio se dedicaba a pintar los frescos en las villas de sus clientes más adinerados. Aquella era la manera más eficiente de sacar adelante los numerosos encargos, que día tras día no dejaban de aumentar. Tal era el respeto que Tisandro se había ganado que, en ausencia del maestro, los aprendices acudían a él para resolver sus dudas y recibir las instrucciones apropiadas.

Asimismo, cada vez que podía se desplazaba hasta Eltynia para seguir de cerca las evoluciones del negocio de la púrpura, cuya explotación le reportaba una parte de los beneficios.

El plan que concibió en su día había funcionado mejor de lo que podía haberse imaginado. Los habitantes de Eltynia se dedicaban casi por entero a la captura de los múrices y a trabajar en el taller bajo la dirección de Agenor, el tintorero, mientras la aldea de Phaistos aportaba la lana necesaria para fabricar los tejidos, que posteriormente se sometían al proceso de tintura, previa labor de lavado y cardado de la que sus propias mujeres se encargaban.

Definitivamente, las dos aldeas habían dejado atrás la rivalidad que había marcado su relación durante siglos, y desde hacía varias semanas no se había vuelto a registrar el menor incidente entre los vecinos de una y otra población.

Además, habían recibido la feliz noticia de que Polidoro no volvería a causarles más problemas, pues el infame mercader había sido desterrado por el propio rey, después de que se hubiese descubierto un elaborado engaño perpetrado a lo largo de los años, mediante el cual se había enriquecido ilícitamente con el comercio de sus bienes.

Con todo, la felicidad de Tisandro no podía ser completa porque seguía sin tener noticias de Melantea desde que Criso la hubiese raptado. Epiménides había prometido una recompensa entre los capitanes y marinos que navegaban de puerto en puerto a lo largo y ancho del Egeo, pero por desgracia nadie había sabido darle cuenta hasta la fecha del paradero del secuestrador. Aunque abatido, Tisandro no perdía la esperanza de recibir la gran noticia en el momento menos pensado.

La mañana transcurría con normalidad en el taller hasta que un soldado de palacio apareció en la puerta y preguntó por Tisandro de forma firme y decidida.

—¿Qué ocurre?

Asclepio no lo dudó un instante y salió a dar la cara por el trabajador más valioso que jamás había tenido.

—Tengo órdenes de que me acompañe.

—¿Está detenido? ¿De qué se le acusa?

—No se trata de ningún arresto —explicó el soldado—. Después de que haya atendido el requerimiento, podrá marcharse cuando quiera.

Tisandro se situó al lado del artista y le puso suavemente la mano en el hombro para tranquilizarlo.

—No te preocupes. Estaré bien.

Sin sentir temor alguno, siguió al soldado a través de las concurridas calles de Cnosos. Primero dejaron atrás el trazado irregular del barrio de los artesanos y, tras atravesar la plaza del mercado, enfilaron el camino que conducía a la zona noble de la ciudad.

Se detuvieron frente a una villa de lujo, similar a la que poseía Epiménides, pero que carecía del menor adorno en la fachada. Además, el jardín estaba descuidado y en los balcones tampoco lucían flores ni plantas. Tisandro receló enseguida del aspecto anodino de aquella casa. Sin embargo, no le quedó más remedio que atravesar el pórtico de entrada por expresa orden del soldado.

En el vestíbulo, se cruzó con una serie de individuos que entraban y salían como si tuviesen mucha prisa, y que evitaron en todo momento mirarle a la cara. No eran criados, ni tampoco los miembros de una familia al uso que pudiese residir allí. Definitivamente, en aquella casa estaba pasando algo raro, pues no se correspondía en absoluto con la estampa de un hogar convencional.

Sin mediar palabra, el soldado le indicó a Tisandro que entrase en una pequeña habitación adyacente, mientras él se quedaba haciendo guardia al otro lado de la puerta.

El lugar estaba en penumbra. No obstante, se advertía con facilidad la silueta de una muchacha situada de espaldas, que Tisandro reconoció enseguida debido a que esta se hallaba inclinada sobre una jaula repleta de mariposas.

—Me fascina el aleteo de estos seres tan bellos —dijo Ariadna al tiempo que se daba la vuelta—. Hola, Tisandro —añadió—. ¿Sorprendido de volver a ver a tu hermana?

Tisandro precisó de varios segundos para reaccionar.

—¿Qué estoy haciendo en este lugar? ¿Y por qué tanto secretismo?

—He preferido citarme aquí contigo porque en el palacio habría sido demasiado arriesgado.

Ella avanzó unos pasos y le abrazó con ternura. Tisandro cerró los ojos y, después de la sorpresa inicial, recibió con agrado aquel fraternal abrazo. Desde que se hubiesen conocido, uno y otro se profesaban un profundo afecto mutuo. Además, para bien o para mal, eran hermanos de sangre y eso nunca cambiaría.

—La última vez que nos vimos, después de saber que Androgeo había muerto, te pedí que te quedases solo por unos días —señaló la princesa—. Sin embargo, te fuiste aquella misma noche sin despedirte siquiera.

—Te dije que ya no podía soportar por más tiempo aquella situación.

Ariadna le miró con detenimiento. A Tisandro le había crecido de nuevo la barba y seguía luciendo el pelo corto pese a lo inusual de aquella costumbre en Creta.

—Necesito que vengas al palacio conmigo.

—De ninguna manera. Ya te dije que no quiero que se sepa la relación de parentesco que nos une. Nadie debe saber de mi existencia. Y mucho menos el rey Minos. Espero que no sea demasiado tarde y que no se lo hayas dicho.

—Todavía lo ignora.

—Mejor así. El saber que tiene otro hijo no le devolverá a Androgeo.

Ariadna suspiró.

—Mi padre aún no sabe que Androgeo ha muerto... Por ahora, sigue siendo un secreto del que solamente yo tengo conocimiento.

Tisandro se echó las manos a la cabeza, sin dar crédito a lo que acababa de oír.

—Pero eso es imposible. Ha pasado un mes desde que me fui. Habrá tenido que notar su ausencia.

—Tuve que inventarme una historia para explicar su desaparición. Le conté que se había marchado en solitario a una cueva del monte Ida para purificarse y entregarse a la oración. — Según la tradición cretense, el rey debía encerrarse cada ocho años en una gruta, donde mantenía un encuentro cara a cara con la Gran Diosa, en el cual se sometía a su juicio, recibía nuevas leyes para su siguiente periodo de gobierno, y fijaba un nuevo calendario del que dependían la agricultura y la navegación—. Al principio, nuestro padre recibió la noticia con alegría, pues interpretó la iniciativa de Androgeo como un gesto de madurez. Sin embargo, después de varias semanas sin saber de él, ya ha perdido la paciencia y pretende organizar una partida de búsqueda para encontrarlo.

—¿Y qué tiene todo eso que ver conmigo? ¿Qué quieres de mí?

—Necesito que vuelvas a hacerte pasar por Androgeo una vez más para lograr así calmarlo.

Tisandro extendió las palmas de sus manos hacia delante y dio un paso atrás.

—¿Te has vuelto loca? Ya has llevado las cosas demasiado lejos. Tu única salida es revelarle a Minos la muerte de Androgeo.

—No puedo.

—Tienes que hacerlo. ¿Acaso tiene algún sentido seguir manteniendo esta farsa durante más tiempo? ¿Con qué fin?

Instintivamente, Ariadna eludió su mirada. Y, aunque solo hubiese sido por un instante, Tisandro supo sin dudarlo que algo le ocultaba.

—Desde el principio me he dado cuenta de que aquí estaba pasando algo muy raro. Por fuera, el aspecto de esta casa resulta de lo más anodino, como si pretendiese dar la imagen de estar deshabitada. Sin embargo, por dentro he notado mucho movimiento por parte de individuos que no eran sirvientes ni soldados, pero que actuaban como si supieran exactamente lo que tenían que hacer. Aquí se está preparando algo... y tú juegas en todo ello un papel fundamental. ¿Me equivoco?

—Lo admito, hay una razón por la que hago todo esto. Por desgracia, no te la puedo decir. Todo cuanto puedo adelantarte es que necesito que la gente siga creyendo que Androgeo sigue vivo.

—Me pides demasiado.

—Lo sé, pero será por poco tiempo. Te lo prometo. —Ariadna le tomó cariñosamente de la mano—. Yo he respetado tus deseos y no le he revelado a nadie tu verdadero linaje.

Tisandro se sentía acorralado, y negó con la cabeza como si no tuviese elección. Sabía que lo más sensato habría sido decir que no, pero al mismo tiempo se sentía incapaz de darle la espalda a Ariadna.

—Te gustan mucho las mariposas, ¿verdad? —inquirió, con el único fin de evadirse un instante del tema que les ocupaba.

—Más de lo que crees —replicó ella—. Y, ahora, dame por favor una respuesta.

—Si vuelvo a hacer esto, sé que me arrepentiré.

—No lo harás. Confía en mí. Te prometo que todo saldrá bien.

7

Esta vez, al menos, Tisandro pudo avisar a Asclepio de que se ausentaría durante unos días, si todo salía como estaba previsto. El artista advirtió el hermetismo del muchacho y se ahorró las preguntas para las que sabía que no obtendría respuesta salvo alguna vaga evasiva en el mejor de los casos. La vez anterior había permanecido durante un mes en paradero desconocido, hasta el día de su repentina reaparición a altas horas de la madrugada, tras llamar a su casa y pedirle que le permitiese pasar la noche allí. Desde entonces, no se había referido ni una sola vez a aquel asunto, y había procurado evitarlo siempre que Asclepio lo había sacado a colación.

Tisandro regresó a la villa donde se había encontrado con Ariadna, y allí se sometió a un nuevo proceso de metamorfosis encaminado a proporcionarle el aspecto de Androgeo. Tisandro sintió de nuevo la tersura de sus mejillas afeitadas, y el peso de la peluca que le proporcionaba una abundante melena ondulada, que le caía sobre los hombros y le cubría parte de la frente. Finalmente, se atavió con ropajes y adornos principescos, tras lo cual alcanzó con éxito el cenit de su transformación.

Al verlo, Ariadna no pudo evitar derramar unas lágrimas.

—Lo siento, pero me has recordado a él.

Tras recomponerse, la muchacha instruyó a Tisandro antes de llevarlo con ella al palacio y anunciar su regreso.

—Nuestro padre querrá verte en cuanto se entere de que has vuelto. Será un momento complicado, pero después de eso podrás pasar la mayor parte del tiempo encerrado en tus aposentos, igual que la vez anterior.

—¿Y qué le digo?

—Cíñete a la historia que te he contado. Sé conciso y no le contradigas. Dile lo que sea con tal de hacerle que se sienta bien.

—De acuerdo.

—Y cuida tu acento. No te olvides de ese detalle.

Las reverencias e inclinaciones de cabeza de centinelas y criados bastaron para calmar a Tisandro, al comprobar que de nuevo volvían a tomarlo por Androgeo sin dudarlo un segundo. No obstante, apenas le dio tiempo a acomodarse en sus aposentos, pues al cabo de unos minutos recibió el anuncio de que el propio rey acudiría a verlo en persona. Ariadna ya se lo había advertido, pero aun así no pudo evitar que los nervios se apoderasen de él.

Minos se situó en el umbral de la puerta y le miró por espacio de un minuto. Tisandro, cada vez más inquieto, se dejó llevar por su instinto y se abalanzó sobre su padre para abrazarlo.

—Yo también te he echado de menos —comentó el rey, conmovido—. ¿Estás bien? Asumiste un riesgo innecesario afrontando en solitario tu noble aventura.

—Padre, espero que no estés enfadado conmigo.

—En absoluto. Solo estaba preocupado. Además, al final he comprendido la razón de tu furtiva escapada al monte Ida. Necesitabas saber si estabas preparado para sucederme, ¿verdad?

Tisandro se limitó a asentir con prudencia.

—A tu edad, yo pasé por lo mismo que tú estás pasando ahora. Sentí que estaba preparado para gobernar y me sometí al juicio de la Gran Diosa en las profundidades de una cueva. —Minos se sentía orgulloso de su hijo, que por fin parecía haber comprendido que la importancia de sus actos no radicaba en empuñar una espada, sino en tomar decisiones desde el trono que afectaban al devenir de todo un imperio—. Ariadna y tú habéis crecido muy deprisa. Tu hermana está a punto de ordenarse sacerdotisa, y tú comienzas a reclamar las responsabilidades que te corresponden como príncipe heredero y futuro soberano de Creta.

—Todo eso es cierto —afirmó Tisandro, que había adoptado como táctica dejar que su padre llevase todo el peso de la conversación.

—Desde luego que sí, Androgeo. Nos parecemos mucho más de lo que piensas. Imagino entonces que, a partir de ahora, deseas implicarte mucho más en las decisiones de estado, ¿verdad?

—Eso es lo que quiero.

—Me alegro. Gradualmente, iré delegando en ti ciertas responsabilidades de gobierno para que, cuando llegue el momento de sucederme, te sientas preparado para hacerlo. —Minos le sujetó por los brazos en tono afectivo—. Sin ir más lejos, dejaré que mañana me sustituyas en el acto que marca el fin de la vendimia, en el cual bendecirás la cosecha y pronunciarás un discurso de aliento entre los campesinos que trabajan los terrenos adyacentes al palacio.

Exponerse ante una multitud era lo último que Tisandro deseaba. Sin embargo, después del modo en que había transcurrido el diálogo, ahora no podía echarse atrás. Para su desgracia, todo apuntaba a que los días que se había comprometido a pasar en palacio, iban a ser mucho más intensos de lo que se había imaginado en un principio.

Ariadna le aleccionó para el discurso, pero Tisandro prefirió memorizarlo para no tener que dejar nada a la improvisación.

—Eres un príncipe y el pueblo llano te idolatra casi como si fueses un dios. Actúa con firmeza y serenidad. Los campesinos necesitan saber que sus dirigentes velan por la prosperidad de sus cosechas.

—Lo haré lo mejor que pueda.

Al día siguiente, Tisandro subió a un carruaje que le llevaría hasta la colina donde tendría lugar el acto, a lo largo de cuya falda se cultivaban las vides del rey. Le acompañaba una escolta formada por una decena de soldados, habituados a velar por la seguridad del heredero.

Era media tarde y el ambiente estaba tranquilo. Se desplazaban lentamente atravesando olivares que cubrían la parte baja de la ladera. Los rayos de sol descendían desde un horizonte montañoso y abrupto, haciendo brillar como gemas las grises piedras que salpicaban el camino apenas marcado en el suelo.

De repente, un centinela apareció a la carrera y mandó detener el carruaje tirado por fuertes asnos. Apenas había caballos en la isla, y los pocos existentes se destinaban a los carros de guerra.

—¿Qué sucede? —preguntó el capitán a cargo de la escolta.

El centinela precisó de varios segundos para recuperar el aliento. En su mirada de espanto se adivinaba que algo grave había ocurrido.

—¡La región está siendo atacada! —exclamó.

—¿Cómo? —replicó el capitán sin dar crédito—. ¿Por quién? ¿Por los aqueos?

—¡No! Las tropas de Ramadantis. ¡Se trata de una rebelión!

Tisandro asistía a la conversación sumido en el desconcierto. El capitán asumió inmediatamente el mando de la situación y se dirigió al príncipe heredero para exponerle su parecer.

—Deberíamos retornar al palacio ahora mismo. Aquí no estamos seguros.

—De acuerdo.

El carruaje dio la vuelta y emprendió el camino de regreso. El capitán quería conocer hasta el último detalle de lo que estaba pasando, pues hasta el momento era muy poco lo que se sabía.

El factor sorpresa estaba jugando a favor del ejército de Ramadantis, que se había dividido en varios grupos para tomar posiciones en diferentes puntos de la región. La segunda fase del plan, una vez asegurado el perímetro, pasaba por emprender el asalto definitivo a la capital y conquistar el palacio.

Al cabo de unos minutos, la calma de que habían disfrutado hasta ese momento se disipó por completo, y la situación dio un vuelco inesperado. A lo lejos, un batallón surgió en mitad del camino, marchando en su misma dirección. Al principio, el capitán creyó que podían tratarse de refuerzos enviados por el rey Minos para asegurarse de que su hijo regresaba sano y salvo. No obstante, cuando la distancia entre ambos se redujo lo suficiente como para poder distinguir sus emblemas, se dio cuenta de que se habían topado de frente con el mismísimo enemigo.

Un rápido análisis bastó para concluir que tenían todas las de perder. El batallón de Ramadantis contaba con una treintena aproximada de efectivos, lo que hacía una proporción de tres a uno a su favor. El capitán asió del brazo a Tisandro y le hizo descender del carruaje.

—Si nos quedamos, lo aniquilarán. Tengo que intentar ponerlo a salvo como sea. ¡Rápido! —apremió—. Huyamos a través de la arboleda.

Al mismo tiempo, ordenó a la escolta que hiciese frente al enemigo. Sabía que les estaba enviando a una muerte segura, pero el sacrificio de su destacamento les concedería a ellos un tiempo precioso para escapar.

Tisandro estaba muy asustado y no ocultaba el pánico que sentía. Probablemente, el verdadero príncipe heredero habría enarbolado su espada y se habría enfrentado a los rebeldes sin pensar en las consecuencias. Ante la amenaza de una batalla inminente, sin embargo, ninguno de los presentes se paró a analizar el comportamiento que mostró finalmente, tan distinto del que debería haber tenido. Tisandro no se lo pensó dos veces y emprendió la carrera junto al capitán, bajo cuyo abrigo aún podía salvar la vida.

Se internaron en un bosquecillo de cipreses y durante varios minutos no hicieron otra cosa que correr sin mirar atrás. Pronto alcanzaron el pie de la ladera y la pendiente comenzó a hacerse más pronunciada. El agotamiento les obligó a tomarse un respiro, que aprovecharon para comprobar si definitivamente el enemigo no les había seguido, como todo parecía indicar.

Al principio no vieron nada y pensaron que ya podían tomarse la huida con más calma. No obstante, pronto se dieron cuenta de su error. De repente, atisbaron a varios soldados enemigos que avanzaban en su dirección. Eran cinco, o puede que seis.

—Debieron de haberle visto escabullirse antes de que comenzase la refriega. Además, tuvieron que reconocerle como el príncipe, o bien como alguien igualmente poderoso —dijo el capitán—. De lo contrario, no se tomarían tantas molestias en perseguirnos. Ignoro si le quieren vivo o muerto, pero sin duda le quieren atrapar.

Sus perseguidores les superaban claramente en número, de modo que no tenía sentido alguno enfrentarse a ellos. Su única salida pasaba por seguir huyendo mientras no les abandonasen las fuerzas. A partir de ese punto, se extendían colina arriba grandes extensiones de viñedos dispuestos en terrazas, lo cual dificultaba su huida al tener que afrontar el escarpado promontorio que tenían enfrente.

La pareja acometió el ascenso por el camino que discurría entre las vides, con gran lentitud. Los soldados se hallaban más cerca y resultaban claramente visibles mientras subían por la ladera, al tiempo que la distancia se reducía poco a poco.

—Vamos —urgió el capitán—. Si llegamos a la cima, daremos primero con un frondoso bosque, y después con una zona repleta de cuevas donde nos resultará mucho más fácil que podamos escondernos.

Tisandro asintió sin dejar de jadear, momento en el que escuchó un silbido que pasó muy cerca de él.

—¡Una flecha! —exclamó, horrorizado.

Algunos de sus perseguidores, ahora que se encontraban más cerca, habían hecho una pausa para poner a prueba sus arcos y tantear su puntería. Los demás se detuvieron un momento, pero enseguida reanudaron la persecución.

Inmediatamente después, otras flechas se sumaron a la primera con idéntico resultado, hasta que una de ellas hizo finalmente blanco en la espalda del capitán.

—¡No! —gritó Tisandro.

El hombre trató de seguir avanzando, pero después de unos pocos pasos cayó desplomado al suelo y ya no se pudo mover. Los esfuerzos de Tisandro por levantarlo fueron baldíos. El capitán estaba herido de muerte y no había nada que pudiese hacer por él.

Los perseguidores se le echaban encima y Tisandro retomó la marcha por puro instinto de supervivencia. Si lograba llegar a la cima, quizá tuviese una oportunidad de salir con vida de allí.

Los disparos de las flechas cesaron y, en su lugar, llegó hasta sus oídos la voz autoritaria de uno de los soldados enemigos, conminándole a rendirse. Tisandro estuvo tentado de hacerlo para poner fin a aquella alocada huida. Sin embargo, ya se encontraba muy cerca de la cumbre. La respuesta a su desobediencia se tradujo en una nueva andanada de flechazos, uno de los cuales le rozó la pierna a la altura de la pantorrilla. Aunque la flecha le había desgarrado parte de la carne, por suerte no le había afectado a los tendones ni al hueso.

Cuando llegó a la cima se derrumbó en el suelo, exhausto por el esfuerzo realizado, y tuvo que dedicar unos instantes a coger aire o de lo contrario moriría de pura sofocación. Además, sangraba por la herida de la pierna, si bien el corte no revestía excesiva gravedad. Tisandro alzó la cabeza y comprobó que frente a él se extendía un bosque impenetrable. El capitán había tenido razón. Se puso de nuevo en pie y se preparó para lanzarse a la carrera.

Entonces fue cuando lo vio.

La silueta del Minotauro se recortaba en el umbral de acceso a una arboleda, a tan solo treinta metros de distancia de su posición. Tisandro ignoraba que se hallaba en el punto exacto donde la criatura había sido vislumbrada por un mayor número de testigos.

Como casi todos en Creta, Tisandro también había escuchado aquellas historias en las que se decía que el Dios-toro había descendido al mundo terrenal y se había dejado ver entre los hombres, aunque al final siempre desaparecía sin dejar el menor rastro. Personalmente, él no había prestado demasiada atención a semejantes habladurías, que no le merecían credibilidad de ningún tipo. Y, sin embargo, allí estaba aquella fabulosa criatura con cuerpo de hombre y cabeza de toro, observándolo en silencio bajo la luz del sol crepuscular.

El terror se apoderó de Tisandro y lo dejó paralizado.

Por detrás, los soldados de Ramadantis se hallaban cada vez más cerca, y por delante era la intimidatoria presencia del Dios-toro lo que le impedía proseguir.

No obstante, cuando todo parecía perdido, el Minotauro extendió un brazo y le hizo un gesto con la mano. Le estaba indicando que lo siguiera.

Acto seguido, la criatura se internó en el bosque a gran velocidad. Tisandro continuaba siendo presa del pánico, pero decidió ir tras ella porque los soldados estaban a punto de darle alcance, y esa opción le parecía aún peor.

De vez en cuando, Tisandro perdía de vista al Minotauro, momento en el que la criatura ralentizaba el ritmo de sus zancadas para no dejarlo atrás.

Los soldados también se habían internado en el bosque, decididos a darle caza pese a lo complicado de la tarea. La espesura añadía una mayor dificultad, y el fugitivo había aprovechado aquel factor para sacarles cierta ventaja.

El Minotauro salió del bosque y se dirigió hacia la boca de una cueva que se abría en la montaña. Tisandro le observó desde la distancia. ¿Qué se suponía que debía hacer a continuación?

—¡Ven conmigo! ¡Deprisa!

La criatura le había hablado y… además lo había hecho con voz de mujer. La conmoción de Tisandro era evidente, pues la grotesca situación oscilaba entre la confusión y el absurdo.

El muchacho procuró ordenar sus pensamientos y comenzó a desplazarse en dirección al Minotauro con gran precaución. A mitad de trayecto, la criatura se sujetó la cabeza con las manos y tras tirar hacia arriba se la desprendió del resto del cuerpo. Era una máscara. Y debajo de ella, Ariadna…

Su hermana se había enfundado en una especie de disfraz confeccionado con piel de toro, que se le ajustaba a todo el cuerpo como una segunda piel. La cabeza que utilizaba para rematar su elaborado atuendo procedía de una auténtica bestia bovina, convenientemente alterada para que le sirviese de embozo.

—¿Tú? —balbució Tisandro—. Pero ¿por qué?

—La Suma Sacerdotisa tuvo una visión catastrófica del futuro de Creta, que se ha preferido mantener en secreto para no alarmar a la población. Y todo cuanto pretendo es impedir que se haga realidad.

—No lo comprendo.

—Mucha gente no le muestra a los dioses la piedad ni el respeto que se merecen. Y eso tiene que cambiar. Si apelamos a su misericordia, podríamos lograr que la Gran Diosa intervenga para evitar que finalmente tenga lugar el cataclismo. —Los ojos de Ariadna brillaban enloquecidos—. ¡Y está funcionando! —añadió—. ¡El temor que infunde el Minotauro llena de fervor los corazones de la gente!

Tisandro sabía que su hermana se preparaba para servir el resto de su vida a la Gran Diosa, tan pronto como se ordenase sacerdotisa. No obstante, ignoraba hasta qué punto el fanatismo se había adueñado de ella.

—No lo entiendo, se dice que el Minotauro ha sido visto en diferentes puntos de Creta.

—Yo jamás me he alejado de esta zona —repuso Ariadna—. El resto es cosa de la histeria de la gente.

—Pero...

—Ahora no —le interrumpió—. Los soldados nos pisan los talones y todavía no estamos a salvo.

Ariadna le cogió de la mano y lo arrastró al interior de la cueva. Sin embargo, no tuvieron suerte. Un soldado enemigo los vio entrar en ella un instante antes de que se perdiesen en la oscuridad.

Una antorcha que había en el acceso les sirvió para iluminar el camino. Tisandro se dio cuenta de que Ariadna lo tenía todo previsto, por lo que dedujo que debía de utilizar siempre aquella cueva para esconderse cada vez que algún campesino la avistara.

La gruta se extendía a lo largo de interminables galerías, repletas de ramificaciones que conferían al lugar el aspecto de un laberinto. Con todo, Ariadna sabía perfectamente hacia dónde se dirigía, y no dudaba lo más mínimo acerca de la ruta que había de seguir.

—De niña visité esta cueva en más de una ocasión —explicó—. Cuando mi padre venía hasta aquí para pronunciar un discurso o para supervisar el cultivo de la vid, Androgeo y yo nos divertíamos explorando el interior, supervisados siempre por el personal del servicio.

Tras caminar durante un buen rato sin descanso, Tisandro comenzó a sentirse extenuado.

—¿Cuánto falta para llegar a la otra salida?

—La cueva no tiene otra salida —replicó Ariadna—. O casi...

—¿Qué quieres decir?

—Mejor te lo explico luego.

Tisandro no discutió y prosiguió el avance al ritmo impuesto por su hermana. Ahora dependía totalmente de ella para poder escapar de allí con vida.

Poco después, un escalofrío le recorrió la columna vertebral tras oír unos espeluznantes aullidos que provenían de las profundidades de la cueva.

—¿Qué ha sido eso? —inquirió, asustado.

—No te preocupes. Desconozco exactamente qué produce ese ruido, pero te aseguro que no tiene nada de sobrenatural.

En realidad, los supuestos aullidos que producían tanto pavor se debían a unas rocas situadas en la cara interna del farallón, que se contraían y expandían por efecto del frío de la noche y el calor del día, originando los silbidos que se propagaban por la cueva, amplificados como consecuencia de la propia resonancia del lugar. A dicho fenómeno natural se le unían los graznidos de las gaviotas que sobrevolaban el acantilado donde moría la cueva, aumentados y distorsionados por el singular sistema acústico de la cámara subterránea.

Por fin, tras un largo recorrido, desembocaron en una cámara provista de luz natural que penetraba a través de una enorme abertura y que constituía la única salida de la cueva. Las ráfagas de aire eran constantes y hacía un frío glacial. Tisandro se asomó al precipicio y comprobó que aquella galería moría en la pared de un acantilado. Frente a él se extendía el mar y, a sus pies, se abría un abismo cortado a pico, en cuyo fondo sobresalía una serie de puntiagudos arrecifes, semejantes a la mandíbula de un tiburón.

—Estamos atrapados —señaló Tisandro.

—Primero tienen que encontrarnos. Y ya has visto lo fácil que resulta perderse entre tantas galerías.

—¿Y si pese a todo son capaces de llegar hasta aquí?

—Ya veremos entonces.

La voz de Ariadna denotaba seguridad. Sin duda, sabía lo que se traía entre manos.

—Y, ahora, dime, ¿quiénes son los soldados que te persiguen?

—Le oí decir al capitán que pertenecían al ejército de Ramadantis.

—¡Una rebelión! —exclamó Ariadna—. ¿Sabes lo que eso significa? ¡El gobernador de Festo pretende derrocar a nuestro padre y hacerse con el poder!

De repente, a través del túnel escucharon el eco de unas voces reverberar en las paredes de la cueva. Sus perseguidores andaban mucho más cerca de lo que se habían imaginado. ¿Cómo era posible que en semejante laberinto de bifurcaciones hubiesen tomado el mismo camino que ellos?

Entonces, Tisandro se percató de la herida que tenía en la pantorrilla, a la que no le había prestado mayor atención. En el suelo había un rastro de gotas de sangre que se perdía en la galería por la que habían llegado hasta allí.

—Nos encontrarán —dijo—. No tenemos escapatoria.

Ariadna reaccionó enseguida y arrastró una piedra que había dispuesta en un rincón. Detrás había un agujero de tamaño considerable, donde al parecer ocultaba algún tipo de objeto, que rápidamente se apresuró a sacar de allí. ¿Sería un arma? ¿Una espada, quizá? Tisandro admiraba su coraje, pero si el plan de su hermana consistía en plantar cara al enemigo, aquella batalla la tenían perdida de antemano.

El objeto, sin embargo, no era ningún arma, sino algo que al principio a Tisandro le costó trabajo reconocer. Hasta que, tras un segundo vistazo, se dio cuenta de que se trataban de unas alas plegadas, adosadas a una especie de arnés. Las alas tenían la longitud de dos brazos y la anchura de una pierna, y estaban hechas de tela y plumas de ave. No obstante, su aspecto no imitaba las alas de un pájaro, sino las de una mariposa. Y, en ese instante, Tisandro entendió el verdadero motivo por el que Ariadna se había sentido siempre tan fascinada por aquel particular insecto.

A Tisandro no le sorprendió lo más mínimo la destreza de su hermana. Ariadna manejaba la rueca con gran pericia y se confeccionaba sus propios vestidos desde hacía varios años. Por lo tanto, tan capaz era de fabricarse el disfraz de Minotauro, como de diseñar aquellas sofisticadas alas.

Otra cosa muy distinta era lo que pretendiese hacer con ellas.

—No pensarás salir de aquí volando, ¿verdad?

—Yo no… serás tú quien lo haga.

—¿Has perdido la cabeza? ¡Eso es imposible!

—No lo es porque yo me he visto obligada a hacerlo cuando me he sentido acorralada. Así es como el Minotauro logra desvanecerse sin dejar rastro, sin que nadie se lo explique.

Pese a la confianza con que hablaba, Tisandro aún seguía sin poder creerlo.

—Cualquiera que estuviese lo suficientemente loco como para lanzarse al vacío desde aquí, moriría en el acto en cuanto se estrellase contra los arrecifes. Con alas o sin ellas, los seres humanos no podemos volar como los pájaros o las mariposas.

—Tienes razón. Las alas no sirven para volar. En cambio, sí se puede planear con ellas. La clave radica en saltar justo en el instante en que se levante una corriente de aire. La fuerza del viento puede impulsarte lo justo como para eludir los arrecifes y caer directamente al mar. Una vez en el agua, solo hay que nadar hacia el este durante unos minutos hasta dejar atrás el acantilado y vislumbrar una playa hacia la que te podrás dirigir.

Aunque seguía sonando descabellado, Tisandro reconoció la lógica en el discurso de su hermana. En ese momento, las voces de los soldados sonaron mucho más cerca que antes. Había que darse prisa.

—De todas maneras, solo disponemos de unas alas. Y no podemos saltar juntos porque no soportarían el peso de los dos, ¿verdad?

—Es cierto —admitió Ariadna—, pero ahora tú eres el príncipe heredero, y por ese motivo deberías salvarte tú.

—Yo no soy el príncipe, tan solo finjo serlo.

—No lo niego. En todo caso, eres hijo del rey Minos. Y, como tal, eres su legítimo heredero al trono. Tu supervivencia, por lo tanto, podría resultar fundamental para el futuro del imperio.

Tisandro sacudió la cabeza.

—Sálvate tú, Ariadna.

—De ninguna manera. Y no pienso cambiar de opinión.

—En realidad, es la única opción. Yo no puedo hacerlo…

—Tu vida es ahora mismo mucho más valiosa que la mía, ¿entiendes? —insistió de forma atropellada.

—No se trata de eso.

—¿Qué quieres decir?

—Hace poco me pasó algo extraordinario: logré tener un recuerdo de mi vida anterior.

—¿Has recuperado la memoria?

—No, pero podría ser el primer paso para poder hacerlo.

Tisandro le explicó el momento en el que había tenido lugar el suceso, cuando cruzando la pasarela del barco cargado con la mercancía de Polidoro, a punto había estado de caerse al agua tras perder el equilibrio.

—Me alegro por ti, pero ¿a qué viene todo esto ahora? —inquirió Ariadna con impaciencia.

Tisandro la miró fijamente.

—Lo que recordé es que... ¡no sé nadar!

En ese punto, las pisadas de los soldados ya eran claramente audibles. De un momento a otro irrumpirían en la cámara.

Ariadna comprendió que solo ella podía salvarse y se colocó rápidamente las alas que ella misma había fabricado. A continuación se despidió de Tisandro, mientras trataba de contener las lágrimas.

—Siento haberte metido en todo esto... —murmuró.

La princesa se asomó al abismo y esperó a que se levantase la siguiente corriente de aire. Entonces retrocedió unos pasos y, tras coger carrerilla, saltó al vacío al tiempo que extendía los brazos y desplegaba las majestuosas alas.

Tisandro la siguió con la mirada. Al principio, Ariadna comenzó a caer sin que pudiese hacer nada por evitarlo. Sin embargo, un instante después el viento la alzó en volandas y las alas se encargaron de sostenerla en el aire durante unos segundos que se le hicieron eternos. Seguidamente, planeó unos metros hacia delante, lo suficiente como para distanciarse del letal arrecife y adentrarse en mar abierto.

Al momento, dos soldados enemigos irrumpieron en la estancia blandiendo sendas espadas.

—¿El príncipe Androgeo? —preguntó uno de ellos.

—Soy yo —afirmó Tisandro.

Y levantó las manos en señal de rendición.

8

El rey Minos estaba viviendo el peor trance de toda su vida.

Creta llevaba cuarenta y ocho horas sumergida en una cruenta guerra interna, que jamás pensó que podría llegar a producirse. Ramadantis le había traicionado y se había levantado en armas contra él. Y, si nada extraordinario ocurría, sufriría una severa derrota que lo dejaría postrado a sus pies.

El soberano se hallaba en la sala de las hachas dobles, en compañía de Sibila, que no había querido dejarlo solo en un momento tan amargo. La Suma Sacerdotisa sentía un gran pesar en el alma por el terrible daño que aquella guerra innecesaria causaría entre la población. La paz interna que había imperado en Creta durante incontables años había tocado a su fin.

—Recuerdo que en tu visión hablabas del restallido del bronce contra el bronce —dijo Minos—. Por lo tanto, esta debe de ser la guerra que habías anunciado, ¿verdad?

Sibila reflexionó durante unos instantes.

—No, no lo es. En la visión, estoy segura de que nuestros contendientes eran invasores extranjeros.

—Entonces, supongo que yo no viviré lo suficiente como para ver que tu profecía se haga realidad. Y, si lo hago, a buen seguro que no será como soberano de Creta.

—Tienes razones para ser pesimista, pero aún no está todo perdido.

Desde el inicio de la rebelión, un sinfín de mensajeros había desfilado delante de Minos para ofrecerle cumplida información acerca del desarrollo de la batalla.

Primero, el ejército de Ramadantis, dividido en varias legiones, había atacado simultáneamente diferentes puntos fronterizos para hacerse con el control del perímetro de la región. El factor sorpresa y la superioridad numérica que poseían facilitaron su incursión sin encontrar apenas resistencia. Superado el desconcierto inicial, las tropas de Minos reaccionaron y se atrincheraron en enclaves esenciales, como puentes y cruces de caminos, dispuestos a defenderlos con todas sus fuerzas. Sin embargo, poco pudieron hacer ante el empuje del poderoso ejército enemigo, que contaba con el valioso apoyo de una temible horda de mercenarios extranjeros.

Finalmente, los rebeldes habían llegado hasta las puertas de la ciudad, donde en aquellos momentos se estaba disputando la batalla definitiva. Si Cnosos caía, el palacio del rey lo haría poco después. Minos, ante la excepcionalidad de la situación, había solicitado a la nobleza que tomase las armas y se uniese a sus tropas para repeler la rebelión. Y, aunque la mayoría había atendido su petición, parecía que aquel apoyo tampoco bastaría para contener al enemigo.

Sibila, por su parte, y pese a la rectitud de que siempre solía hacer gala, llevaba toda la mañana sollozando y su mirada se había tornado vidriosa.

—Si Ramadantis logra coronarse como nuevo soberano del imperio, lo primero que haré será renunciar a mi cargo.

Minos la miró y dejó escapar una melancólica sonrisa.

—Te lo agradezco, pero no tienes por qué hacerlo. Tú te debes a la Gran Diosa, con independencia de quién ostente el poder.

—Puede que sí, pero yo sería incapaz de colaborar con alguien que carece de los valores esenciales por los que debe regirse el ser humano. Ramadantis es un traidor, que además no tiene el menor escrúpulo en recurrir a la violencia con tal de ver cumplidos sus deseos.

Al mismo tiempo, para Minos también había supuesto un duro golpe la desaparición de sus dos hijos.

Por lo que se refería a Androgeo, tenía noticias de que su comitiva había sido atacada cuando se dirigía al acto que conmemoraba el fin de la vendimia. De aquello habían pasado ya dos días, y desde entonces no había vuelto a saberse nada más de él. Al menos, no había constancia de que hubiese muerto, lo cual dejaba tan solo dos opciones: o se había escondido, o bien le habían hecho prisionero.

El caso de Ariadna era completamente distinto. Su hija debió de haber abandonado el palacio por su cuenta y riesgo, en secreto, y ahora nadie sabía darle cuenta de su paradero. El motivo de su salida seguía siendo todo un misterio, pero lo que verdaderamente Minos temía era que se hubiese visto atrapada en mitad del conflicto bélico, y que por ese motivo no pudiese volver.

El sirviente apostado en la antesala anunció la llegada de un emisario, y el cuerpo del rey se puso rápidamente en tensión.

—¿Cuál es la situación? —inquirió.

—La ciudad aún no ha caído, pero el general quiere que sepa que sucumbirá tarde o temprano.

Minos cruzó una elocuente mirada con Sibila. Todo estaba perdido.

—También traigo un mensaje del enemigo —añadió—. Ramadantis desea parlamentar.

La reunión no tendría lugar bajo techo, sino a cielo abierto en mitad del gran patio central. Le gustase o no, Minos no tenía elección. Dadas las circunstancias, estaba obligado a escuchar lo que Ramadantis tenía que decir, aunque probablemente le exigiese su inmediata rendición. De momento, con motivo del aquel encuentro se había dictado una tregua, y los ejércitos de uno y otro bando se habían replegado a sus posiciones a la espera del resultado de la negociación.

El todavía rey se plantó delante del altar de consagración, escoltado por su guardia personal integrada por una docena de efectivos. Aquellos eran los únicos soldados que quedaban en el palacio, pues todos los demás se habían incorporado a la batalla. Sibila también había querido estar presente, y se había situado junto a Minos por si necesitaba de su consejo. El futuro de todo un imperio se decidiría en aquella reunión.

Al cabo de unos minutos, un carruaje cubierto se abrió paso por la avenida de entrada, rodeado por un nutrido grupo de soldados que se desplazaban a pie. Ramadantis descendió del vehículo con una sonrisa de suficiencia en los labios, analizando con sus inconfundibles ojos saltones el escenario que lo rodeaba. Detrás de él, surgió la figura de otro hombre, que provocó en Minos un sobresalto nada más verlo. ¡Era Polidoro!

—¿Sorprendido? —preguntó el comerciante—. Ahora las tornas han cambiado, ¿verdad?

—Debí imponerte un castigo más duro —repuso Minos—. Te merecías mucho más que el destierro al que te condené.

—¡Cuánta razón tienes! —rio—. Sin embargo, ya es demasiado tarde. ¿Sabías que Ramadantis y yo llevábamos meses planeando arrebatarte el poder?

—Confié en ti durante años. —La crispación se hacía claramente visible en el rostro de Minos—. Y pese a todo me has engañado de todas las formas posibles. No solo me robabas, sino que ahora descubro que también conspirabas contra mí.

—Corrí un gran riesgo, pero ahora estoy a punto de obtener mi recompensa —repuso Polidoro—. Siempre he tenido grandes aspiraciones, y ser un mercader de éxito no era suficiente para mí.

Tras aquel primer cruce de impresiones, Ramadantis reclamó el protagonismo que le correspondía y tomó la palabra para asumir el mando de la reunión.

—Iré directo al grano —espetó—. Los dos sabemos que todo ha acabado. Tus hombres han luchado con valentía, pero es una cuestión de tiempo que tomemos la ciudad. Ríndete y evita así un baño de sangre mayor.

—Me conmueve tanta consideración...

El gobernador de Festo ignoró el sarcástico comentario del rey.

—Además, si claudicas voluntariamente, te dejaré vivir en el destierro.

—Una oferta tentadora... —replicó en el mismo tono.

—Y no solo a ti. También dejaré que tu hijo se marche contigo.

Ramadantis hizo un gesto con la mano y uno de sus soldados sacó del carruaje a un tercer hombre que todavía quedaba allí. Era Tisandro, al que todo el mundo seguía tomando por el príncipe Androgeo.

El muchacho tenía las manos atadas detrás de la espalda y la expresión de su rostro reflejaba muy a las claras el miedo que sentía. Desde que le hubiesen apresado en la cueva del Minotauro, sus captores le habían mantenido retenido durante dos días enteros. Y, aunque no había sido torturado, la mayor parte del tiempo lo habían mantenido con los ojos vendados y había soportado todo tipo de insultos y amenazas. En determinados momentos consideró la posibilidad de desvelar su verdadera identidad. Sin embargo, al final llegó a la conclusión de que, en vez de ayudarlo, aquello tan solo le perjudicaría aún más. Precisamente, mientras le siguiesen tomando por el príncipe Androgeo su vida tendría algún valor. De lo contrario, ya se habrían deshecho de él.

—¡Androgeo! —Minos hizo amago de acercarse, pero se contuvo porque no habría sido prudente cruzar la línea imaginaria que separaba ambos bandos—. ¿Estás bien?

Tisandro asintió con lentitud.

—Ramadantis está siendo más que generoso —terció Polidoro—. Desde mi punto de vista, dejarte con vida sería una temeridad. Así que aprovecha la oportunidad y no dejes que el orgullo te impida tomar la decisión más acertada.

—¿Y mi hija? ¿Qué habéis hecho con Ariadna?

Ramadantis se encogió de hombros y torció ligeramente la boca.

—Yo no la tengo. De hecho, me sorprende que no esté aquí contigo. —Tanto su lenguaje corporal como el tono de voz parecían indicar que no mentía—. ¿Y bien? ¿Qué respondes a mi oferta?

Minos sabía que aceptar los términos de la propuesta era lo más inteligente que podía hacer. Con todo, él siempre había considerado la rendición como una deshonra, a la que solo accedería como último recurso. Además, tanta insistencia por parte de Ramadantis le hacía pensar que probablemente su ejército también debía de haber sufrido numerosas bajas, y un desgaste mucho mayor de lo que estaba dispuesto a admitir.

Indeciso, el rey buscó con la mirada el consejo de Sibila. La Suma Sacerdotisa no dijo nada, pero por la forma en la que se apretaba los labios conformando una fina línea daba a entender que ella se mostraba igual de reacia a la rendición.

—¿Y bien? —insistió el gobernador—. Decídete de una vez.

—Necesito tiempo para pensarlo —arguyó Minos.

—Pues no lo tienes. Necesito una respuesta ahora mismo, o mi oferta expirará en cuanto me dé la vuelta y me marche de aquí.

En ese momento, un soldado avisó a Ramadantis de la presencia de un mensajero que se acercaba a la carrera por la avenida de entrada. El gobernador aguardó pacientemente a que llegara, y le ordenó que revelase en voz alta las noticias que traía.

—Habla de una vez.

—¡Un tercer ejército se aproxima a la ciudad, tras haber acabado con todas las fuerzas que había dejado apostadas a lo largo del perímetro de la región!

—¡¿Cómo?! —El semblante de Ramadantis enrojeció de repente. Si de verdad un tercer ejército les había atacado por la retaguardia, no le habría costado nada aplastar a las escasas tropas que había dejado allí, puesto que había concentrado a la mayor parte de sus fuerzas en las puertas de la ciudad—. ¿Estás seguro de lo que dices?

—Sí, señor, aunque no se trata de un ejército excesivamente numeroso, está muy bien preparado.

Ramadantis observó con atención la reacción de su rival. No obstante, Minos parecía tan sorprendido como él. Saltaba a la vista que ninguno de los dos gobernantes tenía la menor idea de lo que estaba pasando.

—Un ejército… ¿Comandado por quién?

—Por el príncipe Androgeo.

—¡Eso es imposible! —gritó Ramadantis—. El príncipe está aquí. ¿Es que no lo ves?

—Esa es la información que me han proporcionado —se excusó el mensajero—. En todo caso, una comitiva del ejército al que me he referido se dirige ahora mismo hacia aquí. Han solicitado participar en el encuentro aprovechando la tregua que rige en la ciudad.

El emisario se retiró en silencio, dejando a todos los allí reunidos con la misma expresión de desconcierto grabada en el rostro.

Ramadantis y Polidoro se pusieron a cuchichear acerca de lo que debían hacer a continuación, a la luz de aquel inquietante aviso. Lo mismo hicieron Minos y Sibila, que todavía no tenían del todo claro si aquel misterioso ejército pretendía acudir en su rescate o tendría sus propios planes de conquista. Al final, todos llegaron a la misma conclusión. Si había una tercera facción en liza, tenían que saber de boca de su dirigente qué se proponía y con quién estaría dispuesto a pactar.

Al cabo de una hora, un carruaje cubierto similar al de Ramadantis apareció en el camino de entrada escoltado por una veintena de efectivos convenientemente armados. Los soldados no portaban ningún emblema, aunque por su indumentaria y aspecto no había lugar a dudas de su origen cretense.

Del carruaje descendió un joven de porte confiado, seguro de sí mismo y actitud desafiante, al que los presentes no tardaron en reconocer. Por muy extraño que fuese, se trataba de Androgeo. Al menos, era una réplica exacta del príncipe heredero, aunque no luciese su larga melena habitual, sino una mucho más corta que apenas le llegaba a la altura de los hombros. Detrás de él surgió la figura de Ariadna, que lucía un aspecto más deslumbrante incluso de lo habitual.

Los principales actores de aquel encuentro guardaron silencio, a la espera de acontecimientos que explicasen aquella confusa situación. Todos desviaban alternativamente la mirada de un Androgeo a otro, tratando de explicarse aquella duplicidad. ¿Qué estaba pasando allí?

—Hijo, ¿eres tú? —inquirió el rey Minos absolutamente perplejo—. Pero ¿cómo?

—Soy yo, padre —afirmó Androgeo con rotundidad—. Pero él también es tu hijo —añadió, señalando al muchacho que continuaba retenido por los hombres de Ramadantis—. Se llama Tisandro y es mi hermano gemelo, cuya participación en los hechos, sin él mismo saberlo, ha resultado clave para desbaratar esta conspiración.

El intento de asesinato de que fue víctima Tisandro, en su papel de príncipe heredero, sacó a la luz la existencia de un complot organizado contra la corona, que Ariadna prefirió no desvelar para evitar que su hermano se convirtiese en el centro de todas las miradas. Al mismo tiempo, evitaba así hacer saltar la voz de alarma, haciendo creer a los conspiradores que nadie se había dado cuenta de lo que se habían propuesto llevar a cabo.

Así, cuando Androgeo regresó de su misión en la isla de Paros, Ariadna le explicó la situación y entre ambos improvisaron un elaborado engaño para descubrir quién o quiénes estaban detrás de su intento de asesinato y, presumiblemente, de la conjura para hacerse con el trono de Creta. Ariadna le hizo creer a Tisandro que su hermano había muerto en la batalla para que este continuase ocupando su lugar sin que nadie sospechase nada, mientras el verdadero Androgeo, en la sombra, se encargaba de iniciar una minuciosa investigación.

—No lo entiendo —repuso Minos, rememorando los acontecimientos que tuvieron lugar veinte años atrás—. Aunque me costó hacerlo, yo mismo ordené la muerte de tu hermano gemelo al poco de nacer.

—Respecto a eso, yo tengo mucho que decir —intervino Sibila—. Pasífae me rogó que lo salvase y, valiéndome de mi condición de Suma Sacerdotisa, me las ingenié para poder hacerlo. Durante todos estos años, Tisandro ha ignorado su verdadero origen, mientras era criado por la hermana de la reina en la isla de Andros.

Tisandro observaba la escena con sentimientos encontrados. Por un lado, por fin comprendía el motivo por el que Ariadna tanto le había insistido para que continuase haciéndose pasar por Androgeo, después de su supuesta muerte. Y, por otro, le dolía que lo hubiesen utilizado de forma tan evidente, sin dejar por ello de entender lo mucho que estaba en juego. En todo caso, sentía que por fin se había quitado un peso de encima, ahora que todo el mundo conocía su verdadera identidad.

Tras la esclarecedora intervención de Sibila, Androgeo retomó la palabra haciendo gala de una incontestable seguridad.

—Ramadantis, tu rebelión termina aquí y ahora. Entre el ejército que yo he reunido y el que mi padre todavía conserva, sabes de sobra que tienes la batalla perdida. De modo que, si quieres tener alguna posibilidad de salvar el pellejo, más vale que aceptes la rendición total.

—Que te hayas hecho acompañar por un amplio grupo de soldados no significa que realmente poseas todo un ejército preparado para atacar —replicó—. Y, pese a lo que haya dicho el mensajero, necesito pruebas irrefutables de que dices la verdad, o de lo contrario mediremos nuestras fuerzas en el campo de batalla.

Androgeo sonrió con suficiencia y asintió con la cabeza, como si ya se esperase la evasiva respuesta de su rival. Sin perder la sonrisa, encaminó sus pasos hacia el carruaje en el que había llegado, e hizo una señal con la mano invitando a alguien a salir. Acto seguido, dos hombres que aún permanecían dentro, descendieron del vehículo y se dejaron ver por primera vez. Eran Sarpedón y Éaco, los gobernadores de las regiones de Malia y Zacro, respectivamente. Sus ejércitos, por separado, eran más bien pequeños, pero juntos sumaban un número digno de ser tenido en cuenta.

Ramadantis intercambió una fugaz mirada con Polidoro, que reflejaba muy a las claras la conmoción que ambos acababan de sufrir. ¿Cómo había sido capaz Androgeo de descubrir su complot y reaccionar tan rápidamente para impedirlo?

Desde luego, el joven príncipe no lo había tenido fácil y, además de perseverancia, en última instancia la suerte también había jugado un papel fundamental. Mientras utilizaban a Tisandro para hacer ver que no pasaba nada, Androgeo y Ariadna —asistidos por personal de su total confianza en la anodina villa en la que el príncipe se había ocultado y que utilizaba como cuartel general—, se dedicaron a investigar el frustrado intento de asesinato para hallar así al culpable.

Ni entre los cocineros ni los criados parecía haber nadie implicado, ni siquiera la sirvienta en concreto que aquel día le llevó a Tisandro la copa envenenada. No obstante, una parte de su relato les resultó especialmente llamativa, cuando les refirió el incidente de un escriba que en el preciso momento en que se cruzaba con ella sufrió un desvanecimiento, poco antes de servir la bandeja en el aposento real. El escriba en particular se llamaba Laódice, pero tampoco hallaron en su comportamiento nada extraordinario y, sin prueba alguna en su contra, pronto se olvidaron de él. Hasta que, en fechas muy recientes, se produjo el golpe de suerte que cambió por completo el curso de las pesquisas.

Por casualidad, se destapó el escándalo contable protagonizado por Polidoro, que había estado saqueando impunemente las arcas del palacio durante años. El comerciante, sin embargo, no había actuado solo, sino que había contado con la complicidad de un escriba llamado… Laódice. Automáticamente, aquel hombre adquirió la condición de sospechoso, no solo por su presencia en el lugar de los hechos poco antes del intento de envenenamiento, sino también por su conexión con un personaje tan poderoso como lo era Polidoro, en la comisión de un grave delito.

Por sus manejos contables, a Laódice se le había condenado a trabajos forzosos en una cantera de piedra, pero mientras aún estaba en la celda pendiente de su traslado, recibió la visita de los hombres de Androgeo que, bajo amenaza de tortura, le sonsacaron su participación en el intento de asesinato del que nada se sabía, confesando finalmente que detrás del mismo se hallaba Polidoro.

Aquella información, ya de por sí extremadamente valiosa, hubiese bastado para confiarle a su padre lo que había averiguado y prevenirle del peligro que corría. Con todo, Androgeo quería llegar más lejos porque sabía que Polidoro no actuaba solo y debía de contar con más cómplices que formasen parte de aquella conspiración. Para ello ordenó que le siguieran cuando se le condenó al destierro. Y, tan pronto como averiguó que se había refugiado en el palacio de Ramadantis, prácticamente ya había encajado casi todas las piezas en su sitio.

Sin embargo, antes de que le diese tiempo a concluir la investigación, todo se precipitó cuando Ramadantis inició el ataque sobre la región, de la que la propia Ariadna fue testigo tras salvarse en el último momento al saltar desde la cueva del acantilado con las alas que ella misma se había hecho. En ese punto, Androgeo reaccionó tan rápido como pudo, y acudió en busca de Éaco y Sarpedón para que le ayudasen a contener la rebelión y defendiesen la corona del rey Minos como leales servidores del imperio.

—Todo ha acabado para ti, Ramadantis —espetó Éaco—. Pagarás por tu traición de un modo u otro.

—Si optas por combatir hasta el final, te aplastaremos —añadió Sarpedón.

Tras escuchar una y otra afirmación, Ramadantis se puso pálido. Su ejército, aunque diezmado tras dos días de contienda, habría derrotado a las tropas de Minos que aún protegían la ciudad. Por contra, si las fuerzas reunidas por Androgeo le atacaban al mismo tiempo por la retaguardia, sabía que no tenía nada que hacer.

—Si claudicas ahora mismo y evitas más muertes innecesarias —intervino el rey—, tu castigo será el destierro hasta el final de tus días. Considérate afortunado. De ese modo, al menos podrás conservar la vida.

Polidoro asió el brazo de Ramadantis y le lanzó una apremiante mirada para que aceptase la oferta, que resultaba demasiado generosa como para dejarla pasar.

—Mi propuesta no te incluye a ti —aclaró Minos—. Pase lo que pase, tú serás condenado a muerte. No pienso equivocarme contigo una segunda vez.

La actitud del mercader cambió en un instante.

—No aceptes —le pidió a Ramadantis—. No te fíes de él. Luego no cumplirá su palabra. Si luchamos, aún tenemos una oportunidad de…

—Acepto —le interrumpió Ramadantis con voz alta y clara.

Polidoro, atónito, dio un paso atrás, como si pretendiese escapar de allí sin que nadie lo viese.

—Está bien —manifestó el rey Minos—. En primer lugar, suelta a Tisandro ahora mismo. Y, después, discutamos los términos de tu rendición.

***

Aquella misma tarde, Tisandro aún estaba tratando de asimilar todo por lo que había pasado durante los últimos días. Y, muy especialmente, los secretos que habían quedado al descubierto durante la reunión de la mañana.

En primer lugar, sus hermanos le pidieron perdón por haberlo engañado. Simplemente, actuaron de la forma que creyeron más conveniente para proteger a la corona, conforme se sucedían los hechos. A Tisandro no le gustó que le hubiesen utilizado, pero advirtió que sus disculpas eran sinceras. Ariadna le tenía un gran afecto y se lo había demostrado en más de una ocasión. Y, aunque Androgeo apenas le conocía, había expresado su deseo de ponerle remedio a partir de ahora.

Cuando sus obligaciones se lo permitieron, Minos también se reunió con él. Tisandro estaba nervioso porque no sabía qué esperar de aquel encuentro. Además del rey de Creta, aquel hombre era su padre, pese a lo cual no tenía la menor idea del trato que le dispensaría. Para su alivio, Minos se mostró arrepentido de haberlo mandado matar cuando solo era un recién nacido, y se alegró de que Sibila le hubiese desobedecido para salvarle la vida. El rey aseguró que le aceptaba como hijo, y le invitó a instalarse en el palacio que, a partir de aquel momento, podría considerar su nuevo hogar.

Tisandro agradeció todas aquellas muestras de aceptación, pero se sentía tan abrumado por todo lo que le estaba pasando, que rogó que le dejasen un tiempo para pensar. De momento, necesitaba volver a su rutina habitual, antes de tomar una decisión definitiva.

Después de recuperar su aspecto habitual, se dirigió al taller de Asclepio al que le debía una explicación. ¿Cómo reaccionaría el pintor al saber que el muchacho al que había empleado era en realidad el hijo del rey?

Cuando Tisandro llegó al taller, se alegró de ver que allí también se encontraba Epiménides, que igualmente debía de estar preocupado por él.

—¿Se puede saber dónde te habías metido? —preguntó el viejo mercader.

—Es largo de contar. Y cuando termine, ni siquiera sé si me vais a creer.

—Espera, antes escúchame tú a mí —pidió—. Hay algo que tienes que saber.

—¿Qué ocurre?

—Por fin he averiguado el paradero de Melantea —desveló—. Al parecer, Criso se la llevó a la isla de Thera.

A Tisandro le dio un vuelco el corazón. Y, aunque se sentía exhausto por todo lo que había vivido durante los últimos días, supo que tenía que ponerse en marcha en ese mismo instante, antes de que fuese demasiado tarde y ella ya no siguiese allí...

CUARTA PARTE

"Allá, en medio del mar oscuro, rojo como el vino, hay una tierra llamada Creta, fértil y hermosa, bañada por las olas, densamente poblada y que cuenta con nada menos que noventa ciudades. Entre estas ciudades está Cnosos, una gran urbe donde el rey Minos reinó por espacio de nueve años, disfrutando de la amistad de Zeus todopoderoso".

HOMERO, *La Odisea*

Sello minoico en el que se representa la tradicional fiesta del salto del toro.
Datación: 1700 a. C.

Tisandro se encontraba en el puerto de Cnosos, en compañía de Asterión y Demofonte.

Los tres se habían propuesto viajar a Thera para rescatar a Melantea, pues era allí donde se hallaba según las informaciones que Epiménides había podido obtener. Demofonte estaba seguro de poder convencer a su hijo por las buenas para que la dejase marchar. Y, si pese a todo Criso no atendía a razones, él mismo lo denunciaría a las autoridades para que lo prendiesen por el rapto que había cometido.

Sin embargo, se habían topado con un problema inesperado para poder desplazarse hasta allí.

Situada a unos ciento diez kilómetros de distancia, Thera era la isla de las Cícladas más próxima a Creta, hasta el punto de que en un día despejado podía verse el monte Ida desde su punto más alto. La isla contaba con tres grandes poblaciones urbanas. Era aproximadamente circular y su parte central estaba cubierta por un inmenso cono montañoso que ocultaba una terrible amenaza. Sus habitantes ignoraban que vivían sobre un volcán dormido.

Precisamente, el problema al que se enfrentaban se debía al inesperado despertar de la montaña. Desde hacía varias semanas, el volcán había comenzado a expulsar vapores y se habían dejado sentir pequeños temblores por toda la isla. Los más prudentes ya se habían decidido a abandonarla, y cada vez menos barcos mercantes hacían escala en ella para comerciar. De ahí las enormes dificultades que tenían para poder ir hasta allí.

Después de mucho preguntar, Tisandro había encontrado un navío que partiría ese mismo día con destino a ultramar, y que tenía previsto hacer una breve escala en Thera. El principal inconveniente radicaba en que ya estaba completo, y solo admitiría a una persona más.

—No te puedes ir sin nosotros —se opuso Asterión—. Correrías un gran riesgo.

—No podemos permitirnos el lujo de esperar. Si los habitantes de Thera están abandonando la isla, puede que, para cuando lleguemos, Criso y Melantea ya se hayan marchado.

—Si mi hijo te ve, te hará pedazos —le advirtió Demofonte.

—No te preocupes. Me limitaré a localizarlo sin que lo sepa y aguardaré vuestra llegada. Con un poco de suerte, mañana encontraréis un barco que os lleve hasta allí.

—Está bien —accedió Asterión, que de todas maneras sabía que no habría podido convencerle de lo contrario—. Pero prométeme que en ninguna circunstancia te enfrentarás a él tú solo.

Tisandro le dio su palabra y embarcó en el navío mercante tras pagar por su pasaje una cantidad desorbitada. El mar estaba en calma y, sin contratiempo de ningún tipo, el barco alcanzó su destino en apenas unas horas gracias al impulso de los remos situados a ambos lados.

Desembarcó en el puerto de Akrotiri, situado en la costa sur de la isla.

Allí se levantaba la ciudad más poblada, pero si Criso no se hallaba en la misma, no dudaría en buscarlo en las poblaciones situadas más al norte. Tisandro se había propuesto encontrarlo como fuese, y no cejaría en su empeño hasta haberlo conseguido.

El aire estaba viciado por los gases que la montaña expulsaba, y de vez en cuando se oía un estruendoso sonido procedente del interior del volcán, como si se desperezase poco a poco. Con razón, el miedo y la incertidumbre se reflejaban con tanta claridad en los rostros de la gente.

Los integrantes de las clases altas ya habían abandonado la isla, con rumbo a Creta en la mayoría de los casos. Los habitantes más humildes, sin embargo, aún se resistían a hacerlo, confiando en que el volcán se apaciguase y finalmente se durmiese otra vez.

Tisandro se internó en la ciudad, que imitaba el estilo minoico propio de las poblaciones de Creta. Urbanísticamente, Akrotiri estaba organizada a ambos lados de una vía principal, lo cual favorecería a su vez el drenaje del agua de lluvia. Las casas eran de planta variable y solían tener más de un piso, y también sótanos. La base de los muros era de roca volcánica y el alzado de adobe, con armazones de madera. En muchos casos, las fachadas estaban revestidas de losas. Por regla general, eran construcciones bastante avanzadas.

Algunos habitantes se habían apropiado de las casas abandonadas por la aristocracia, pese a que algunas presentaban daños como consecuencia de la actividad sísmica que hasta el momento se había producido. Otros, en cambio, se habían dedicado a saquearlas a la caza de cualquier objeto de valor que sus dueños hubiesen dejado atrás. La excepcionalidad de la situación había alterado por completo la vida de la ciudad.

En aquellas circunstancias, Tisandro se dio cuenta enseguida de que no lo tendría nada fácil para encontrar a Criso, suponiendo que este siguiese aún en Thera. La gente tenía asuntos mucho más importantes que atender que responder a sus preguntas. Y los que lo hacían, decían que no habían escuchado jamás hablar de él, ni tampoco de Melantea. También cabía la posibilidad de que Criso no estuviese usando su verdadero nombre en la isla para dificultar que se diera con él. Por lo tanto, se centró mucho más en facilitar su descripción, que resultaba bastante llamativa. De un modo u otro, su reciente llegada no podía haberle pasado a todo el mundo inadvertida.

Por la tarde, ya casi había perdido todas las esperanzas de hallarlo en Akrotiri, cuando por fin un anciano le aseguró que sabía exactamente a quién se refería y dónde lo podía encontrar. El hombre era algo excéntrico y no parecía estar del todo en sus cabales, pero se expresaba con claridad y fue tan amable incluso como para conducirlo hasta la casa que buscaba. Además, le confirmó que allí también vivía una mujer cuyo aspecto se correspondía plenamente con la descripción de Melantea. Tisandro le agradeció su ayuda y le siguió con la mirada hasta que le vio desaparecer calle abajo.

La vivienda era tan modesta como el propio barrio en el que se ubicaba. Tisandro ignoraba si en ese momento Criso estaría dentro o no, de modo que no podía llamar a la puerta sin más, si quería evitar que lo descubriera. Tras analizar la situación, decidió apostarse en una esquina desde donde podía vigilar quién entraba en la casa o salía de ella, y esperó a que se produjese algún movimiento que le corroborase la veracidad de la información. Desde hacía un tiempo, la paciencia se había convertido en su mejor aliada.

A última hora de la tarde, cuando Tisandro ya comenzaba a desesperarse, la inconfundible figura de Criso apareció al fondo de la calle, seguido muy de cerca por Melantea. A continuación, entraron en la casa que había vigilado durante horas, y sin intercambiar una sola palabra cerraron la puerta tras de sí.

Aunque al verlos se le aceleró el corazón, luego respiró más aliviado porque tras haberlos encontrado había superado el escollo más difícil. Tisandro fantaseó con la idea de irrumpir en la casa y rescatar a Melantea como los héroes de los poemas épicos. Sin embargo, sabía que ni siquiera podía planteárselo, porque aquella idea estaba destinada al fracaso.

El día se apagaba y lo mejor que podía hacer era buscar un sitio en el que dormir y aguardar a la mañana siguiente la llegada de Asterión y Demofonte. Con la intervención de los respectivos jefes, todo sería distinto.

Había tantas viviendas abandonadas que Tisandro se refugió en la que le pareció más segura. No obstante, los rugidos que producía el volcán aumentaron tanto de intensidad que apenas pudo pegar ojo en toda la noche.

Al amanecer, la ciudad entera se vio sorprendida por un temblor de tierra muy breve pero intenso, que anticipaba lo peor. Poco después, el volcán se despertó definitivamente y comenzó a proyectar a gran altura una importante cantidad de toba y ceniza. Era el último aviso. Ya no había marcha atrás. La erupción era inminente y todos los que aún no se habían ido comenzaron a correr despavoridos en dirección al puerto para intentar salvar la vida.

Tisandro hizo lo propio y, tan pronto como llegó a su destino, se dio cuenta de que ningún barco viajaría a Thera ese día. La columna de humo que se elevaba desde el centro de la isla ya constituía de por sí suficiente advertencia como para que a ningún marino se le ocurriese acercarse siquiera. Asterión y Demofonte no llegarían. Y tampoco podía recurrir a las autoridades en busca de ayuda, porque todo se había reducido al caos y la anarquía. Por lo tanto, a partir de ese instante el rescate de Melantea dependería única y exclusivamente de él.

**

Melantea aún se encogía cada vez que recordaba el día en que Criso la había secuestrado.

De repente, cuando se desplazaba por el bosque camino de la playa, sintió que alguien la sujetaba por detrás y le tapaba la boca con la mano.

—Vas a venir conmigo y será mejor que no grites.

—¿Criso? ¿Qué quieres? ¡Suéltame ahora mismo!

Por toda respuesta, le asestó un golpe en el vientre que la hizo retorcerse de dolor. Aquello no se lo esperaba, pues aunque Criso tuviese fama de violento, jamás pensó que a ella se atreviese a hacerle daño.

Acto seguido, la asió del brazo y la obligó a seguir su ritmo a través de senderos poco transitados. Melantea se dio cuenta enseguida de que a cada paso que daban más se alejaban de la aldea.

—¿A dónde me llevas?

—Ya lo verás —espetó—. Y cuando nos tropecemos con gente, más vale que estés calladita y evites hacer ninguna tontería.

A aquellas alturas, Melantea ya tenía motivos de sobra para estar preocupada, e instintivamente trató de resistirse y se negó a seguir avanzando.

—¡Déjame en paz! —gritó.

Criso la golpeó en el rostro, partiéndole un labio. Con todo, se sintió afortunada porque de haber querido la habría dejado sin dientes de un solo manotazo.

El dolor físico del puñetazo y el maltrato provocaron que rompiese a llorar de forma descontrolada. Nunca se había sentido tan vulnerable y se quedó completamente paralizada. Criso la levantó en el aire y se la echó al hombro como si fuese un saco de patatas, sin apenas percibir el peso de la muchacha de tan liviano que resultaba. Colgado del otro hombro llevaba un hato con ropa y algunos enseres personales que podía necesitar.

Tras una larga caminata, llegaron al puerto de Cnosos. Hasta el momento, Melantea ignoraba qué se proponía Criso, pero cuando vio el lugar al que la había arrastrado, se disiparon todas sus dudas.

—¿Vamos a abandonar Creta? —preguntó entre gemidos—. ¡Estás loco!

—Cierra la boca.

Melantea pudo haber gritado o haber opuesto cierta resistencia. El puerto estaba lleno de gente que iba y venía, y quizá alguien la hubiese podido ayudar. Sin embargo, el miedo la mantenía atenazada, pues no olvidaba que a Criso le bastaba un solo golpe para matarla. Por todo ello, prefirió adoptar una actitud de sumisión con el único fin de mantenerse sana y salva. Si de algo estaba segura, era de que su padre haría todo lo posible por encontrarla y rescatarla de la garras de su captor.

Tras embarcar en un navío cualquiera, Criso solo dijo una cosa:

—Ya te dije que serías mía antes o después.

El gigantón jamás había aceptado la cancelación de la boda y, desde entonces, se había sentido herido en su orgullo, habiéndose tomado todo aquel asunto como algo personal. La gota que colmó el vaso había sido la paliza que Tisandro le había propinado —en verdad fue obra de Androgeo, pero eso él no lo sabía—, que aumentó su nivel de humillación hasta límites insoportables. Al final, optó por la salida más drástica, con tal de huir de aquella realidad y demostrarse a sí mismo que podía hacer lo que quisiese.

Durante todo el trayecto, Melantea mantuvo la cabeza agachada y no pronunció una sola palabra, aunque no dejó de llorar en silencio tras haber sido arrebatada de su hogar y su familia de forma repentina, sin que hubiese hecho nada para merecer algo así. Además, Criso ni siquiera la amaba. En realidad, lo único que le satisfacía era saber que ella había pasado a ser ahora de su propiedad.

Llegaron a la isla de Thera, de la que prácticamente Melantea no había escuchado hablar. Criso la obligó a bajar del navío y a continuación se internaron en las calles de su población principal. Akrotiri era sorprendentemente grande y guardaba un enorme parecido con la espléndida ciudad de Cnosos.

Melantea se dio cuenta de que Criso actuaba por impulsos y que cada paso que daba lo hacía de forma improvisada, sin que respondiese a un plan preconcebido. Probablemente, habían desembarcado en Thera como podían haberlo hecho en cualquier otro sitio.

En los hondos valles de la isla crecían frondosas plantaciones de viñedos, favorecidas por el clima y el rico suelo volcánico. El próspero negocio del vino demandaba numerosa mano de obra, y ninguno de los dos tuvo dificultad alguna para encontrar trabajo allí. Criso, que siempre se había dedicado al pastoreo, tuvo que hacer un verdadero esfuerzo para adaptarse. Ella, en cambio, ya estaba acostumbrada a las tareas del campo, aunque nunca hubiese faenado en las labores vinícolas.

El día a día de Melantea era una pesadilla. Criso actuaba como si le perteneciera o de verdad fuese su abnegada esposa, y ella debía mostrarse servicial y complaciente a todas las horas, en la cama o fuera de ella, o de lo contrario él sacaba su peor cara y la golpeaba sin motivo.

Rara era la mañana que no se despertaba con moretones en los brazos y las costillas y, aunque pensaba en escapar todos los días, Criso no se lo ponía fácil porque procuraba no dejarla nunca sola. Además, aunque hubiese tenido la oportunidad, ni siquiera se habría atrevido a intentarlo. Si fracasaba, el precio a pagar sería muy alto, pues estaba segura de que Criso no se lo perdonaría y le daría una paliza mortal.

Sus esfuerzos, por lo tanto, se concentraban en no hacer nada que pudiese poner en peligro su vida, con la esperanza de que algún día la situación se pudiese revertir. Durante ese tiempo, poco más podía hacer, aparte de resistir y tratar de hacerse fuerte ante la adversidad. ¿Cómo comparar la pasión y la ternura que había recibido de Tisandro, con la brusca forma de entender el sexo que Criso tenía? Todas las noches, Melantea lloraba en silencio, después de haberse dejado hacer lo que a su raptor le apetecía, sin tener en cuenta el sufrimiento que poco a poco le infligía, como un veneno que la fuese matando lentamente.

Cuando apenas llevaban una semana en Thera, el volcán comenzó a dar sus primeras señales de vida, advirtiendo así de que por fin salía del letargo en el que durante siglos se había mantenido. Las clases poderosas fueron las primeras en abandonar la isla, y conforme pasaban los días y la actividad sísmica y volcánica crecía, más gente corriente se sumaba al éxodo para evitar estar presente cuando la erupción se produjese, si es que finalmente ocurría.

Melantea también quería marcharse, pero Criso se obstinaba en permanecer en Thera mientras la amenaza no se transformase en un peligro real.

—Si el volcán explota —afirmó tras mucho pensar—, podríamos encerrarnos en el sótano con agua y comida hasta que todo haya pasado.

—¡No! ¡Lo único que conseguirás con eso será enterrarnos en vida! ¡¿No te das cuenta?!

Así transcurrieron los días hasta la mañana en que ya se hizo evidente que el volcán estaba a punto de estallar. No obstante, nada, ni siquiera la innegable devastación que se aproximaba, le hizo a Criso cambiar de opinión.

***

Tisandro se abrió paso entre la gente que huía hacia el puerto tras haberse llevado consigo lo poco que habían podido recoger. Cada barco se cargaba de tantos pasajeros como podía, y todos ellos se hacían a la mar con el único fin de alejarse de la isla tanto como les fuese posible.

Las escenas de pánico y horror se sucedían donde quiera que mirara. Las mujeres abrazaban a sus hijos pequeños para no perderlos, y los ancianos tropezaban embestidos por la multitud. El volcán bramaba como una criatura herida, y de su boca salía una avalancha de magma y ceniza, así como una nube ardiente que ascendía a gran velocidad.

Mientras avanzaba en dirección contraria a la multitud, Tisandro observaba las caras de las personas con las que se cruzaba por si entre ellas avistaba la faz de Melantea. Tanto ella como Criso estarían intentando ponerse a salvo, del mismo modo que hacía el resto de la población. Sin embargo, durante todo el trayecto no se tropezó con ninguno de los dos.

Finalmente, llegó hasta la casa donde les había visto entrar la pasada noche y se detuvo ante la puerta. Si no les hallaba en su interior, él mismo regresaría al puerto y trataría de huir en el primer barco que pudiese.

Tisandro entró, pero no vio a nadie dentro. La casa solo tenía dos estancias, en las que apenas había mobiliario y enseres. La parte trasera contaba con otra puerta que daba a una larga explanada de tierra y maleza, que constituía suelo público sobre el que no se había construido aún. Tisandro se colocó las manos alrededor de su boca en forma de altavoz y gritó varias veces el nombre de Melantea. Tras no obtener respuesta, se giró con la intención de marcharse, cuando de repente del suelo de la vivienda se alzó una compuerta de madera, de cuyo interior asomó la cabeza de Criso, que se había refugiado en el sótano como si aquello fuese a servirle de algo frente al cataclismo que se avecinaba.

—¡¿Tú?! —El gigantón lo miraba como si hubiese visto un fantasma—. ¿Qué estás haciendo aquí?

—¡No hay tiempo! ¡Si queremos salvarnos, tenemos que abandonar la isla ahora mismo!

Criso salió a la superficie, seguido de Melantea que tenía el rostro amoratado y los ojos rojos de tanto llorar.

—¡Tisandro! —exclamó ella.

En ese instante se produjo una explosión de intensidad media, y el volcán empezó a expulsar gran cantidad de materia incandescente que se solidificaba al contacto con el aire y adoptaba la forma de bombas basálticas que se precipitaban con furia sobre la ciudad. Uno de aquellos fragmentos de roca se estrelló contra la casa contigua, reventando el tejado y abriendo un boquete a través del cual también penetraron cenizas y fragmentos volcánicos menores.

Instintivamente, Tisandro retrocedió unos pasos y salió a la explanada situada en la parte de atrás. Criso fue tras él, mientras Melantea se quedaba en el umbral de la puerta asimilando la sorprendente aparición en escena de su amado.

—¡Tú no te muevas de ahí! —le ordenó Criso.

Afuera, el aire ya resultaba prácticamente irrespirable como consecuencia de los gases tóxicos que emanaban del cráter del volcán.

—¿Cómo nos has encontrado? —preguntó, exigente.

—¡Ahora eso no importa! ¡Tenemos que irnos de aquí!

Cada vez que el gigantón avanzaba un paso, Tisandro retrocedía para mantener siempre entre ambos una distancia prudencial. Si le dejaba acercarse demasiado, Criso podría abalanzarse sobre él y le destrozaría como a un muñeco de trapo. Con todo, había algo en su actitud que le tenía desconcertado, pues daba la impresión de que le respetaba demasiado, o incluso que le temía ligeramente.

—¡Desde que apareciste, nada pasó como tenía que haber sido! —Criso le señalaba acusadoramente con el dedo, sin dejar de avanzar.

—Yo, al contrario que tú, no he raptado a nadie.

—¡Melantea tendría que haberse casado conmigo!

—Pero no lo hizo, por eso ahora no tienes el menor derecho sobre ella. De acuerdo con la ley de cualquier nación, eres culpable de un grave delito.

Criso se detuvo, lleno de furia y odio. Tisandro también hizo lo propio. Ambos se habían distanciado unos treinta metros de la puerta trasera de la vivienda, desde donde Melantea continuaba observando la escena con horror. Tisandro llevó a cabo un rápido análisis de la situación. Si Melantea se echaba a correr, contaba con la suficiente ventaja como para poder escapar de allí sin que Criso pudiese impedírselo.

—¡Melantea, corre! —vociferó—. ¡Huye de aquí ahora mismo y dirígete al puerto!

—¡Cállate! —gruñó Criso.

Tras una nueva explosión, otra lluvia de rocas ardientes cruzó el cielo y regó el suelo de toba. La suerte quiso que no recibiesen ningún impacto, que sin duda los hubiera matado en el acto, o cuando menos los hubiese dejado gravemente heridos.

En ese momento, Melantea aprovechó para desaparecer en el interior de la vivienda. Después de todo, parecía que las palabras de Tisandro habían surtido efecto.

—¿Sabes? Tu padre iba a venir a Thera para hacerte entrar en razón.

Tisandro, en realidad, tan solo pretendía alargar la conversación para que a Melantea le diese tiempo para huir.

—Mientes —espetó Criso.

—¿Por qué iba a hacerlo? Te aseguro que si no hubiese sido por el volcán, Demofonte estaría aquí ahora mismo.

Tisandro miró por encima del hombro de Criso y, para su desconcierto, vio que Melantea reaparecía al cabo de un minuto. Lejos de huir, había entrado para coger un cuchillo. Resultaba obvio que no pensaba irse sin él, para lo cual no le quedaba otra alternativa que deshacerse antes de Criso.

—A mi padre le compraste con las promesas de riqueza que traería el negocio ese de la púrpura.

—Y no me equivocaba. Desde que Phaistos contribuye con su lana, obtiene mayores beneficios. El deber de Demofonte es mirar por el bien de toda la aldea. Y eso es lo que ha hecho.

Melantea se aproximaba a Criso por la espalda, decidida a clavarle el cuchillo en cuanto se hallase lo suficientemente cerca. El estrépito de la erupción dificultaría que la escuchase llegar. Y, para cuando se hubiese dado cuenta, ya sería demasiado tarde para él.

Tisandro la veía aproximarse, pero procuraba mantener la mirada alejada de ella para no alertar a su enemigo. A pesar de todo, cuando tan solo se hallaba a dos pasos, Criso percibió su presencia por el rabillo del ojo, y la apartó de un manotazo derribándola contra el suelo.

—¡Melantea! —exclamó Tisandro, asustado—. ¿Estás bien?

La muchacha se había dado un fuerte costalazo, pero no parecía herida.

—La próxima vez no seré tan considerado —advirtió Criso—. Vuelve ahora mismo a la casa y métete en el sótano.

—¡No le hagas caso! ¡Vete ahora que puedes! ¡Al menos, sálvate tú!

—Obedecerá, porque sabe lo que le conviene.

Dolorida, Melantea regresó sobre sus pasos. Había estado muy cerca de lograrlo. Sin embargo, había fallado en el último momento.

—Y, ahora, voy a acabar contigo —espetó Criso—, pero en esta ocasión no me pasará lo mismo que la vez anterior. Ahora soy consciente de que sabes luchar y no me cogerás desprevenido.

Tisandro ignoraba a lo que se refería. No obstante, se daba cuenta del odio infinito que despertaba en Criso, que estaba dispuesto a ajustar cuentas con él mientras el apocalipsis se desencadenaba a su alrededor. Las explosiones se sucedían una tras otra y el volcán escupía cada vez más magma y gases venenosos.

—Si no nos vamos enseguida, ninguno de los dos vivirá para contarlo.

—De aquí no se va nadie hasta que antes te haya hecho pedazos.

Mientras tanto, Melantea había entrado otra vez en la casa, debatiéndose entre huir al puerto o intentar ayudar a Tisandro de nuevo, antes de que Criso acabase con él. Desde luego, lo que no pensaba hacer era esconderse en el sótano, donde no tendría la menor posibilidad de sobrevivir.

Entonces fue cuando su vista recayó en un objeto que reposaba sobre un arcón de madera, al que hasta la fecha no le había prestado mayor atención. Era la honda de Criso, de la que ningún pastor se separaba, y que se había traído de Creta junto a otros enseres personales.

Melantea no lo dudó y se apoderó del arma, que pese a no haber sido usada en mucho tiempo se hallaba en perfecto estado. En ese instante se acordó de su padre y en su fuero interno agradeció que la hubiese enseñado a usarla, pese a lo mucho que se había enfadado con él después. Paradójicamente, la honda se había convertido ahora en su última esperanza.

Salió al exterior y buscó un proyectil del tamaño adecuado. El suelo de tierra estaba cubierto de piedras y tenía donde elegir. Criso y Tisandro continuaban discutiendo en el centro de la explanada, aunque sus voces quedaban ahogadas por el estruendo del volcán. Aunque se hallaba a una distancia considerable, Melantea sabía que podía acertar. Al menos, estaba dispuesta a intentarlo.

Sin tiempo que perder, cargó la honda con un proyectil, y tras hacerla girar en el aire efectuó el primer disparo. Su objetivo era la cabeza de Criso, al que esperaba dejar fuera de combate si le daba de lleno. El tiro pasó bastante lejos, pero Melantea no le dio la menor importancia. Sabía que antes necesitaría dos o tres disparos para calibrar.

Desde el lugar que ocupaba Tisandro, advirtió lo que Melantea estaba intentando y, por su parte, se centró en prolongar la disputa dialéctica que mantenía con Criso, procurando que este no se moviera del sitio que ocupaba. La piedra del segundo lanzamiento pasó mucho más cerca y Tisandro temió que Criso se diese cuenta de que le estaban disparando. Afortunadamente, las piedras que lanzaba Melantea pasaban inadvertidas entre los fragmentos de roca que arrojaba el propio volcán.

Al tercer intento, sin embargo, acertó de pleno en el blanco.

El rostro de Criso se convulsionó de dolor, y por un segundo puso los ojos en blanco como si fuese a desmayarse. Pero no lo hizo. A continuación, se palpó la parte trasera del cráneo donde había recibido el impacto y advirtió que estaba sangrando. Se giró y observó a Melantea con incredulidad, al comprobar que había utilizado su propia honda para atacarlo. Aquello multiplicó su furia aún más. Por lo tanto, ahora tendría que matarlos a los dos.

Sin embargo, tras aquel último pensamiento todo se le nubló. Aprovechando que se había dado la vuelta, Tisandro había cogido una piedra y se la había estrellado contra la cabeza, prácticamente en el mismo punto donde había recibido el impacto anterior. Esta vez, el gigantón cayó de rodillas y, un instante después, se dio de bruces contra el suelo. Aunque no estaba muerto, pronto lo estaría en cuanto las riadas de magma cubriesen toda la ciudad.

Tisandro corrió hasta la casa y se abrazó brevemente a Melantea. Pero no hubo tiempo para más. Ambos salieron por la puerta de entrada y echaron a correr calle abajo, mientras presenciaban cómo enormes peñascos se estrellaban contra las construcciones y reventaban techos y paredes.

En la ciudad ya no quedaba nadie. Todo el mundo había abandonado la isla tan pronto como se dieron cuenta de la inminencia de la catástrofe.

Cuando llegaron al puerto, la única embarcación que no había partido aún era un barco mercante que estaba recogiendo a los habitantes más rezagados. Literalmente, ellos fueron los últimos en subir a bordo, un instante antes de que soltaran amarras.

En la embarcación había ancianos asustados y niños que se habían perdido en el caos de la estampida, a los que resultaba imposible calmar. El patrón ordenó zarpar y la tripulación inició las maniobras con la máxima celeridad y presteza posibles, teniendo en cuenta las circunstancias que les rodeaban.

A golpe de remo, poco a poco comenzaron a alejarse de Thera. Había más embarcaciones en el mar que les sacaban ventaja y que se dirigían a Creta como destino más cercano. Los pasajeros se acomodaban como podían, aunque apenas quedaba espacio en cubierta.

Una nueva detonación, la más potente hasta el momento, lanzó una inmensa cantidad de escombros a lo largo de todo el perímetro de la isla, y una lluvia de grandes fragmentos de piedra pómez cayó sobre el barco, provocando el pánico entre los pasajeros.

Aquello, sin embargo, no fue nada comparado con lo que sucedería a continuación, pues tan pronto como la erupción entró en su fase final, se desató una hecatombe de tal magnitud que superó todos los límites de lo imaginable.

Cuando la cámara magmática alcanzó su presión máxima, una brutal explosión hizo reventar el corazón del volcán, abriendo así las puertas del infierno. La onda de choque que se originó fue tan violenta que derribó a todos aquellos que se hallaban de pie sobre la cubierta del barco. El estruendo reventó tímpanos y les obligó a taparse los oídos. Una columna de gases y cenizas, que adoptaba la forma de una serpiente, se desplazaba horizontalmente a más de treinta kilómetros de altura, llevando consigo su veneno letal.

Ante la atónita visión de Tisandro y Melantea, la cima del volcán se vino abajo, provocando el hundimiento de tres cuartas partes de la isla, tras cavarse una fosa en las profundidades del mar Egeo y formarse una caldera de hasta cuatrocientos metros de profundidad. En lo que pareció un abrir y cerrar de ojos, Thera se había desmoronado y quebrado en tres pedazos, después de que emergiesen en sus costas dos islas de tamaño menor.

Tras lo acontecido, podía afirmarse con certeza que nadie que se hubiese quedado en Thera habría podido salvar la vida. Al final, Criso había encontrado la muerte lejos de su hogar, solo y asustado como un animal herido.

Acto seguido, la nube de polvo y ceniza que había expulsado el volcán conformó un inmenso velo de oscuridad, que se desplazó lentamente y cubrió todo el cielo como si los dioses hubiesen extendido un grueso tapiz. Aunque resultaba difícil de creer, de pronto el día se había tornado en noche cerrada.

Para colmo, el barco comenzó a balancearse, debido a que el nivel del agua subía y bajaba a cortos intervalos.

—Son olas —señaló un marinero al que aún le pitaban los oídos—. ¿De dónde han salido?

La formación de cráteres submarinos causados por las explosiones había dado lugar a aquella insólita marejada.

—Afortunadamente, no son demasiado grandes —repuso otro.

—Todavía no, pero conforme avanzan en su recorrido, adquieren un tamaño mayor. ¿Lo ves?

—Es cierto. Se aprecia a simple vista.

—Y se dirigen hacia Creta…

***

Epiménides se hallaba en la cala donde había levantado su fábrica destinada a la producción de la púrpura. A su lado se hallaba Agenor, el tintorero. Nadie trabajaba. Ni los encargados de capturar los múrices ni los operarios de los talleres.

Algo terrible había pasado en la vecina isla de Thera.

Hasta ellos había llegado nítidamente el desgarrador sonido de una explosión, como si el infierno se hubiese desatado en la tierra y hubiese liberado la furia de los demonios.

Todos los allí presentes contemplaban el horizonte marino, aunque desde hacía varios minutos ya no veían nada porque inexplicablemente se había hecho de noche a media mañana, como si el sol se hubiese guarecido aquel día mucho antes de tiempo. Una mezcla de miedo y preocupación se palpaba en el ambiente.

Fue entonces cuando la vieron: una ola gigantesca de más de cuarenta metros de altura se aproximaba a la costa a gran velocidad. Si no hubiese sido por la oscuridad, se habrían dado cuenta antes de su llegada. Pero ahora ya la tenían prácticamente encima.

Entre alaridos, todo el mundo comenzó a correr despavorido para alejarse todo lo posible de la playa. Agenor agarró a Epiménides del brazo, porque el anciano comerciante permanecía inmóvil sin reaccionar a la amenaza.

—¡Vamos! ¡Tenemos que salir de aquí!

—No pierdas el tiempo conmigo. Yo me quedo donde estoy.

Agenor lo miró como si hubiese perdido la cabeza, y a continuación huyó a toda prisa porque no podía permitirse el lujo de intentar convencerlo. Epiménides no albergaba deseo alguno de morir, pero sabía perfectamente que la suerte estaba echada. Ninguno de los que allí había se salvaría por mucho que corriese.

Cuando la monstruosa ola ya estaba muy cerca, no se veía otra cosa que aquella poderosa lengua de agua que se alzaba como un muro que parecía tocar el cielo con la cresta. En su último instante, Epiménides prefirió cerrar los ojos. No tenía miedo. Había tenido una buena vida, larga e intensa. Se sentía en paz con la Gran Diosa y también con su familia, a la que había amado profundamente. Estaba preparado para morir.

Un alud de incontenibles tsunamis asoló las costas norte y este de Creta.

Las descomunales olas devastaron las llanuras litorales, así como las entradas de los golfos y las bahías. Los navíos anclados en los puertos fueron arrastrados varios kilómetros tierra adentro, hasta quedar hechos trizas al chocar contra las rocas, o varados una decena de metros por encima del nivel del mar.

La extensión de las zonas inundadas fue inmensa. Las ciudades portuarias septentrionales —como Amnisos, Katsamba y Nirou Khani— quedaron totalmente destruidas. En la costa oriental se inundaron Itanos, Palaiokastro y Kato Zakro, que estaban a bajo nivel y muy cerca del mar. Las regiones costeras, cubiertas por una fina red de aldeas, villas y carreteras, y densamente pobladas, se cobraron decenas de miles de víctimas como consecuencia del desastre. Incluso el palacio de Sarpedón, en Malia, situado a tan solo medio kilómetro de la costa y a escasa altura sobre el nivel del mar, también sucumbió al tsunami.

De la costa norte, solamente la ciudad de Cnosos se libró de la destrucción, debido a que se hallaba situada varios kilómetros al interior, y estaba protegida por una fila de montes que le sirvieron de pantalla protectora.

Con todo, los estragos derivados de la erupción de Thera no acabaron ahí. La explosión del volcán vino acompañada por devastadores seísmos, que se dejaron sentir por toda la región.

Asclepio y sus aprendices se hallaban a las puertas del taller, tan confusos y asustados como el resto de la ciudadanía. Primero habían escuchado un estruendo atronador, y luego el sol había desaparecido y la atmósfera se había oscurecido sin explicación alguna. Todo el mundo había salido a las calles, y no eran pocos los que rezaban o dirigían sus pasos hacia los santuarios naturales para apaciguar a la Gran Diosa mediante ruegos y ofrendas. Poco después, el suelo comenzó a temblar bajo sus pies y el pánico se apoderó de la población de Cnosos en su totalidad.

La onda expansiva derivada de la explosión del volcán ya había hecho vibrar algunas estructuras, llegando incluso a provocar ciertos daños menores. La posterior acción del terremoto, por lo tanto, resultó definitiva para derribar talleres y viviendas sin apenas esfuerzo. Para colmo, muchos residentes habían encendido lámparas de aceite para contrarrestar el manto de oscuridad que había cubierto el cielo, lo que favoreció una oleada de incendios que sumió todavía más en el caos a la ciudad.

Aunque las poblaciones de la costa sur no se vieron afectadas por los tsunamis, sí lo hicieron por los terremotos y los posteriores incendios, que causaron una enorme devastación. El palacio de Festo, sin ir más lejos, fue pasto de las llamas junto a su anterior gobernador. Con el permiso del rey Minos, Ramadantis había acudido allí para recoger algunos efectos personales antes de que se produjese su destierro, y la catástrofe le sorprendió recorriendo por última vez las estancias de su antigua residencia, cuando de repente tembló el suelo y media estructura se vino abajo sin remedio, mientras el resto la devoró el fuego que se originó en los almacenes.

Por otra parte, Polidoro ni siquiera llegó a ser testigo del desastre, pues su destino había quedado sellado el día anterior. En cumplimiento de la pena que se le impuso por su acto de traición, el antaño poderoso comerciante había sido ejecutado entre alaridos de súplica y promesas de redención, sin que uno solo de sus amigos acudiese al acto para acompañarlo en su despedida.

En Cnosos, Asclepio había salido ileso del siniestro. No obstante, lo había perdido absolutamente todo.

Entretanto, Tisandro y Melantea continuaban a bordo del navío en el que habían logrado salvar la vida.

El barco mercante permanecía aún en mitad del mar que, paradójicamente, se había convertido en el lugar más seguro en el que estar mientras los efectos de la catástrofe se dejaban sentir en tierra firme. Regresar a Thera no tenía sentido ya, puesto que la pequeña isla se había convertido en un desolado pedazo de tierra en el que había desaparecido cualquier rastro de vida. Del mismo modo, la prudencia les aconsejaba mantenerse alejados de las costas de Creta, al menos hasta que la serenidad no hubiese retornado a las aguas del Egeo.

El grupo de pasajeros se había acomodado en cubierta de la mejor forma posible, amontonados sobre sacos de heno y esterillas de cuero, entre el mástil y la escotilla de carga, y rodeados de rollos de soga y aparejos de navegación. Por suerte, el mercante llevaba agua y provisiones en la bodega con los que aplacar el hambre y la sed. Las horas transcurrían lentamente y el cielo seguía asemejándose a un lienzo de color negro manchado de nubarrones grises, que parecía presagiar el fin de aquella parte del mundo. Los que no lloraban, se encomendaban a los dioses o se limitaban a guardar un silencio perturbador.

Tisandro rodeaba a Melantea con sus brazos y no la soltaba ni un segundo, como si temiese volver a perderla.

—¿Sabes que recientemente me han venido a la cabeza recuerdos de mi vida anterior?

Con solo hablar con ella, Tisandro esperaba calmarla, al mismo tiempo que hacía que se evadiera por unos instantes del momento presente.

—¿De verdad? Después de tanto tiempo ya no esperaba que pudiese ocurrir.

—Tan solo son retazos, completamente inconexos y de no demasiada importancia. Por ejemplo, lo primero que recordé fue que no sabía nadar.

—¿Y qué más?

—Que durante mi infancia le tenía un pánico atroz a las tormentas. Temía enormemente a los truenos, pero a los rayos aún más.

Melantea sonrió y le acarició la mejilla.

—Es una buena noticia. Lo importante no es lo que recuerdes, sino el hecho de que comiences a recordar.

—También recuerdo que por culpa de un atracón de miel, me pasé años aborreciéndola.

—¿Y de los padres que te criaron? ¿Has logrado acordarte de ellos?

Apesadumbrado, Tisandro negó con la cabeza. Un íntimo silencio se deslizó entre ambos, mientras el barco se mecía en el agua como una hoja seca a merced de una tempestad.

—¿Qué nos encontraremos cuando finalmente volvamos a Creta? —preguntó ella visiblemente preocupada.

—No lo sé —repuso Tisandro—, pero será mejor que nos preparemos para lo peor.

Sin embargo, ni siquiera el escenario más sombrío que pudieran imaginarse se habría acercado lo más mínimo a la terrible realidad.

Al día siguiente, cuando amaneció, el velo de oscuridad comenzó por fin a disiparse ligeramente.

Las altas marejadas no habían alcanzado la aldea de Eltynia, pero todos aquellos habitantes que se hallaban en la costa en el momento del suceso habían perecido por el azote de las olas. Asterión se había salvado porque la tragedia le había sorprendido en los campos de cultivo. Y, aunque los seísmos habían destruido la aldea, algunos de los supervivientes ya se afanaban en volver a reconstruirla.

Sin embargo, pronto se dieron cuenta de que no les serviría de nada.

Asterión y otros campesinos descubrieron que la catástrofe aún les reservaba una nueva y desagradable sorpresa, de gravísimas consecuencias para todos ellos. Una gruesa capa de ceniza, que había sido transportada por los vientos etesios a gran altura, cubría los montes y los valles de buena parte de Creta.

De entrada, plantaciones y cosechas habían sufrido graves daños. Además, los árboles —olivos y viñedos incluidos—, habían perdido sus hojas y también se habían echado a perder. Pero no era eso lo peor, los campos se habían emponzoñado hasta el punto de que no volverían a ser cultivables hasta pasados varios años. Del mismo modo, Demofonte y otros pastores de Phaistos asistieron impotentes al envenenamiento de parte de su ganado.

Aunque ya de por sí la acción directa del cataclismo había causado numerosas muertes, la caída de ceniza en los cultivos provocaría indirectamente estragos mucho mayores. Gran parte de la población superviviente perecería como consecuencia del hambre y las enfermedades.

***

Debido a su solidez, el palacio de Cnosos había soportado con entereza las sacudidas del terremoto, salvo algunas estructuras de naturaleza más frágil que se habían desmoronado como un castillo de arena. Aunque durante los primeros compases de la catástrofe el caos se había adueñado de todo, llegados al tercer día la vida de palacio había recuperado cierta normalidad.

Ariadna y la Suma Sacerdotisa conversaban a solas en el templo tripartito. La princesa estaba al borde de las lágrimas, pues había decidido sincerarse con Sibila después de los fatales hechos acontecidos durante los últimos días.

—Finalmente, la visión que tuviste se ha cumplido al pie de la letra —murmuró Ariadna—. Directa o indirectamente, la erupción del volcán de Thera ha causado todas las calamidades que habías profetizado: el ensordecedor estruendo de la explosión, el fuego abrasador, el agua que todo lo asolaría, la tierra que temblaría, la oscuridad que nos envolvería en pleno día, y el aliento de muerte que envenenaría campos y caminos…

—Nunca deseé tanto haber estado equivocada.

—Pero no lo estabas. Y nunca te cupo la menor duda de ello.

—No, la visión era demasiado contundente como para no haberse cumplido.

Ariadna miró fijamente a Sibila, dispuesta a confesarle algo que ya le había ocultado durante más tiempo del que debía.

—Tú tenías razón desde el principio. —Los labios le temblaban al hablar—. El verdadero Dios-toro nunca se apareció en Creta, pese a los testimonios bienintencionados de los campesinos. Era yo la que se disfrazaba de Minotauro para engañar a la población.

La Suma Sacerdotisa se quedó sorprendida ante aquella revelación.

—¿Cómo lo hacías? Yo misma ordené explorar la cueva en donde el Minotauro se escondía y no había ninguna otra salida por la que huir.

Ariadna le habló de las alas que se había fabricado y de cómo se lanzaba al vacío desde la galería que daba al acantilado y volaba como un pájaro, aunque solo fuese durante unos segundos.

—¿Y qué te proponías?

—Evitar que se produjese el cataclismo. Si hacía creer a la población que un dios se hacía presente entre nosotros, el miedo que semejante hecho generaría tendría que hacerles reaccionar.

—Y, de ese modo, aumentaría el grado de devoción general, ¿verdad?

—Exacto.

—Y funcionó —admitió Sibila—. La gente se volvió más piadosa y comenzó a acudir con mayor regularidad a los santuarios naturales.

—Y, sin embargo, la Gran Diosa no evitó la catástrofe. ¿Por qué? —inquirió sin poder ocultar su decepción.

Sibila guardó un prolongado silencio. Ojalá conociese la respuesta para aquella pregunta.

—Te he defraudado, ¿verdad?

—No, no lo has hecho. Aunque me engañaste, tenías una poderosa razón para hacerlo y tus intenciones eran buenas.

—Y, ahora que sabes lo que he hecho, ¿sigues pensando aún que soy la mejor candidata posible para sucederte en el cargo?

La Suma Sacerdotisa dejó escapar una amarga sonrisa.

—Todo eso ya no importa.

Ariadna la miró sin comprender.

—¿Qué quieres decir?

—¿Te has olvidado de la última parte de mi visión?

La princesa hizo entonces memoria.

—¿Te refieres al restallido del bronce que acabaría con el imperio? —inquirió.

—Exacto. Esto no ha acabado aún. Nos atacarán, y no hay nada que podamos hacer para evitarlo. Los extranjeros vendrán y traerán con ellos a sus propios dioses y, en cuanto conquisten el palacio, nosotras ya no tendremos nada que hacer aquí.

El rey Minos se encontraba en la sala de las hachas dobles, recibiendo constantes informaciones acerca de las consecuencias del cataclismo: número de muertos y desaparecidos, poblaciones destruidas, navíos destrozados... Aunque siempre había tenido muy presente el vaticinio de Sibila, no esperaba que se produjese tan pronto, ni que fuese tan devastador como finalmente había sido.

El imperio tardaría años en recuperarse, cuando no décadas enteras. El hecho de que las fértiles llanuras de buena parte de Creta se hallaran cubiertas de tefra, condenaba a la economía agrícola a la parálisis por tiempo indefinido. Y, del mismo modo, como consecuencia de la destrucción de puertos y ciudades, tanto la artesanía como la actividad comercial se habían interrumpido por completo. El palacio de Cnosos era una de las pocas construcciones que había quedado en pie, como símbolo del poderío que el imperio cretense había conocido.

Minos apenas había dormido ni tampoco había probado bocado desde que comenzaron los acontecimientos. Además de abatido, se sentía desbordado y no se veía capaz de afrontar el desafío que se le presentaba ante sí. Por mucha experiencia y sabiduría que acumulase, nada podía prepararle a uno para un desastre de semejante magnitud.

De repente, el príncipe Androgeo irrumpió en la estancia con los músculos en tensión y una espada en la mano.

—¡Los aqueos! —exclamó—. ¡Varios barcos de guerra acaban de atracar en nuestras costas, y muchos más vienen de camino!

Minos se puso en pie haciendo un gran esfuerzo. Parecía que hubiese envejecido diez años en tan solo unos días. La noticia no le sorprendió, pues Sibila ya le había advertido de que aquello iba a ocurrir.

—Tan solo han tardado tres días en aprovecharse de la situación... —murmuró.

Aunque el cataclismo también había afectado a la Grecia continental, el volcán se hallaba considerablemente más lejos, y sus centros de poder, situados tierra adentro, no padecieron ni muchísimo menos tanto como los de Creta. Las zonas bajas en torno a la bahía de Argos y el golfo Sarónico se habían inundado, pero más allá de eso tan solo habían sufrido daños menores.

Los aqueos llevaban tiempo preparando una gran flota con la que enfrentarse a los cretenses, y habían sabido reaccionar rápidamente para sacar partido de la ventaja que la catástrofe les había proporcionado. El poderío naval del imperio minoico había disminuido considerablemente, después de que las olas hubiesen acabado con los barcos fondeados en las costas y puertos de la isla. En realidad, habían sido las fuerzas de la naturaleza las que habían puesto a Creta de rodillas, frente a las ansias de conquista de sus enemigos.

—Estoy reuniendo a los soldados que nos quedan para defender Cnosos cueste lo que cueste. Si toman la capital y el palacio, todo estará perdido.

—¿Por qué lo haces, hijo? Sabes que no tenemos ninguna posibilidad.

Era cierto, y Androgeo también lo sabía, aunque su orgullo desmedido le impidiese admitirlo. A la circunstancia de que la ciudad no estuviese fortificada, había que sumarle el hecho de que el ejército se hallase diezmado por culpa de los recientes conflictos internos instigados por Ramadantis.

—Padre, no pienso rendirme sin plantar cara al enemigo.

Minos le miró a los ojos y vio en ellos una resolución inquebrantable. Aunque la muerte fuese su destino más probable, Androgeo quería luchar y él no iba a impedírselo.

—Está bien. Haz lo que consideres más oportuno. A partir de este momento delego en ti el control sobre las tropas.

—Gracias, padre. Haré todo lo que esté en mi mano para resistir el ataque de nuestros enemigos.

Y dicho esto, Androgeo abandonó la sala con la mirada puesta en la espada que sostenía.

***

Una semana después del cataclismo, la vida en Creta se había tornado extremadamente difícil. Todo ello dio lugar a un éxodo masivo, protagonizado especialmente por las clases altas, que cargaban con sus sirvientes y las pertenencias que les quedaban para buscar un nuevo hogar lejos de allí. Los destinos eran muchos y muy variados: al oeste, hacia el sur de Italia y Sicilia; al este, hacia Rodas y Chipre; al sur, hacia Egipto; y, desde luego, al norte, hacia la Grecia continental.

Creta no solo estaba destruida por completo, sino que además su gobierno había pasado a manos extranjeras. Los aqueos —la naciente civilización micénica— habían conquistado la isla sin apenas hallar oposición. Se contaba, no obstante, que el príncipe Androgeo, al frente de un pelotón de soldados, había defendido Cnosos con uñas y dientes, hasta que la enorme superioridad numérica del enemigo acabó con el único conato de verdadera resistencia al que se tuvieron que enfrentar.

Androgeo murió combatiendo, fiel a sus principios y orgulloso de haber cumplido hasta el último momento con su deber. Jamás consideró la rendición ni por un solo segundo, ni siquiera cuando todo estaba perdido. De hecho, si los dioses le hubiesen permitido escribir de antemano su propio final, habría sido justo aquel que había tenido.

El rey Minos fue encerrado en una oscura celda de su propio palacio, en cuyo interior no sobrevivió ni siquiera una semana. Por descontado, le despojaron de todo su poder, y los nuevos gobernantes ni siquiera se dignaron a consultarle nada pese a los profundos conocimientos que poseía sobre aquellas tierras. Los aqueos, eufóricos tras su gloriosa conquista, desdeñaron el rico legado minoico que habían heredado de la civilización anterior.

Confinado en solitario, Minos no podía hacer otra cosa que pensar, de manera que se pasaba infinitas horas rememorando tiempos pasados, revisando algunas de las decisiones más importantes que había tomado durante su reinado y cuestionando ahora si habían sido las más acertadas. El guardia que halló su cuerpo sin vida comprobó que en sus mejillas languidecían aún lágrimas recientes.

Se dice que el rey Minos murió de pena, por la pérdida de Creta y también de su familia. En un solo día, la civilización más avanzada de la época, que él mismo había liderado con sabiduría durante tantos años, se había disuelto en el curso de la historia casi como si nunca hubiese existido.

A la princesa Ariadna la obligaron a casarse con un jefe de guerra aqueo, que poseía una fortaleza en su tierra natal, adonde ella tuvo que marcharse para pasar allí el resto de su vida. Oponerse no le habría servido de nada, salvo para traerle más problemas de los que ya tenía y tan poco necesitaba. Por lo tanto, con la cabeza agachada y la mirada alicaída, se resignó al destino que la suerte le había deparado.

Aunque su adaptación no le resultó fácil, tampoco echó de menos la vida de sacerdotisa que tendría que haber llevado, pues se sentía enormemente defraudada con la Gran Diosa por no haber evitado la catástrofe que había golpeado a Creta con tanta crueldad. De cualquier manera, jamás desempeñó el papel de dócil esposa que todos esperaban, e hizo siempre gala de un fuerte carácter que denotaba el linaje real al que pertenecía.

Ariadna enviudó a los pocos años y, tras rehusar volver a casarse, se dedicó a gobernar las propiedades de su difunto marido, convirtiéndose por derecho propio en la señora del fortín.

Al no haber engendrado descendencia, consagró el resto de su vida a la otra actividad que tanto la había apasionado desde su juventud: el diseño de complementos y vestidos. Ariadna se asoció con un comerciante local para abrir un taller de costura en el que empleó a decenas de mujeres. El mercader era la cara visible del negocio, porque sin un hombre al frente del mismo nadie la hubiese escuchado. De cualquier manera, aquella circunstancia jamás le importó. Ella gozó de total libertad para crear sus diseños, en los cuales la extinta moda minoica, tan exquisita y adelantada a su tiempo, se hizo siempre sentir de un modo u otro.

Con el tiempo, cuando ya se hizo mayor, le costaba un gran esfuerzo recordar su etapa como princesa de Creta, como si nada de aquello hubiese sucedido, o aquel retazo de su propia vida perteneciese en realidad al universo de las leyendas.

La Suma Sacerdotisa fue expulsada del palacio de Cnosos en cuanto los nuevos conquistadores se asentaron allí. Los aqueos reemplazaron a las deidades minoicas por las suyas propias, y pronto comenzaron a extenderse los nombres de sus dioses —Zeus, Poseidón, Hera y Atenea—, en detrimento del Minotauro y la Gran Diosa Madre.

Sibila acató la voluntad de los invasores sin oponer la menor resistencia, y tan solo pidió que dejasen ir libremente al resto de las sacerdotisas para evitar que fuesen objeto de abusos o violaciones. Gracias a su intercesión, las mujeres que habían servido y venerado a la Gran Diosa lograron marcharse. No obstante, no pudieron llevarse consigo ningún objeto de culto, la mayoría de los cuales fueron destruidos para ser sustituidos por los símbolos de las nuevas divinidades.

De Sibila no volvió a saberse nada, como si hubiese desaparecido de la faz de la tierra. Con el tiempo, surgieron rumores que la situaban en las montañas más recónditas de Creta, donde al parecer habría seguido honrando a los tradicionales dioses cretenses, protegida especialmente por las comunidades de pastores que a pesar de todo continuaron fieles a sus antiguas creencias.

Tisandro y Melantea pudieron regresar sanos y salvos a Creta, a bordo del barco mercante en el que habían logrado escapar de Thera en el último momento.

El alivio de ella fue inmenso al saber que habían sobrevivido sus padres y hermanos, donde tantos otros habían encontrado una muerte horrible. Sin embargo, la precaria situación en la que se encontraban, había llevado a Asterión a tomar una difícil decisión que implicaba tener que abandonar la aldea que les había visto nacer. El problema afectaba a la mayoría de los aldeanos, que se habían topado de la noche a la mañana con una gruesa capa de ceniza volcánica —especialmente alta en sulfato—, que había deteriorado los campos hasta dejarlos inservibles para varias estaciones.

Asterión se sumó sin dudarlo al enorme movimiento migratorio que se produjo dentro de la propia isla en busca de tierras cultivables, hasta lograr asentarse con su familia en el nuevo destino y dedicarse por entero a la vida de campesino que siempre había llevado.

Melantea, sin embargo, tenía un plan de futuro distinto junto a Tisandro, muy lejos de Creta, y no les acompañó. La despedida fue inmensamente triste y Melantea lloró lo indecible. Asterión la consoló como pudo, aunque él mismo tuvo que hacer un esfuerzo para poder contener las lágrimas. Ambos sabían que muy probablemente jamás se volverían a ver.

El nuevo destino de Tisandro y Melantea se hallaba ligado al de Asclepio, que les había conseguido dos valiosas plazas en un navío fletado por las clases altas, que pondría rumbo al Peloponeso, donde concurrían las mejores condiciones para comenzar una nueva vida.

En la Grecia continental los artistas cretenses eran muy demandados, de modo que Tisandro y Asclepio no tuvieron problema alguno en encontrar trabajo en uno de los talleres artísticos más afamados de la ciudad a la que fueron. Al principio, ambos trabajaron por cuenta ajena hasta que, al cabo de los años, lograron reunir lo suficiente como para independizarse y convertirse en los dueños de su propio negocio. El estilo artístico minoico continuó siendo muy apreciado, hecho que les permitió disfrutar de una larga carrera pintando frescos para los gobernantes y nobles de la floreciente civilización micénica.

Tisandro y Melantea se casaron como siempre habían soñado, ante la presencia de Asclepio como flamante testigo de boda. Ella quedó al cargo de las tareas del hogar, a las que muy pronto tuvo que sumar el cuidado de su primer hijo, que fue tan solo un anticipo de los muchos que tuvieron, nada más y nada menos que siete en total.

A la cabeza de Tisandro no dejaron de venirle recuerdos aleatorios de la parte de su vida que había olvidado, aunque nunca llegó a recuperar la memoria por completo. Con todo, tan solo el hecho de haber podido recordar a los padres que le hubieron criado, encarnados en diferentes escenas de su niñez, constituyó para él un regalo de valor incalculable.

La familia numerosa que Tisandro y Melantea encabezaron les hizo inmensamente felices durante el resto de su vida, hasta que ellos mismos envejecieron y fueron testigos de cómo sus propios hijos formaban las suyas propias.

Con el paso de los años, los hijos de sus hijos ni siquiera llegaron a saber que su bisabuelo por parte de padre había sido ni más ni menos que el rey de un fabuloso imperio, reducido por aquel entonces a un lejano recuerdo, o un efímero sueño que el tiempo y los nuevos invasores se ocuparon de hacer olvidar…

NOTA DEL AUTOR

Hoy en día, la mayor parte de los académicos aceptan que la erupción del volcán de Thera —actual Santorini— y sus devastadores efectos, seguida de la inmediata invasión de los aqueos —micénicos—, determinaron el repentino fin de la avanzada civilización minoica precisamente cuando atravesaba por su momento de mayor esplendor. Existen, de hecho, pruebas arqueológicas de una destrucción general y simultánea de palacios, pueblos y ciudades en gran parte de la isla, que posteriormente jamás fueron reconstruidos.

Como hemos referido, el volcán provocó un cataclismo de proporciones épicas a causa de los devastadores tsunamis y seísmos, así como a la gruesa capa de ceniza ácida que cubrió buena parte de la isla, que arruinó los campos y la vegetación y envenenó a parte del ganado, provocando migraciones masivas, hambrunas y enfermedades.

Los vulcanólogos han podido determinar la intensidad de la erupción con bastante precisión, tras el análisis y el estudio de la tefra procedente de Thera encontrada en los sedimentos submarinos. Además, la erupción del Krakatoa (Indonesia) que tuvo lugar en el año 1883, y que se halla ampliamente documentada por muchos testigos presenciales y estudios científicos, fue del mismo tipo que la de Thera, con la que guarda enormes similitudes, lo que ha permitido a los expertos reconstruir lo sucedido en Creta en torno al siglo XV a. C. con gran fidelidad.

Para hacernos idea de la magnitud de la hecatombe, baste decir que la explosión del Krakatoa desató una energía equivalente a la producida por el estallido conjunto de 7.000 bombas atómicas como la que se lanzó sobre Hiroshima. Y hay quienes sostienen que la de Thera fue aún mayor.

Los tsunamis subsiguientes a la explosión alcanzaron los cuarenta metros de altura y destruyeron cerca de trescientos pueblos a lo largo de las costas de Java y Sumatra, matando a más de 35.000 personas. Los efectos, por lo tanto, en costes de vidas humanas y poblaciones arrasadas que sufrió el norte de Creta, que se encontraba a mucha menor distancia del volcán que en el caso del Krakatoa, tan solo los podemos alcanzar a imaginar.

El índice de actividad volcánica —similar a la escala sismológica de Richter— sirve para medir el nivel alcanzado por una erupción. Y, para ello, se tienen en cuenta dos factores fundamentales: la cantidad de material expulsado y la altura alcanzada por la columna de ceniza. La escala cuenta con ocho niveles, cada uno de los cuales es diez veces mayor que el anterior, y su nivel máximo es el ocho, que se corresponde con una erupción "apocalíptica". Pues bien, hoy en día se le atribuye al volcán de Thera el nivel siete (erupción "mega colosal"), y se la considera como una de las diez erupciones más violentas que se han producido en los últimos 10.000 años.

La invasión de los aqueos —principalmente pacífica debido a la situación catastrófica de la isla—, está comprobada por las leyendas de épocas posteriores y por la toponimia de ciertos lugares. A partir de entonces, Creta pasó a depender del continente como parte del mundo micénico durante los siglos venideros. El dominio aqueo se extendió hasta el siglo XII a. C., momento en el que los dorios acabaron con la civilización micénica, sumiendo el mundo prehelénico en una larga etapa de decadencia, conocida como la Edad Oscura, que duró del siglo XII al VIII a. C., siglo a partir del cual emergió la Antigua Grecia que hoy todos conocemos.

Por otra parte, no puedo dejar de mencionar una cuestión muy interesante que afecta directamente al tema que nos ocupa, pues algunos autores sostienen que el mito de la Atlántida que Platón recoge en sus *Diálogos*, referidos a los poemas: el Timeo y el Critias, tendría su verdadero origen en la catástrofe que sufrió la Creta minoica.

¿Podría ser esto cierto? Veamos. El núcleo de la leyenda hace referencia a un imperio isleño muy avanzado que en tiempos remotos amenazó la autonomía de la Grecia continental — concretamente de Atenas—, y que un día se hundió de repente como consecuencia de un terrible desastre natural. Por lo tanto, resulta indiscutible que la esencia del mito coincide con bastante exactitud con la tradición histórica de la Creta minoica que la arqueología ha logrado recientemente sacar a la luz.

¿Y cómo supo Platón de la Atlántida? Él mismo nos cuenta que aquella historia la recogió uno de sus antepasados —Solón, el más sabio de los siete sabios—, la cual se transmitió durante generaciones dentro de su familia hasta llegar a él. Según dicho relato, Solón visitó la tierra de los faraones en el siglo VI a. C., donde recibió la información de los sacerdotes egipcios, que posteriormente se llevó consigo de vuelta a Grecia. En este punto, cabe destacar que hoy en día sabemos con certeza que hubo suficientes contactos entre Creta y Egipto durante la Baja Edad de Bronce, como para que los egipcios hubiesen recopilado información bastante precisa sobre la naturaleza y la extensión del imperio minoico y su repentina desaparición en el siglo XV a. C.

A continuación, transcribiré algunas citas recogidas en la obra de Platón acerca de la Atlántida, donde se puede comprobar su enorme parecido con la Creta minoica:

- *"En esta isla había un imperio grande y maravilloso que regía a toda la isla y a otras varias, así como a partes del continente".*

- *"La isla es una escala en el camino de otras islas y desde estas se podía pasar a todo el continente de enfrente, al que rodeaba el verdadero océano".*

- *"Y ahora trataré de describirte la naturaleza y disposición del resto de la tierra. Decía Solón que todo el país era muy elevado y escarpado del lado del mar, pero la parte que rodeaba la ciudad era una llanura rodeada de montañas que descendían hacia el mar; era suave y llana y de forma alargada, extendiéndose en una dirección tres mil estadios, pero en el centro de la isla era de dos mil estadios. Esta parte de la isla daba al sur y estaba protegida del norte. Las montañas circundantes eran célebres por su número, tamaño y belleza, más aún que cualquiera de las aún existentes, y abrigaban también muchos ricos pueblos de campesinos, ríos, lagos y prados que proporcionaban suficiente alimento a cualquier animal, salvaje o doméstico, y mucha madera de varias clases, abundante para toda clase de trabajos".*

- *"Construyeron edificios en torno a los manantiales que había cerca del palacio, y plantaron árboles adecuados; también hicieron cisternas, unas abiertas al cielo y otras techadas para ser usadas en invierno como baños calientes. Había los baños de los reyes y baños de personas particulares, que se hallaban aparte y también baños separados para las mujeres, así como los había para el ganado, y cada uno de estos baños estaba adornado convenientemente".*

- *"Los muelles estaban llenos de trirremes y depósitos navales y todas las cosas estaban allí dispuestas para utilizarse. Y ya he descrito con bastante detalle el plano y características del palacio real".*

- *"Había toros que recorrían el templo de Poseidón, y los diez reyes, solos en el templo, después de haber dirigido sus oraciones al dios para capturar la víctima que él aceptaría, cazaban los toros no con armas sino con estacas y lazos".*

- *"Pero entonces ocurrieron violentos terremotos e inundaciones, y en un solo día y una noche de desgracia la isla desapareció de esa manera en las profundidades del mar".*

Y hay muchas más, pero no hace falta que continúe porque las similitudes de la Atlántida con la naturaleza, historia, cultura y posición estratégica de la Creta minoica ofrecen pocas dudas al respecto.

En resumen, Platón nos describe una sociedad muy avanzada para la época, situada en una isla que constituía un auténtico paraíso natural, enriquecida con soberbias obras de ingeniería hidráulica y portentosos palacios. Y, que pese a vivir una edad de oro, de repente desapareció de la noche a la mañana debido a un trágico cataclismo.

Con todo, el relato de Platón también contiene otros datos —nombres, fechas y ubicaciones geográficas— que no encajarían con la hipótesis de que la Atlántida sería en realidad el imperio del rey Minos. Sin embargo, dichas discrepancias pueden explicarse por varios motivos. Para empezar, cuando Solón recibió la información de los sacerdotes egipcios, ya habían transcurrido cerca de mil años desde el fin de la civilización minoica. Por lo tanto, aunque la visión que adquirió de los hechos fue en líneas generales fidedigna, también adolecía de ciertas alteraciones que inevitablemente se habrían producido a largo de los siglos en la conservación de la tradición. Solón, de hecho, ni siquiera advirtió la relación existente entre aquella remota historia y la Creta que él conocía.

Al regresar a Grecia, y entusiasmado con el material que había obtenido, Solón helenizó los nombres egipcios —por ejemplo, «Atlantis» en vez de «Keftiu»—, y comenzó a trabajar en un poema épico que finalmente nunca escribió. La historia, no obstante, se transmitió oralmente dentro de su familia hasta que, más de doscientos años después, le llegó al propio Platón, con nuevas alteraciones.

El ilustre filósofo no tenía modo de saber si aquel relato era cierto o no, si bien sospechaba que detrás del mismo se escondía una lejana realidad histórica. En todo caso, lo encontraba muy útil para el fin de la obra que quería escribir, y no dudó en utilizarlo, exagerando para ello el tamaño y la antigüedad de la Atlántida y embelleciendo el relato con algunos detalles sacados de sus propias lecturas y de su experiencia personal.

Sea como fuere, muy probablemente el misterio de aquella enigmática y asombrosa civilización que Platón describió en su obra nunca sea resuelto. Aunque, quizás, ya conozcamos la respuesta. ¿No inspiraría acaso la fabulosa civilización minoica ubicada en Creta la famosa leyenda de la Atlántida que hasta la fecha nadie ha podido encontrar?

AGRADECIMIENTOS

A mi familia y amigos por su constante apoyo.

A mis lectores "beta": Domingo, Chelo, Loren, Pablo "Brother" y Juanlu. Los primeros en asomarse al manuscrito y darme a conocer su opinión. También a Alejandro Cano, por su minuciosa labor correctora.

Tampoco me quiero olvidar de los blogs de literatura que abundan en la red, y que tanto hacen por la difusión de los libros y la lectura. Y para evitar reproducir una lista que sería interminable, citaré a Laky de «Libros que hay que leer» en representación de todos ellos.

Y, a ti, estimado lector. Tú haces posible que la historia que yo concebí cobre vida ante tus ojos e imaginación. Gracias de todo corazón por estar al otro lado. Si te ha gustado, te agradecería mucho que me dejases tu valoración en Amazon. Con ese pequeño gesto otros lectores podrían conocer tu opinión, y quizás a través de ella se animen a conocer mi obra. ¡Gracias!

Otras obras del autor:

EL LLANTO DE LA ISLA DE PASCUA

"Sumérgete en una enigmática aventura con trazos históricos y atrévete a descubrir el secreto mejor guardado de la isla"

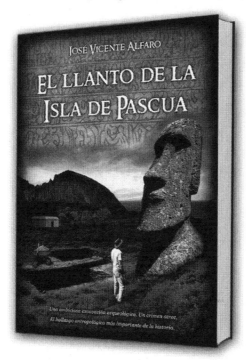

Otras obras del autor:

EL ÚLTIMO ANASAZI

"Vive una extraordinaria aventura
e imprégnate del sabio legado que los antiguos
nativos americanos dejaron tras de sí"

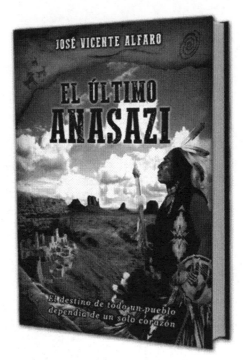

Otras obras del autor:

BAJO EL CIELO
DE LOS CELTAS

"Descubre la fascinante cultura celta a través
de una trepidante novela cargada de acción,
suspense y pasiones encendidas"

Otras obras del autor:

EL LABERINTO DEL HINDÚ

*"Adéntrate en la antigua India, en una historia
repleta de aventuras e intrigas palaciegas"*

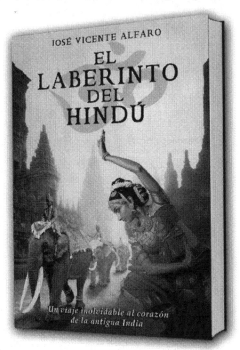

Made in the USA
Lexington, KY
16 July 2018